KB009256

DREAMBOOKS★

DREAMBOOKS★

DREAMBOOKS★

전생자

전생자 15

초판 1쇄 인쇄 2019년 9월 9일
초판 1쇄 발행 2019년 9월 27일

지은이 나민채
발행인 오영배
편집 편집부
일러스트 eunae
본문디자인 오정인
제작 조하늬

펴낸 곳 (주)삼양출판사 · 드림북스
주소 서울시 강북구 도봉로 173
대표 전화 02-980-2112 **팩스** 02-983-0660
편집부 전화 02-987-9393 **팩스** 02-980-2115
블로그 blog.naver.com/dreambookss
출판등록 1999년 3월 11일 제9-00046호

ISBN 979-11-283-9634-2 (04810) / 979-11-283-9410-2 (세트)

+ 이 도서의 국립중앙도서관 출판시도서목록(CIP)은 서지정보유통지원시스템홈페이지(http://seoji.nl.go.kr)와 국가자료공동목록시스템(http://www.nl.go.kr/kolisnet)에서 이용하실 수 있습니다. (CIP제어번호: CIP2019034167)

ORIGINAL FANTASY STORY & ADVENTURE

나민채 판타지 장편소설

15

전생자

dream books
드림북스

목차

Chapter 1.

뛰어났던 사수와 동기들이 정부의 비밀 조직으로 추측되는 캣 푸드 웨어하우스라는 조직과 계약하거나 FBI 혹은 군부에 다시 투신하던 와중에도.

소워드가 CIA를 선택한 것은 그녀의 이상과 부합했기 때문이었다.

다른 조직들에 비하여 개인 재량이 제일 큰 곳이 CIA였다.

"날…… 어떻게 찾았어?"

병상에 누워 있는 사내가 소워드에게 물었다. 그때 나오고 있는 강렬한 냄새는 입 냄새가 아니라 함몰된 얼굴을 감고 있는 붕대 속에서 나오는 냄새였다.

사내는 다 터진 왼쪽 안구에서 피고름이 나올 때마다 붕대를 갈아 왔었는데, 상처 부위에서 풍기는 악취가 원체 강했다.

소워드는 그것이 역병의 일종이라는 걸 간파했다. 다만 인류의 병이 아니다.

역병이라는 것을 다루는 대표적인 각성자로 오시리스의 공대원들이 있지만, 그들일 리는 없었다. 그들은 현재 한국에 있었다. 언제고 오시리스의 뒤를 그림자처럼 쫓아다니는 게 그자들이다.

그러니 최근 LA를 넘어서 캘리포니아주 전체로 영역을 확장하고 있는 블러드는 미국계 각성자일 가능성이 높았다.

역병도 다루는.

"당장 내 집에서 꺼져. FBI 하고는 아무 말도 하지 않아."

"내가 FBI라면 이렇게 상냥할 리가 없잖아. FBI에서 너희들을 감방에 보내 버릴 거라고 윽박지르며 경멸할 때, 나는 대가를 톡톡히 지불하지. 소중한 정보원들에게는 이게 당연한 거거든."

그녀가 던진 봉투는 사내의 머리맡으로 떨어졌다. 봉투

가 침대에 떨어지는 순간, 그 안에 들어 있던 달러 몇 장이 바깥으로 머리를 드러냈다.

봉투에 들어 있는 달러는 그만큼이나 두둑했다.

"우리는 정보원들에게 법정에서의 증거나 증언을 요구하지도 않지. 그걸 받고 가리키면 끝이야. 그걸로 약을 빨든 똥을 싸든."

"가…… 리켜?"

소워드는 텔레비전을 눈짓해 보였다. 거기는 난장판이었다.

각성자들을 연예인처럼 대우하며 환장하는 민간인들. 마이크로칩을 이식하는 것은 인권 위반이라는 시위대. 각성자들의 범죄를 규탄하는 소수의 목소리. 취재 경쟁이 붙은 온갖 언론 매체들.

텔레비전을 통해서 현장의 시끄러움이 강조되고 있었다.

"블러드라는 각성자가 나타나면 가리켜. 일단은 거기까지야."

"뭔…… 소리를 하는 거야. 블, 블러드라니?"

"상황을 잘 모르는 모양인데, 너는 이미 죽은 목숨과 다를 바 없어. 쯧쯧."

소워드는 들으라는 듯이 혀를 찼다. 그리고는 스마트폰에서 사진 한 장을 띄워 사내의 눈앞으로 들이밀었다.

사진 속으로 보이는 건 흉측했다.

그리고 사내는 사진에 품어진 역겨운 장면과 그 비슷한 것들을 여럿 본 적이 있었다.

살인 후 뒤처리를 할 때의 한 방식으로 시체를 염산이 담긴 용기에 넣으면 딱 저렇게 사진 속처럼 짓뭉개지고 만다. 완전히 다 녹지 못해서 흐물흐물해진 고깃덩어리가 되고 마는 것이다.

그럼 그 고깃덩어리를 황무지에 파묻고 그 위에 시멘트를 발라 버리면 들짐승이 꼬이지 않는다.

꽤 번거로운 작업임에도 시신을 들키지 말아야 하는 상황에서는 요긴한 방법이라 할 수 있었다.

"이걸 왜 보여 주는 건데?"

"5일 후 네 모습이거든. 하나하나 녹아들어 갈 거야. 아마 내가 떠나고 난 후 몇 시간 후면 앞이 보이지도 않겠지. 비명 지를 혓바닥도 남아 있지 않을 거고. 비명을 질러 봤자 누구 하나 들을 사람도 없겠지만."

소워드는 사내의 은신처가 훌륭하다는 말도 덧붙였다.

"……웃기지 마. 그런다고 내가 눈 하나 깜짝할 것 같아?"

"어제 블러드에게도 그렇게 똑같이 말했지? 그런데 결과가 어땠지. 부하들을 잃고 너는 역병쟁이에 불과해졌어."

"거기에 있었어? 씨발, FBI 새끼들. 다 보고 있었으면서 나 몰라라 해?"

"FBI 아니라니까. 말귀를 참 못 알아듣네."

소워드는 보다 시끄러워진 텔레비전을 향해 고개를 틀었다.

각성자들 중에 세간에 얼굴이 알려져 있던 인물. 그러니까 스포츠 스타나 연예인이 각성자로 나타나면 꼭 저런 식이었다.

카메라가 집중되고 있는 한 각성자는 그녀도 아는 인사였다.

포티나이너스(49ers)의 쿼터백이 정장 차림으로 나타났다. 한 팀의 공격을 이끄는 쿼터백의 특성상, 시작의 장에서도 한 그룹을 주도하는 세월을 보내고 왔을까?

그런데 동시간에 나타난 다른 각성자에게 경의를 표하는 모습을 보면 꼭 그런 것 같지도 않았다.

각성자들의 위계질서는 현장에서도 그대로 드러나 있었다.

그때 병상에서 떨리는 목소리가 부딪쳐 왔다.

"당신, 날 고쳐 줄 수 있어?"

소워드는 웃는 눈으로 고개를 돌렸다.

"충실히 협조한다면 힐러와 연결시켜 주지. 그러니까 조언하건대, 그 돈은 아껴 뒀다가 그때 쓰는 게 좋을 거야."

그녀가 고압적인 태도로 돌변한 건 그 순간부터였다.

그녀는 블러드가 누구인지 가리키라고만 했던 것과는 달리, 감청으로는 파악하기 어려웠던 현장 상황들을 제대로 듣고자 원했다.

각성자들이 귀환한 지난 한 달간 크고 작은 문제들을 일으키고 있기는 하지만 그중에서도 블러드는 요주의 인물이었다.

LA 마약 갱단들을 단기간 안에 정리하고 캘리포니아주 전체로 영향력을 확산시키고 있는, 그 이유 하나 때문만이 아니다.

LA를 중심으로 신종 마약들이 유통되고 있었다.

몬스터 피에 부정 환각을 일으키는 성분이 들어있는 것쯤은 이미 파악한 사실. 하지만 몬스터 피를 원료로 한 블러드의 마약들은 시간이 지나면서 진화하고 있는 것처럼 보였다.

현재 유통되고 있는 세 번째 타입의 약은 첫 번째 타입의 약보다 훨씬 개선되었다.

불과 한 달 만에 강력한 진통작용을 끌어내고 부정 환각을 축소. 비단 환각뿐만이 아니라 복용자의 신체 능력을 향상시키는 효과를 확인한 바 있었다.

본래 마약은 마약 수사국(DEA) 소관이나 CIA 소속의 그녀가 블러드와 그 약들을 추적하고 있는 것은 바로 그 때문이었다.

블러드가 유통 중인 약들은 이문을 남기기 위해서가 아니다.

'기존의 약쟁이들을 상대로 인체 실험을 하고 있는 거지.'

*　　*　　*

분명 FBI가 CIA에 비해 거대한 조직임은 틀림없다. 하지만 수사 관련 보고가 최소한에 그치는 FBI라서 그 조직의 정보 체계는 협소할 수밖에 없는 것이다.

반면에 CIA에서는 개인 재량을 보장해 주는 대신 풍성한 보고를 요구하고 거기에서 단단한 CIA 조직의 정보 체계가 갖춰진다.

소워드가 FBI에서는 사소한 잡무로 간주되는 서류 작업에 심혈을 기울이고 있는 까닭은 그 때문이었다. 꼬리는 다 잡았다.

블러드의 정체도 파악했고.

마약 조직을 흡수하고 있는 데에는 마약 사업의 이문 때문이 아니라 신종 마약을 테스트하는 성향이 짙다는 개인 적인 의견도 붙였다.

각성자에게 접근하는 것은 위험한 일이었기에 정보제공자들을 통해서만 진행된 수사였다. 그래도 랭리 7층의 눈길을 끌기에는 부족함이 없어 보인다.

소워드는 자신이 종합한 자료들을 그렇게 판단했다. 그러나 마지막에 가서 망설여지는 이유가 있었다. 7층에서 이 자료들을 정치적으로 활용할 것 같아서였다.

'더 지켜보는 게 낫지 않을까.'

전통적으로 FBI는 정치적으로도 왕성하고 의회와 유대가 깊지만 CIA는 그렇지 않았다. 그러나 최근 몇 년 사이에 CIA도 그러한 길을 밟고 있는 중이다.

왜 그런 변화가 일고 있는지는 모를 일이다만 워싱턴의 정치가들이 랭리를 찾아오는 일이 잦았다. 국장도 워싱턴으로 출타하는 일이 많았다.

소워드는 심각한 표정으로 들어오는 자들을 살펴보았다.

이번에는 국장을 비롯해 워싱턴의 거물급 정치인들이 한꺼번에 밀려오고 있었다.

"무슨 일이죠?"

소워드가 건너 칸으로 물었다.

"아직 못 들으셨습니까?"

소워드는 대답 대신 키보드를 치는 시늉을 해 보였다. 서류 작업 중이라 다른 곳에 신경을 쓸 틈이 없었다는 것이다.

그러자 소리를 죽인 대답이 들려왔다.

"자료가 유출되었답니다."

소워드는 바로 치를 떨었다.

'설마 또 파나마인가.'

파나마의 조세 회피 공장, 모색 폰세카에서 자료가 유출되었던 당시.

7층에서 얼마나 난리 법석을 떨었던가.

월가가 뒤집어졌으니 월가라면 죽고 못 사는 워싱턴에서도 비상사태에 돌입했었다. 덩달아 그 뒷수습을 CIA에서 맡아야 했었고.

척 봐도 당시와 흡사한 분위기였다.

중국과 한판 전쟁을 벌일 것 같이 굴었던 최근에도 평정심을 유지하고 있었던 양반들이 하나같이 벌게진 얼굴들을 하고 있었다.

세상에 돈이 결부되어 있지 않은 일이 어디 있겠냐마는.

소워드는 그중에서 월가의 검은돈들과 연루된 일들이라면 정말 이가 갈렸다. 자신의 이상이었던 CIA를 변질시키는 원인을 쫓아가다 보면 결국엔 월가가 나오기 마련이었으니까.

조나단 투자 금융 그룹을 위시로 금융 제국들의 금권(金權)이 난무하는 지금.

시대의 흐름이라고 해도 쓰라린 일이 아닐 수 없었다. 10년 이상 인생을 걸고 있는 조직이 변질되는 모습을 실시간으로 보고 있으니 말이다.

소워드의 얼굴에 얽힌 근심을 읽어 낸 건너편에서 말이 이어졌다.

“월가 쪽이 아닙니다.”

“그럼요?”

“한국입니다. 세계 각성자 협회 총본부. 각성자 신원 정보가 유출된 정황이 발견되었답니다. 지금 그 일로 조만간…….”

들려오던 대답이 끊겼다. 7층으로 올라가던 무리들 중 부국장이 빠져나와 소워드에게 다가오고 있었다.

소워드는 그의 손짓을 받아 회의실로 따라 들어갔다. 불과 몇 분 전에도 열띤 회의가 있었는지 자리는 식지 않은 상태였다.

이제는 소워드와 부국장, 단둘만 독대하는 자리였지만 당시에 남겨졌던 열기가 여전히 부국장의 이맛살을 짓누르고 있었다.

“이것들은 자기들이 자유의 투사들이라 믿어. 무슨 일인지는 알고 있지?"

"협회가 해킹당했다죠?"

"그래. 동시다발적으로 공격해 들어온 걸 보면 계획된 일이었지. 협회에서도 워싱턴에서도 화가 단단히 났어. 그것들은 자신들이 무슨 일을 저질렀는지 감도 못 잡겠지."

부국장이 시계를 확인하면서 말했다. 모르는 사람이 봐도 초조한 기색이었다.

"폭로 전문 사이트에 자료가 보내졌으니 곧 자료가 올라갈 거야."

"어디까지 유출되었죠?"

"구간, 레벨, 국적까지. 그나마 거기까지. 그 이상 뚫렸다면 협회에서는 실제로 실력을 행사하려 했을 테지."

소워드도 일단 가슴을 쓸어내렸다.

'각성자들이 통제되고 있는 건 협회 덕분이다. 그런데 협회부터가 국제 사회로 무력을 행사하게 된다면, 그것을 시작으로 걷잡을 수 없는 사태를 향해 달려가게 되겠지. 폭주한 기관차처럼.'

부국장이 말했다.

"해커들의 신상은 확보되었다. 우리 쪽에서도 가담하지 않을 수 없지."

소워드에게 지원 나가라는 지시가 떨어졌다. 정확히 말

하자면 지원이라기보다는 첫 연합 작전에서 CIA도 무조건 동참해야 한다는 뜻이었다.

"해커들은 미국인들이군요."

"유감스럽게도 그렇지."

소워드는 UN 협정에 따른 범죄자 인도가 모국에서 처음 발생하는 것이 안타까웠다.

국가의 주권을 포기한 협정의 첫 희생양으로 다른 나라도 아닌, 세계 제일의 미 연방이 선례가 되어 버리고 마는 것이다.

'블러드 건까지 터지면 우리 정부의 입지는 더욱 좁아질 텐데.'

순간 아차 싶어진 소워드는 눈살을 구겨트렸다. 정부의 입지까지 고려하고 있는 자신에 대해서. 지난 십 년간 변해 버린 것에는 조직뿐만 아니라 그걸 지켜보던 자신까지 포함되어 버린 것 같았다.

"서둘러. 우리 자리가 남겨져 있을 때."

"다녀오겠습니다."

그녀가 타격대의 집결지로 향하기 위해 차에 탔을 때였다.

초조해하던 부국장의 모습을 떠올리며 인터넷에 접속했는데, 아니나 다를까 폭로 전문 사이트에 업데이트된 자료들이 속보로 다뤄지고 있었다.

"모든 권위적 정부는 음모로 유지된다. 권위적이고 음모적인 정부일수록 정보 유출은 권력자들로 하여금 더욱 큰 충격과 혼란을 빠트린다. 우리는 전 세계 내부 고발자들과 함께 '진실의 힘'으로 세상을 바꿔 나가고 있고, 그 덕분에 세계 시민들로 하여금 민주주의가 얼마나 공허한 것인지를 실감하며 정치 엘리트와 금융 엘리트 그리고 국가 체계에 대한 환상을 버리게 만들고 있다."

폭로 전문 사이트의 창립자가 영국 내 에콰도르 대사관으로 망명한 지 꽤 오랜 시일이 지났다. 그럼에도 불구하고 창립자가 남겼던 그 말만큼은 사이트 한편에 자리를 잡아 방문객들을 맞이하고 있었다.

소워드는 메인 화면에 떠 있는 최신 자료로 손가락을 올렸다.

「세계 각성자 협회 : 전 세계의 각성자들

2018년 4월 20일, 우리는 세계 각성자 협회에 등록된 각성자 현황에 대하여 신빙성 있는 자료를 입수하였습니다. 이를 공개합니다.」

터치.

「세계 각성자 협회 : 전 세계의 각성자들

2018년 4월 18일부터 19일까지 세계 각성자 협회는 18만 2천 3백 29명에 대한 각성자 등록을 마쳤습니다.

세계 각성자 협회장 이태한은 "비등록 각성자들은 UN과의 협정에 따른 보호를 받지 못할 것이며, 그들에 대한 사법 권한은 기존의 협정안대로 세계 각국에 있다."라고 하였습니다.

공개 시점인 현재, 등록하지 않은 각성자들에 대해서는 알려진 바 없습니다. 이에 세계 각성자 협회는 비등록 각성자들의 현황을 파악하기 위한 조직을 창설하고 협회와 UN 회원국 간의 공조를 말하였습니다.

아래는 세계 각성자 협회에 등록된 전 세계 각성자들의 현황입니다.

[1] 오딘 — 구간: 엔더 / 레벨: 600 / 국적: 한국

[2] 마리 — 구간: 챌린저 / 레벨: 559 / 국적: 한국

[3] 오시리스 (조슈아 폰 카르얀) — 구간: 첼린저 / 레벨: 533 / 국적: 독일

[4] 염마왕 (조나단 헌터) — 구간: 첼린저 / 레벨: 530 / 국적: 미국

[5] 칼리버 (권성일) — 구간: 첼린저 / 레벨: 501 / 국적: 한국

[6] 헤라 (데보라 벨루치) — 구간: 첼린저 / 레벨: 499 / 국적: 프랑스

[7] 케이론 (윌리엄 스펜서) — 구간: 첼린저 / 레벨: 499 / 국적: 영국

[8] 검무신장 (이태한) — 구간: 첼린저 / 레벨: 485 / 국적: 한국

[9] 하데스 (발터 슈나이더) — 구간: 첼린저 / 레벨: 482 / 국적: 독일

……

[182328] 타이거 (자말 칸) — 구간: 브론즈 / 레벨: 75 / 국적: 인도

[182329] 카타나 (무라이 에이타) — 구간: 브론즈 / 레벨: 62 / 국적: 일본 」

소워드가 시급한 상황에서도 유출 자료를 확인하고 있는

까닭은 블러드 때문이었다. 강력한 초능으로 갱단 조직들을 빠르게 장악하고 있는 그자가 각성자 세계에서 어느 정도의 위치에 있는지, 소워드는 그게 궁금해서 견딜 수 없었다.

그렇게나 공격적인 행보를 보이고 일대의 갱단들을 공포에 떨게 만들 정도라면 당연히 상위 구간의 각성자일 거라 여겼다.

그런데 확인된 결과는 당황스럽기 짝이 없었다.

"……고작 골드야?"

세계는 유출된 오딘의 정보에 충격을 받았다.

[속보: 챌린저보다 상위 구간 '엔더(Ender)' 존재. 유일무이한 엔더, 오딘.]

[속보: 오딘은 한국인. 카탈리나 로네아의 회고 '한국은 각성자들의 성역'이라 했던 이유가 밝혀져.]

그렇지만 정작 소워드에게는 블러드가 골드 따위에 불과한 것이 더욱 충격적인 일이었다.

골드 따위가 캘리포니아주의 거리를 장악해 버렸는데, 최상위 구간인 엔더의 힘은 대체 어디까지 닿는단 말인가?

각성자들이 오딘이라면 왜 그렇게 사색이 되고 마는지 알 것 같았다.

그런 힘을 가진 자가 똑같은 인류라니? 또 왜 그렇게 잠잠히 있는 것인지, 소워드는 아무리 생각해도 추정되는 게 없었다.

자신이 해야 할 일은 두 가지였다. 손에 닿지도 않는 저 미지의 영역을 올려다보기보단 당장 눈앞에 있는 문제들부터 해결해야 한다.

하나는 협회 본부를 해킹하는 데 조금이나마 성공한 범죄자들을 포획해서 넘겨주는 것이고, 다른 하나는 날이 갈수록 진화하고 있는 약물의 유통을 저지하는 것이다.

소워드가 차에 시동을 걸던 바로 그때.

소름 끼치는 소리가 목덜미를 훑고 올라왔다. 뒷좌석 쪽이었다.

어둠 속에 또렷이 박혀 있는 붉은 눈동자 두 개가 그녀의 뒤통수를 응시하고 있었다.

"고작 골드라서 미안하게 됐습니다."

"블러드……."

사아악—!

어떻게 날아왔는지 확인조차 할 수 없었다. 블러드의 주먹은 먹이를 향해 날아가는 독사처럼 갑자기 번뜩여서 소워드의 뺨을 지나쳤다.

소워드는 피부가 찢기는 고통에 터져 나오려는 비명을

간신히 참으며 뒤는 돌아보지 않았다.

"떨 것 없습니다. 좋은 소식을 가지고 왔으니 즐거워할 일이죠."

블러드가 펼친 손에는 빨간색 알약 하나가 올려져 있었다.

"완제품입니다. 우리 CIA 요원님이 제일 먼저 생각나더군요. 이거, 계속 찾아다녔지 않습니까. 한번 시음해 보시죠. 어서."

*　　*　　*

"안녕하세요— 오늘은 제가, 여러분들이 고대하고 고대하시던 시간을 준비했습니다. 현실에서는 평범한 아재인데 각성자 세계에서는 초강력 스페셜 강자, 바로 칼리버 권성일 님과의 만남과 실험 영상인데요. 협회에서 돌아오신 이후로 계속 팬티 바람이시네요. 그럼 가 볼게요."

영상은 한 방에서 메인 거실로 향하며 시작했다. 몰래카메라로 진행하는 방식이었다.

일성 호텔, 프레지덴셜 로열 스위트룸의 실내 복도는 길었다. 그 끝으로 메인 거실이 시작되는 지점에서 성일의 뒷모습이 드러났다.

우락부락한 등 근육을 배경으로 기철 엄지손가락을 치켜들었다. 거기에 '헐크'의 이미지가 덧입혀지는 구성 방식은 조잡하기 이를 데가 없어, 딱 중학생의 솜씨였다.

그럼에도 불구하고 올렸다 하면 바로 화제 탑에 등극하는 것이 기철이의 영상이랬다.

영상 속 성일의 숙소에서는 술병이 굴러다니지 않았다. 그는 이계에 진입할 날을 기다리며 감각을 되찾고 있는 것으로 보였다.

비스듬히 늘어트린 양팔이었고 주먹을 쥐락펴락할 때마다 삼두근으로 타고 올라온 힘이 광배근에 스미며 승모근과 척추기립근까지도 전이되는 중이었다. 주먹에 힘을 주는 것만으로도 전신의 근육들이 반응하고 있는 것이다.

그간 평화의 세계에서는 쓸 일이 없어, 지방질에 파묻혀 있던 근육들이 커다란 부피로 부풀어 올라 있었다. 그런 험상궂은 뒤태는 기철이도 처음 봤는지 할 말을 잃은 것 같았다.

「(사실 이때 너무 멋있어서 정신이 나갔습니다. 그렇지 않나요?)」

"애들 귀엽지?"

연희가 엉성한 솜씨로 띄워진 메시지를 향해 말했다.

"또 찍으? 아주 재미 붙였구만."

"칼리버 님. 지금 운동 중이신가요?"

"아빠한테 칼리버 님이 뭐여."

"칼돌이들을 위해 설명 부탁드리겠습니다. 운동 중이신 것 같지는 않은데, 그렇게도 보이고."

"칼돌이는 또 뭐여."

"우리 구독자님들을 부르는 애칭이에요. 칼리버 님의 팬이기도 하고요."

"그러니께 크롱이 같은 거여?"

"크롱이요?"

"크라노스의 흉갑이라고 있었으. 아빠가 처음 얻은 A급 아이템이었는디 겁나게 좋은 것이었지. 지금은 빠개지고 없으. 아쉽구만. 기철이랑 용주한테도 보여 주고 싶었는디."

"네. 비슷해요. 그럼 우리 칼돌이들에게 인사 한 번 해 주시지 않겠어요? 칼돌이들 안녕, 하고요."

"별걸 다 시키네잉. 칼…… 칼돌이들 안녕~ 이럼 되는 거여?"

"손도 흔들어 주셔야죠."

"아따……."

「(쑥스러워하는 칼리버 님. 의외로 귀여움?)」

"나 미치겠어. 애들 하는 거 봐 봐. 제 아빠 보고 의외로 귀엽대."

사실 이 영상을 내게 보여 준 것도 연희고 내 손에 들려진 핸드폰도 그녀의 것이었다. 그녀가 평소보다 과장되게 웃고 있는 까닭과 같은 이유에서였다.

날 보며 웃고 있는 그녀의 시선에는 그만 화를 가라앉히면 좋겠다는 마음이 포함되어 있었다.

돌이켜 보건대 협회의 준비 과정에는 차질이 없었다. 시스템 보안팀에 재원을 아끼지 않았다.

해킹 대회에서 상을 휩쓴 우리나라 인력들뿐만 아니라, 실리콘 밸리 그리고 미 국방부 심지어 인도와 중국의 유명 화이트 해커 그룹까지도 영역을 넓혀 그들로 팀을 구축했었다.

그런데 결과가 나빴다.

모든 업무를 진행시켰던 제이미로서도 그들에게 이런 결과를 기대하고 기본 이상의 연봉을 제시하며 협회원 권리를 이야기했던 게 아닐 것이다.

해킹으로 빠져나간 자료들. 그러니까 코드명과 레벨 정도는 새롭게 형성되고 있는 시장에 제공할 계획이 있었다.

그러나 타의에 의해서 각성자 신원이 공개되어 버린 점은 타격일 수밖에 없다.

각성자들에게도, 협회에도, 나 오딘에게도 약점이 존재하는 것으로 보일 테니까. 화가 나는 이유는 그게 사실이기 때문이다.

우리 각성자들이 얻은 힘에는 인류 문명이 독자적으로 일궈 낸 IT 세계의 것이 포함되어 있지 않다. 그것은 소수 컴퓨터 천재들의 영역이니까.

때마침 제이미에게서 연락이 들어왔다. 연희는 기철이가 업데이트한 영상을 중지시킨 다음 받아 보라는 눈빛을 보내왔다.

〈 해커들이 잡혔어요. 여덟 개의 점조직 형태로 운영되고 있던……. 〉

내 질서 안으로 들어온 이후, 사실상 처음으로 질타를 받은 제이미였다. 평소보다 톤이 올라가 있는 연희처럼 제이미의 톤에도 변화가 있었다.

그 말을 잘라서 대꾸했다.

〈 협회에서 교도소를 물색 중이다. 기다렸다가 거기로 보내. 〉

그렇게 하겠다는 대답이 있기 전까지, 찰나의 공백이 느껴졌다.

해커들의 세계에 대해 잘 모르는 제이미에게는 범죄자들을 스카웃하는 게 합리적으로 보일 수 있었다. 아니다. 능력 자체만으로는 현재 보안팀이 그것들보다 수준 이하라고 할 수 없다.

해커들과 보안팀의 입장이 바뀌었다면 보안팀은 더 이상의 자료까지 침투했을 일이었다. 보안팀 한 명 한 명의 이력은 그만큼 화려하니까.

이에 중요한 건 현존하는 어떤 방화벽도 완벽하지 않다는 것이다. 컴퓨터의 세계로 연결되는 랜선을 꽂고 있는 이상 말이다.

미 국방부나 CIA의 서버도 블랙 해커들의 트로피로 다뤄지기 일쑤다.

다만 블랙 해커들이 타국의 첩보 요원이 아니라는 가정하에 국가 정보 시설을 해킹하는 경우가 적은 이유는 분명하다.

잡혔을 경우에 형벌이 엄격하기 때문이다. 일반 기업들을 털고 그 자료로 협박하는 것과는 차원이 다르기 때문이다.

이에 협회에서는 더 큰 형벌을 보여 주면 된다.

협회 방화벽의 취약점은 버그 바운티(Bug bounty)의 취약점 공개 프로그램(VDP)를 통해 보완해 나가면 될 일이고.

그러니 어쭙잖게 협회 서버를 공격해 왔던 그것들은 종신형이다.

가석방 없는 종신형.

세계의 블랙 해커 머저리들은 감옥에서 늙어 죽을 그것들을 보면서 깨닫는 바가 많을 것이다.

〈 제이미. 〉

〈 예. 〉

〈 앞으로 협회 일은 볼 것 없다. 후임자를 찾고 인수인계하는 즉시 기존 업무에만 전념하도록. 〉

제이미는 일이 너무 많았다.

*   *   *

"거래 시스템은 보류된 거야?"

연희가 아쉽다는 투로 말했다. 광대의 단검을 강화시킬 계획이었던 그녀로서는 인장이 거래될 날을 기다려 왔다.

"후임자가 들어올 때까지만."

"차라리 잘된 일이잖아. 거래 시스템까지 다 열었을 때 뚫렸다면 수습하기 어려웠을 거야. 그렇지?"

난 고개를 저으며 대답해 주었다.

"2막 1장의 빛기둥을 예로 들어 보지. 블랙 해커들은 결계 1층을 돌파하는 데 성공했지만, 다음 층에서 전멸당하고 만 격이다. 방화벽을 뚫는 것보다 더 중요한 게 잡히지 않는 거다. 꼬리를 잡히면 어떤 해킹도 무의미하다. 하지만 잡혔지."

"시스템 보안팀이 이긴 거라고 봐도 될까? 궁금해서 그래."

"누가 이겼다 할 수 없다."

"그래도 결론을 내려야 한다면?"

"시스템 보안팀이 이겼다. 하지만 상처뿐인 승리라고 할 수 있겠지."

"잡았으니까?"

"그래."

"선후라면? 팔악팔선의 시스템에도 접근했던 적이 있었잖아."

"아니. 팔악팔선 휘하 공대장급 인사들의 시스템이었다."

어떤 시스템도 인터넷망으로 연결되어 있지 않은 때였다.

접근하기 위해선 반드시 본거지에 침투해야 했었다. 해킹 툴로 무장된 USB를 서버에 꽂기까지, 거쳐야 하는 보안 장치가 어지간한 던전 못지않았다.

"그때 같이 활동했던 해커들 있잖아. 그들 중에 찾아보는 건? 찾기 어려운가?"

"그것들이 다이아 구간이라면 협회 보안 팀원들은 첼린저 구간이다. 그들은 이 세계에서 최고들이지."

그래도 뚫렸잖아?

연희의 얼굴 위로 그런 의문이 피어올랐다.

"작정하면 미 국방부도 뚫는데 뭔들 못할까. 그러니 작정하지 못하게 만들어 줘야 하는 거다."

"재밌네. 이쪽 세계도."

"모든 세계가 다 그렇지. 크든 작든 그 세계만의 룰과 다툼이 있는 거 아닌가. 너도 교사 생활 해 봤으니 알잖아."

"너무 오래전 일이야."

"모르는 체하긴. 넌 교직 세계의 브론즈였어."

연희는 피식 웃었다.

"그런 못된 말도 할 줄 알고. 우리 선후 많이 컸네. 선생님한테 오랜만에 혼나 볼래?"

"밤을 위해서 아껴 둬. 오늘은 호텔에서 자지 않으니까."

연희는 야릇한 눈길과 함께 핸드폰을 눈짓해 보였다. 멈춰 있는 기철이의 영상을 향해서였다. 내가 고개를 끄덕이는 것으로 어색한 채 멈춰 있던 성일의 얼굴에서도 시간이 흘러갔다.

"칼리버 님. 방금 전에 뭘 하신 거였죠? 굉장한 모습을 보여 주셨는데요."

"굉장했으?"

영상 속, 성일이 기철이를 보면서 흐뭇하게 웃었다.

"예."

"어…… 음…… 근력을 조절해 보고 있던 거였으. 근디 이거 허락은 받고 찍는 거냐?"

"그럼요. 평소에는 약주 한잔 걸치고 계셨을 칼리버 님께서 근력 조절을 하고 계셨습니다. 판타지 세계로 진출을 앞두신 것 같아요."

"우리 기철이 아나운서 해도 되겄다. 뉘집 아들인지 허벌나게 잘한다잉? 그려. 판타지고 자시고, 고 놈들 다 때려잡아야지. 여기가 어디라고 함부로 생겨 들어와? 안 그러냐. 기철아."

"맞습니다. 칼리버 님. 오늘 실험 영상을 찍을 건데요. 칼리버 님께서 무적 칼리버의 힘을 보여 주시면 판타지 세계로의 진출을 두고……."

몇 배속 빠른 재생으로 편집시킨 영상에서 성일과 기철이는 쉴 새 없이 말들을 주고받았다.

용주까지 합류해서 손을 모았다가 폈다가, 성일 또한 콧등을 긁어 대는 장면 뒤로 몇 번이나 비슷한 장면들이 빠르게 돌아갔다.

그러고는 아무런 소리가 없는 검은 화면으로 전환되었다.

「(정말 어렵게 허락받았답니다. ^^ 촬영을 허락해 주신 칼리버 님과 세계 각성자 협회에 다시 한번 감사드립니다. 구독 좋아요! 추천 좋아요!)」

정중앙에 기철이의 진 빠진 얼굴이 그 메시지와 겹쳐진 다음.

기철이와 성일이 나란히 서 있는 광경부터 다시 시작됐다. 거긴 야외였다. 일성 호텔 후방에 위치한 12층의 레지던스 동을 배경으로 깔고 있었다.

재미있는 점은 성일이 뻗쳐 든 오른손 위에 일성 호텔 측의 식자재 운반용 5톤 냉장 탑차가 가볍게 올려져 있다는 점이었다. 기철이와 성일이 그 밑의 그림자에 묻혀 있었다.

끝부분쯤으로 영상을 넘겼다.

시멘트 바닥에 남겨진 족적들을 확대하고 있는 장면이었다.

조금 더 앞으로 영상을 되감자, 12층 건물의 옥상을 향해 뛰어오르는 덩치의 모습이 재생되었다.

「(이번에는 제가 칼리버 님에게 안겨 최고 높이까지 올라가 보겠습니다.)」

이후.

기철이가 직접 카메라를 들고 올랐기 때문에 영상 속에는 순간에 솟구쳐 오른 속도감이 그대로 반영되어 있었다.

「(죽는 줄 알았습니다. ㅠㅠ) 」

"성일이가 아들을 많이 사랑하네. 시킨다고 또 하잖아. 자식이란 그런 거겠지?"

연희가 어쩐지 생각이 많아진 얼굴로 나를 응시하던 그 때.

연락이 들어왔다. 주문했던 차량이 입고되었다.

[전환 될 던전을 특정해 주십시오.]

물론 이 자리에서 바로 육감으로 조정이 가능하지만, 구태여 차량을 몰고 던전 하나를 특정해 가고자 하는 까닭은 다른 게 아니다.

성(星) 드라고린의 문명과 거기에서 나를 기다리고 있을 적들을 향해 내가 먼저 들어가 볼 계획이다.

이 두 눈으로 직접 놈들의 실태를 확인하겠다는 것이다.

*　　*　　*

「[필수 시청] 칼리버 권성일 님의 뒤태 위업과 실험 영상

조회수: 3,356,911

◇

무적 칼리버 TV / 구독 1215만

게시일: 2018. 4. 21

조회수: 3,356,911

드디어 칼리버 권성일 님이 협회 본부에서 돌아오셨습니다.

우리 칼돌이들, 많이 기다리셨죠? 이번 영상을 준비하기까지 정말 피나는 노력을 했습니다. 기다리신 만큼 보답해 드리기 위해서요. 칼리버 님 영상 외에도 우리 무적 칼리버 TV에서 야심 차게 준비해 놓은 영상들이 많으니, 앞으로도 많은 사랑 부탁드립니다.

◇

댓글 25,949개

ㄴ [BEST] 타임.D: 본인들 스스로 신의 이름을 달고 있는 것이 어떤 면에서는 유치하다 느껴졌었다.

그런데 도련님의 영상을 보고 전율이 돋았다. 같은 인류가 아니다. 칼리버 님이 최소로 한정해서 보여 주었던 것을 감안하면 첼린저들은 신이라고 불려도 손색이 없다. 만일 이 이상으로 무엇을 보여 주었다면 인류는 공포를 느꼈을 것이다. 사실 이것만으로도……

ㄴ아드레마렉: 미쳤다. 이 말밖에.

ㄴ슈안: 첼린저의 능력도 능력이지만 아들 사랑이 느껴져서 감동받았어요. 도련님은 무서울 게 하나도 없겠네요. 앞으로도 응원할게요.

ㄴ귀차니즘: 그 와중에 뒤태 무엇? 살을 뚫고 나오는 근육이라니. 인간의 뒤태임? CG로도 저렇게는 못 만들겠다. 대박 미침.

ㄴ강승용: 엘프, 드워프 이제 뒤졌다. 저 등짝 보자마자 오줌 지릴 듯. 야만전사 나가신다 길을 비켜라!

ㄴ신공: [링크: 세계 각성자 협회 — 전 세계 각성자들] 참고로 우리 칼리버 님이 각성자 서열 5위입니다.

ㄴ포도대장: 서열 1위, 서열 2위, 서열 5위, 서열 8위. 전부 한국인. 캬∽! 주모!

ㄴ 뉴브랜드: 협회 영향력만 놓고 봐도 서열 0위 오딘이 존재함. 그 바로 아래가 이태한. 더 무슨 말이 필요함? 여기도 한 그릇 말아 주쇼!

ㄴ 나무고기: [링크: 우리나라 미래가 기대되는 이유] 이때부터 도련님은 오딘 님과 마리 님이 우리나라 각성자라는 사실을 알고 있었을 듯. 도련님! 다음 영상 스페셜 게스트로 마리 님 어때요? 여성분이실 것 같은데.

ㄴ 토마: 코드명과 성별은 일치하지 않을 수 있어요.

ㄴ 타임.D: 본인들 스스로 신의 이름을 달고 있는 것이 어떤 면에서는 유치하다 느껴졌었다. 그런데 도련님의 영상을 보고 전율이 돋았다. 같은 인류가 아니다. 칼리버 님이 최소로 한정해서 보여 주었던 것을 감안하면 첼린저들은 신이라고 불려도 손색이 없다. 만일 이 이상으로 무엇을 보여 주었다면 인류는 공포를 느꼈을 것이다. 사실 이것만으로도…… ㄷㄷ 최고다 무적 칼리버! 존경합니다. 칼리버 님!

ㄴ 라이오네이시아: 서열 5위면 이 정도는 기본 아닌감. 그라프 벌레 새끼들도 한 그릇 해 먹는 분들이실 텐데. 이 정도는 보여 줘야 안심이 들지. 도련님 잘하셨어요.

ㄴ민섭: 기본? 한국 사람 특징은 뭘 하든 항상 까내림. 그리고 저게 최소화시킨 거라는 걸 명심하길 바람.

ㄴ라이오네이시아: 말이 그렇다고 시비 ㄴㄴ

ㄴ비오렌: 말리지 마. 칼리버 님 저랑 결혼합시다. 아니면 도련님도 좋아요.

ㄴ엘프덕후: 엘프 노예는 언제 살 수 있나요? +_+ 그날만 보고 삽니다. (31세. 남. 회사원. 서울)

ㄴ맑은하늘: 앞으로도 무적 칼리버 TV를 압도하는 콘텐츠는 나올 수 없다.

ㄴ김티디: 카탈리나 로네아 모르시나요?

ㄴ맑은하늘: 응. 골드.

ㄴ맛스타: 한국인으로서 전율이 돋았다. 각성자들 사이에서는 구원자로 불리는 그분 읍읍, 서열 2위의 마리, 세계 각성자 협회장인 검무신장 이태한. 그리고 무엇보다 이렇게 자식 사랑이 우리네 부모님들을 연상케 하는 서열 5위의 칼리버 님이 모두 한국인이라는 사실에서 나는 흥분을 감출 수 없다. 전일에 잡아먹힌 이 나라지만 희망이 보인다. [링크: 재벌그룹 전일의 충격적인 진실.] 한 번씩 보시기 바랍니다.

ㄴ맛스타: 전 엘프보다 저 트럭이 더 불쌍하네요. 장난감이 되어 부렀어!

ㄴDDK: 경악 그 자체. 대충은 예상하고 있었지만 진짜 엄청나다. 영화 보는 줄. 그래서 아쉽다. 우리 도련님 편집 기술이 너무 허접해. 미안해요 ㅎㅎ

ㄴ아퍼: ……한심합니다. 한심해요. 이게 우리들의 현주소입니다. 이 영상을 흥미로만 보고 두려움을 느끼지 못한다는 것의 문제점을 얘기하자면 입만 아플 것입니다. 협회에서 첼린저 구간의 힘을 보여 준 게 무슨 까닭이겠습니까. 미디어는 이래서 위험한 것입니다. [링크: 세계 각성자 협회와 UN 회원국 간의 협회원 지위에 대한 협정], 그들의 공격은 이미 조용히 시작되었습니다. 총알도 통하지 않습니다. 초인이기까지 하지요. 이 나라 군부 따위는 칼리버 혼자서도 제압이 가능할 겁니다. 그런데 오딘은? 첼린저 위의 넘사벽 엔더 구간이란 말입니다. 더욱이 협회는 조용한 행보만큼이나 영리하기까지 합니다. 그들은 우리를 어떻게 공격하고 지배하는 게 더 합리적인 것인지를 알고 있는 겁니다. 난 그게 무섭습니다. 병신들아. 너희 병신들도 공감해야 할 일이고. 알간?

ㄴ행수니: 네. 다음 병신. 협회 영향력, 각성자의 힘 등 모든 걸 계산해도 우리나라 각성자들의 힘이 엄청난데, 거기에서 올 이점은 하나도 생각 않고 비판적으로만 쓰면 똑똑해 보이는 줄 알지. 쯧.

ㄴ루나틱: 칼리버 우리 아버지 닮았다. 하지만 우리 아버지는 각성자가 아니야ㅠㅠ 저런 등짝도 근육도 스킬도 없엉. 배만 나옴ㅋ. 맨날 잠만 자고.

ㄴ햇살론: 우리 아버지들은 자식 앞에선 모두 각성자이십니다. 효도합시다.」

'암, 그렇고말고. 이 인간이 뭘 좀 아네. 그러니께 니도 핸드폰만 깨작거리지 말고 가서 부모님 어깨라도 주물러 드려라잉.'

성일은 댓글을 하나도 빠트리지 않고 확인하는 중이었다.

얼굴이 팔려 버린 건 맘에 들지 않지만, 기철이가 그렇게나 재미를 붙이고 하는 일이고, 또 요즘 아그들 사이에서는 이게 대세라 하였다.

살다 보니 정말 그랬다. 시작의 장에서 한 그룹을 이끌 정도로 높이 성장한 녀석들도 그러한 모습을 자주 보여 주었다.

엘리트라는 거죽을 쓴 자식들이었지만 인정할 부분이 있었다. 그것들이 그 거죽을 쓰기까지는 누구보다도 치열했던 삶이 있었던 것이다.

공부든, 회사 일이든, 정치든, 운동이든.

그것이 무엇이 됐든 어느 한 분야에 몰두하고 두각을 보였다던 녀석들에게는 공통적인 면이 있었는데 바로 '세상과 싸우는 법'을 터득하고서 시작의 장에 진입한 것이었다.

험난한 세상이다.

돈이나 건물을 쥐여 준다고 해서 사기로 홀라당 털려 버리면?

그전에 성일은 기철이가 돈에 스민 무서움을 깨달았으면 했다.

해서 그깟 공부 좀 못하면 어떤가. 학교가 의미 있는 바는 친구들과 교류하면서 세상 살아가는 법을 배우는 데 있는 것이다.

정말로 공부에 의미를 두자면 어중간하게 해서는 답이 없고 전교 1, 2등에 꼽히는 수재급에 달해야. 또 그걸 바탕으로 엘리트 그룹에 편승되어야 세상과 싸우는 법을 깨달아 갈 수 있는 것이다.

하지만 그 길은 수많은 갈래 중에 하나일 뿐이다. 어떤 길이든 재미를 붙이고 몰두하며 또 욕심을 내기 시작한다면.

그래서 궤도권 안에 들어간다면 거기에서도 배울 수 있는 게 많았다.

돈을 벌고, 라이벌과의 경쟁에서 이겨 더욱 성공하기 위해. 혹 돈을 벌지 못하더라도 어떤 세계든 경쟁이 존재했다. 그 경우엔 돈 대신 명예가 뒤따른다고 할 수 있겠다.

설사 거기에서 뒤처질지라도 그간에 터득한 방법들이 다음을 도모하게 만들어 준다.

성일은 기철이가 그러한 경쟁을 통해 성숙하게 자라는 게 꿈이었다.

아직은 어린 철부지지만, 마침 크리브에이트인지 크리에이트인지 자시고 간에 어쨌거나 거기는 나이와 상관없이 활동한다 했다.

기철이에게는 좋은 경험이 될 것이다.

"그래도 증말 허접하긴 하구만. 선생 하나 붙여 주는 게 맞는 것 같은디."

잘 모르는 자신이 봐도 기철이와 용주가 만들고 있는 영상들은 아마추어 그 자체였다.

성일은 이 시각에도 두 철부지가 머리를 맞대고 있을 광경을 떠올리며 흡족한 미소를 띠었다.

고작 며칠 만에 무슨 전문가라도 된 듯, 이상한 용어를

써 가며 심각한 그것들을 보고 있노라면 참 대견한 것이다.

돈도 벌어 보고. 동료 혹은 라이벌이 될 다른 관계자들도 만나 보고. 업계 성공자들에게 협조도 구해 보고. 그러며 친구 간에 의견 차이로 싸우기도 해 보고. 고민을 하며 성취감도 맛보고.

그렇게 점점 진짜 어른이 되어 가는 거다.

과거의 자신 같은 가짜 어른이 아니라.

그러려면 아무래도 기철이에게 묶여 있던 제약을 풀어주는 게 맞았다.

또 아비 덕 좀 보면 어떤가? 세상이 다 그렇고 그런 것을.

〈 내 잘 몰라서 뭐라 길게는 말씀 못 드리겠는디. 기운 좀 내소. 명색이 전일 여회장님 아니요. 오딘은 뒤에서 모략질하는 것들에게는 가차가 없으신 분이신디. 잘못 한 번으로 사람 내치시는 분이 아니란 거요. 그라고 다른 게 아니라, 기철이 말인디……. 〉

집결지까지 가는 동안 성일과 제이미의 통화는 계속 이어졌다.

*　*　*

성일이 내비게이션을 찍고 도착한 집결지는 인천의 야산이었다.

「**알림**

일대는 법인 사유 재산으로 외부인의 출입을 금지합니다. 출입하고자 할 경우 사전에 출입 목적, 출입자 명단, 출입 시기를 당사에 통지하여 사전 서면 승인을 득해 주시기 바라며.

만약 당사의 사전 서면 승인 없이 출입한다면 **민형사상 책임**을 물을 것이니 이점 각별히 유념해 주시기 바랍니다.

1998. 2. 1

전일 인베스트먼트 (주)」

알림판은 철조망에 부착되어 있었다. 정확히 20년이 지난 것이라 세월의 흔적이 녹슨 때로 붙어 있었다.

거기에는 성일보다 먼저 도착한 이들이 진을 치고 있었다.

검은색 승합차량 다섯 대가 나란히 주차되어 있었는데,

성일이 차에서 내리자 한 대당 다섯 명씩 총 스물다섯 명도 일제히 차에서 내렸다.

그들은 모두 협회 보안 유니폼을 입고 있었고, 당장은 비무장 상태였다.

성일은 외국인 요원들을 둘러보다가 너털웃음을 흘렸다. 성일이 처음으로 말을 건넨 이는 그중에서도 눈에 띄는 동양인이었다.

"한국인이여?"

"옛! 그렇습니다. 김신배입니다. 함께하게 돼서 영광입니다."

아주 오래전, 1막 1장에서 봤던 군바리.

'이름이 뭐랬더라?'

기억도 나지 않지만, 김신배는 군인답게 딱딱했던 그자의 이미지를 꽤나 닮은 녀석이었다.

"영광이랄 것까진 없고. 그짝 영어 좀 하나?"

"통역에는 문제가 없습니다."

"오딘과 마리께서도 곧 도착할실 텡게 어여들 준비해둬."

"옛. 따로 당부하실 점이 있으십니까?"

"그건 그짝 상관에게 들어야지. 내가 쫄병까지 일일이 챙겨야 하남?"

"시정하겠습니다."

"흐흐. 장난이여. 쫄지 말라구. 그짝만 신참 티가 풀풀 나서 그려."

성일은 대강 들은 게 있었다. 이번에 보좌할 팀은 오딘과 마리께서 한창 던전을 도실 때, 함께했던 팀이라 하였다.

각성만 하지 않았을 뿐이다.

따지고 보면 선배 격인 인사일 수도 있었다. 그래서 성일은 외국인 요원들에게 먼저 다가가 그네들 방식대로 악수를 나누기 시작했다.

"나이스 투 미튜. 아임 칼리버. 하우 두유 두?"

"How do you do. Sir!"

"Good. Sir!"

"honored to be here. Sir!"

성일은 전 인원과 악수를 나눈 후 트렁크에서 전투 배낭을 꺼냈다.

시작의 장에서 던전에 들어갈 때와 동일한 구성으로 챙겨 왔다. 성 드라고린이 어떤 곳인지 모르니까 일단 되는 대로.

어린 기철이뿐만 아니라 다 큰 성인들까지도 거기를 꿈과 희망이 넘실대는 환상의 땅으로 바라보지만, 현실은 다르다.

성일은 인류가 안전한 까닭을 상기하며 주먹을 움켜쥐었다.

'그려 쓰벌. 머리 아프게 생각할 것 없으. 적이 따로 있남. 우리 골 깨지게 만드는 것들이 적이지. 오딘만 믿고 가는 거여.'

성일이 요원들을 향해 외쳤다.

"자자. 후딱 준비들 하자고."

Chapter 2.

"청와대 국민 청원 게시판이 과천, 안양, 군포시 국토 복원 사업에 대한 각종 청원으로 왁자지껄합니다. 이번에도 전일 그룹에 일감을 몰아 주는 것이 아니냐는 청원만 30여 건. 참여연대 출신 박용태 국토 복원 사업장의 반박 회견에도 불구하고 여러 의혹들이 불거진 가운데 여론이 갈리고 있습니다."

연희가 운전대를 잡고 있었다. 시종일관 기분 좋은 얼굴을 하고 있는 걸 보면 오래전에 함께 던전을 돌았던 때를 추억하고 있는 것 같았다.

"다음 소식입니다. 이태한 세계 각성자 협회장은 사무국장 선출에 더불어, 협회원 및 비등록 각성자에 의한 범죄 그리고 협회를 향한 범죄에 맞설 단체로 안전국을 신설하였습니다. 안전국장으로는 우리나라 국적의 세크메트 김지애 씨가 선출되었습니다. 김지애 씨는 전(前) 대검 공안부장 출신의 공직자로, 각성자 등록일에 벌어졌던 해킹 사태를 총괄하게 되었습니다. 이에 주동자 코릴 피터슨 외 13인의 사이버 범죄자들은 협회가 미 정부로부터 공여받은 ADX 플로렌스 교도소에 수감될 것으로 보이며 정식 재판 없이……."

창밖의 세상은 술에 물 탄 듯, 물에 술 탄 듯한 세상이었다.

라디오에서 들려오는 소식 외에는 과연 외계 문명의 침공을 겪은 세상이 맞는가 싶을 정도로 평온하기 짝이 없었다.

이런 세상을 원했다. 또 앞으로도 이렇게 지켜 나가야 하는 세상이고.

한 가족이 가득 차 있는 승합차량은 주말 나들이를 나온 것 같았다. 그것이 지나치는 광경을 바라보다가 라디오 볼륨을 줄였다.

부모님께는 시간이 될 때마다 연락을 드려 왔는데, 각성자 등록일 이후로는 처음이었다.

어느 분에게 걸든 통화의 첫 시작은 어머니.

그다음이 아버지시다.

어머니와 통화가 끝난 후 아버지께선 잠시 기다리라는 말씀을 남기셨다.

잠깐의 공백 동안, 아마도 아버지께선 어머니의 잔소리가 미치지 않는 마당으로 자리를 옮기시는 것 같았다.

〈 지애가 안전국장이 되었다더라. 지애하고는 연락하고 지내지? 〉

〈 예. 〉

〈 아들도 거기로 들어가는 거냐? 〉

〈 아직 정해진 게 없습니다. 협회 시스템이 자리를 잡아가는 와중이고 신설되는 조직들도 많아서 조금 더 두고 봐야 할 것 같습니다. 사실 협회 기구보다는 사설 조직으로 들어가게 될 가능성이 높죠. 〉

〈 안전국은 영 아냐? 국내외 업무에만 한정 짓게 될 것 같던데. 네 엄마는 그거 때문에 또 말이 많다. 알잖냐, 아들. 부인들이 나이 들면 남편들은 꼼짝 못 한다는 거. 요즘 따라 잔소리가 말도 못 해. 〉

〈 각성자들을 상대하는 게 더욱 위험합니다, 아버지. 협회 지시를 어기고 범죄를 저지를 것들이라면 불 보듯 뻔한 일이지 않아요? 〉

〈 많이 설명해 줬지. 하지만 네 엄마한텐 괴물들 이미지가 워낙에 강렬했어서 말이지. 〉

그나마 금융 업계로 복귀할 순 없겠냐는 소리가 나오지 않는 까닭은 아버지 덕분이다.

자식이 어렸을 때부터 그쪽으로 천부적인 재능을 보였으며 보란 듯이 성공 가도를 달리고 있었고. 또 각성자들의 삶이 위험하다는 것을 뻔히 아셨기에 걱정도 많으셨던 분이다.

그럼에도 아버지께서는 한 번만 말씀하고 마셨다.

〈 사설 조직은 뭐냐? 〉

〈 에이전시들이 움직이고 있습니다. 몇 차례 제안도 들어왔고요. 〉

〈 새로운 시대에 걸맞게 새로운 시장이 열리고 있는 거구나. 보안 업계나 군사 업계에서도 각성자로 대체해야 할 일들이 많겠지. 그게 아이러니한 일이다. 외계와의 전쟁을 제외하고 보면 그런 시장에서 각성자들이 요구되는 이유가 다른 위험 요소들 때문 아니냐. 각성자를 막기 위해 각성자를 고용해야 하니까. 너희들이 보내 왔던 시간은 무척 길었고 십인십색이라 모두가 다 같을 순 없겠지. 그래도 각성자 등록이 성공적이라 평가될 수 있을 만큼 많은 호응이 있었다니, 그쪽으로는 걱정이 없다. 〉

〈 예. 아버지.〉

〈 국방부에서는 따로 연락 온 거 없고? 〉

〈 아버지 아들이 군복 입기 바라십니까? 하하. 〉

〈 군대도 안 다녀온 자식이 말은. 그래도 웃는 목소리 들으니까 좋다. 네 엄마 걱정은 하지 말고 해야 할 것들 해. 나 아직 안 꺾였다? 〉

〈 좀 전에는 꼼짝 못 하신다면서요. 〉

〈 자식이 입만 살아 가지고 왔어. 〉

〈 거기서 먹은 나이를 보태면 쉰다섯은 가뿐히 넘습니다. 아버지. 〉

〈 오냐. 오 년 후에 환갑 치러 줄게. 그러니까 어디 가서 다치지 말라고. 〉

〈 플래티넘입니다. 다치고 싶어도 다치기가 힘들어요. 〉

〈 좋겠다. 인마. 〉

〈 다시 연락드리겠습니다. 아버지. 〉

〈 그래. 나도 네 엄마하고 드라이브나 나가야겠다. 〉

〈 예. 〉

〈 ……고맙다. 나도 그렇고, 모두가 다 너희 덕분에 걱정 없이 산다. 누가 뭐라고 해도 그것만은 진실이야. 다른 사람들 말은 귀담아듣지 마라. 〉

〈 아버지……. 〉

〈 하하. 너무 붙들고 있지? 너도 자식 낳아 봐라. 다 커도. 시작의 장…… 갔다 와도 자식은 애야. 잔소리로 안 들어 줬으면 좋겠다. 〉

〈 예. 〉

〈 여자도 좀 만나고. 자식아. 〉

〈 예. 〉

〈 그럼 어서 일 봐. 〉

아버지께선 계속 붙들고 있다 했지만 그래 봐야 4분도 되지 않는 통화였다.

그때 차는 휴게소를 향해 방향을 틀고 있었다.

*　　*　　*

우동과 라면과 비빔밥, 토스트 그리고 핫바를 거쳐 디저트를 생각하고 있을 무렵.

액정을 위로 올려 둔 연희의 핸드폰에서 짧은 진동이 울렸다.

연희가 재밌다는 식으로 핸드폰을 흔들어 보일 때.

내 핸드폰으로도 메시지가 들어왔다.

우리나라 각성자 전체. 아니, 정확히 말하자면 '오딘'과 '마리' 그리고 협회 지도층 인사를 제외한 각성자들에게 일제히 메시지를 보내고 있는 것 같았다.

협회 사무국을 통해서였고 그래서 발신지도 협회 사무국으로 찍혀 있었다.

「나선후 님 귀하.

희생과 헌신을 아끼지 않은 귀하에게 깊은 감사의 뜻을 전합니다.

우리 인류에게 직면한 외계의 도전은 우리 모두에게 많은 교훈과 영감을 주었습니다. 이에 본사도 시각을 외부로 돌려 외적 역량을 강화하고 기본과 원칙에 충실하여 관련 시스템을 구축하였습니다.

전문화된 팀 구성과 커리어를 겸비한 경쟁력 있는 보조 인력들을 통하여 지속적인 신뢰를 쌓아 갈 것을 약속드립니다. 또한 이를 바탕으로, 귀하와 같은 각성자 분들께 옳은 일자리를 연결하는 신성한 부분에 사명을 갖고 있습니다.

첫째. 고품격 서비스를 제공하겠습니다.

* 귀하의 가족 또한 동일한 서비스를 약속드립니다. (자세한 내용 안내는 상담을 통해 도와 드리겠습니다. 타사보다 월등한 서비스라고 자신합니다.)

둘째. 협회 사무국과의 꾸준한 연계를 통하여 발빠른 정보를 제공하겠습니다.

* 국내는 로비스트 활동이 불법이지만 미국으로 우회하면 접근할 수 있습니다. 또한 국내에는 국내의 실정에 맞는 접근 방법이 계획되어 있으며, 협회 자체적으로도 로비스트 활동을 불허하는 사안이 명문화되지 않았습니다.

셋째. 어려워하실 수 있는 시장(아이템, 인장) 거래에서 최선을 만들어 내겠습니다.

* 협회에서 아이템과 인장을 거래할 수 있는 시스템이 준비 중에 있습니다.

넷째. 귀하께 손색이 없는 일자리를 제공하겠습니다.

* 외계로의 진출을 원할 경우: 타사와의 연계를 통하여 귀하께서 만족하실 최고의 공격대를 창출해 낼 수 있습니다.

* 국내외 활동을 원할 경우: 세계 각국에, 각성자들의 도움을 필요로 하는 시장이 많습니다. 이에 본사는 귀하가 품고 있는 가치를 최고조로 끌어낼 수 있습니다.

담당자: 정석우 총괄수석부회장 / 대현 ㈜

연락처: 010—9652—3687 /Daehyun_1@Daehyun.com」

대현 그룹의 높으신 양반까지 직접 스카웃에 나서고 있었다.

하지만 늦다. 전일, 일성을 비롯한 온갖 재벌 그룹뿐만일까. 각성자 등록이 끝나자마자 국외에서도 먼저 들어온 메시지들이 쌓이고 있는 중이다.

그들에게 연희와 나는 오딘과 마리가 아니라 나선후며 우연희였다.

맞다. 협회에는 우리들의 가짜 신분이 등록되어 있었다. 그러니 전 세계에 등록된 각성자 182,329명 중 두 명을 제거하는 것이 실제 등록을 마친 숫자다.

"대현 같은 수준이면 돈 벌려고 하는 짓은 아닐 거야. 그렇지? 우리나라 각성자들은 수도 적잖아."

연희가 잘 짚어 냈다.

"정말 돈을 벌고 싶은 목적인지도 모르지. 명색이 재벌인데 가진 거라곤 감투뿐이니까."

"어쨌든 난 모카 라테."

연희는 더는 신경 쓸 일도 아니라는 듯 바로 화제를 바꿨다.

"난 아메리카노."

"단 것이 땡길 수도 있어. 먹을 수 있을 때 먹어 두지 그래?"

"거기도 있겠지. 문명을 갖춘 이상은."

*　　*　　*

인천 야산으로 진입하는 길목에서 협회 요원이 차량을 막아섰다.

나와 연희의 얼굴을 알고 있는 오래된 요원이 경의를 표하자 신참이 분명한 동양계 요원은 긴장된 표정을 고치며 허리를 숙였다.

둘만큼은 평상복이었다. 그러나 함께 산을 오를 요원들

은 전투복에 자동 소총을 겸비한 채 개인 무장을 점검하는 중이었다.

평소와는 다른 긴장감이 감도는 이유야, 그들도 진입할 가능성이 있다는 언질이 있었기 때문이다.

만약 여기와 성 드라고린의 출입이 자유롭다면 전투 요원들을 대동하지 않을 이유가 없다.

시험해 볼 것들이 많다.

첫 번째는 인류의 화기가 통하는 세계인지. 가능하다면 어디까지가 그런지. 그래서 그들이 무장한 자동 화기 외에 대전차 로켓이 든 보관함도 운반 준비가 끝나 있었다.

그렇게 전술 장비를 착용한 전투 요원들은 당장 중동의 위험 지대로 떠나기에 손색이 없는 모습들이다.

한편 긴장된 그들 속에서 성일이 걸어 나왔다.

기철이의 영상 속에 있던 아재의 얼굴은 없었다. 그의 얼굴에도 사뭇 긴장감이 감돈다. 여유로운 건 거기에 대고 손을 흔들어 보이는 연희뿐이다.

"누님도 같이 간다니 한결 낫수."

성일은 내게 고개를 숙여 보인 다음 그렇게 말했다.

"나? 안 가. 누가 간다 그래."

연희가 대답했다.

"같이 오셨으니까 당연히……."

"그나저나 기철이가 따라온다고 안 해? 아들 사랑이 넘쳐 흐르더라. 잘 봤어."

"아…… 누님도 보셨구만. 근디 제 입이 그리 싼 줄 아슈. 아무리 부모 자식 간이라도 말할 게 따로 있지. 공사 구분은 확실한 게 바로 나요. 그라고 거기가 어떤 덴 줄 알고. 고것이 엘프니 드워프니 씨부릴 때마다 한 대 콱 쥐어박고 싶어 혼났수다……."

성일은 우리 어깨 너머로 시선을 멀리 가져가며 말을 흐렸다.

"오시리스? 안 와. 그런데 성일이도 진입하지 않을 수 있다?"

"예에?"

"오딘께서 먼저 들어가시고 상황 파악한 후에. 일단은 만일의 사태에 대비해서 성일이가 경계 서고 있는 거지. 왜? 어째 실망한 기색이다? 나도 같이 경계 서길 원해?"

"그런 게 아니라. 거 드워프라는 것들이 장신구를 그렇게 기똥차게 만든다면서요."

"나도 거기가 민간인들이 떠들어 대는 대로였으면 좋겠다. 있다 치고, 구하면? 우리 성일이. 누구 장신구 주고 싶은 사람이 생겼나 봐?"

"크흠. 그냥 고마운 사람이 있어 가지고 그런 것인디."

"제이미? 그 나이에도 예쁘긴 하지. 끝."

"예?"

"언제까지 이 누님하고 농담 따먹기 하려고. 이제 긴장 좀 풀어졌잖니?"

"아니. 제가 쫄병 아새끼도 아니고. 다 보는디 쪽팔리게 시리. 이 사람들. 한국말 쪼까 알아듣는 것 갈구만."

"그냥 확 정신 조작하는 게 나았겠다. 글치?"

"누님도 참. 웃는 얼굴로 무서븐 말을 그렇게나 잘허요."

오래된 요원들은 연희와의 인사를 기다리고 있었다. 실제로 성일과 연희의 대화가 끝나고 리더 격인 요원이 아는 체를 해 왔다.

그러나 성일을 향해 머물러 있던 연희의 미소는 그때 사라졌다.

싸늘한 눈빛에 표정까지 없어서 분위기는 바로 가라앉았다.

연희는 그들에게 임무에 조금도 소홀하지 말라는 경고를 내렸다. 그런 다음 내게 손을 흔들며 걱정되는 눈빛을 띠었다.

『선후야. 기다리고 있을게.』

던전 입구를 찾아 산을 오른 건 그 직후였다.

그리고 입구 앞.

던전의 봉인이 해제될 때 이는 진동 따위야, 오래된 요원들로서는 익숙한 일.

드드드.

그들은 곧 푸른 막과 함께 그 아래로 계단이나 토굴이 보이는 순간을 침착하게 기다렸다. 하지만 진동이 끝나도 아무런 현상이 일어나지 않자 의아한 시선들을 주고받기 시작했다.

당연한 일이다.

칠마제 군단으로 통하는 모든 길은 의례가 완성되었을 때 닫혔으니까.

대신 새로운 길을 뚫을 수 있는데, 그 공능은 내게 있었다.

생각하는 것만으로도 뇌리에서 전기 자극이 튀는 것 같았다. 라이프 베슬에서나 느껴졌던 어둠의 힘이 손끝에서 실체를 드러내는 순간이었다. 손가락 끝마다, 팔목을 타고 어깨까지 올라가는 선마다 검은 아지랑이들이 피어올랐다.

스르르—

성일을 비롯해 요원들의 시선이 내게로 집중됐다.

모두의 동공이 정처 없이 흔들리던 그때.

비로소 성(星) 드라고린으로 진입할 수 있는 길이 열리고 있었다.

[옛 던전 중 하나를 전환 하였습니다.]

[등급: F
구역: 바르안 남작령
(포클리엔 공국, 그린우드 대륙)]

*　　*　　*

그린우드 대륙, 포클리엔 공국.

'오! 주여!'

유물 감정을 마친 엘란드는 제자리에서 몸을 부르르 떨었다. 흡사 경련과도 같은 뚜렷한 움직임이었다.

때문에 이를 저주라 오인한 그의 부하들은 즉각 전투태세를 갖췄다.

간혹 고대 유적에서 출몰하는 마신(魔神) 둠 카오스의 저주는 끔찍하며, 해주술을 익힌 주술사를 고용하는 건 꿈만 같은 일이다.

엘란드가 격정에서 빠져나오는 게 조금만 늦었다면 그는 자신의 부하들에게 피습을 당했을 일이었다.

"됐다! 귀환한다!"

그때 엘란드가 외친 목소리는 희열로 충만했다. 그 목소리를 들은 모두의 가슴까지도 진동시킬 만큼 말이다.

엘란드는 부하들 한 명 한 명을 격려하고 싶었다. 그러나 아직 끝난 게 아니었다.

보물을 찾으면 뭐 하는가. 숱한 유적 탐사대들이 그러했듯 귀환에 성공하지 못하면 자신과 부하들은 해골이 되어 풍파 속에 파묻히고 만다. 보물 또한 가슴에 품어진 채로 영원히.

한편 엘란드의 부하들은 베테랑이었다. 다음으로 무엇을 해야 하는지 잘 알았다. 기쁨에 취했을지언정 긴장을 되찾기까지 그리 오래 걸리지 않은 것이다.

엘란드와 그의 부하들은 남겨 둔 흔적들을 쫓아 유적에서 빠져나왔다.

사전에 경계를 보고 있던 자들이 합류하면서 엘란드의 일행은 두 배로 불었다.

그날 밤.

그들은 오면서 봐 두었던 야영지에 도착했다.

야영지가 위치한 지점은 붉은 얼굴 오크들의 영역에 아슬아슬하게 걸쳐져 있었다.

엘란드가 거기를 귀환 경로로 계획한 이유는 바로 그래서였다.

위험 부담이 크지만, 어쨌거나 붉은 얼굴 오크 일족과 포클리엔 공국은 협약을 맺은 상태였다. 혹 데클란 같은 몬스터들이 출몰한다면 그 오크 일족에게 도움을 요청할 수도 있는 일.

보물을 발견했다는 걸 들키지만 않는다면 그 오크 일족은 훌륭한 방패가 되어 줄 수 있는 것이었다. 물론 최악의 가정이다.

최선은 별 탈 없이 하룻밤을 보내고 다시 귀환길에 오르는 것.

야영지 준비가 한창인 시각. 엘란드에게 그의 조력자가 다가왔다. 발견한 보물이 무엇인지 무척 궁금한 얼굴이었다.

"고문서인 것 같습니다만?"

조력자는 자신이 본 것이 있다는 사실을 감추지 않았다.

"맞습니다."

엘란드의 확답이 떨어지자 조력자의 눈에서 아쉬운 빛이 나타났다 사라졌다.

조력자의 이름은 말루스. 주 락리마의 신성이 깃든 무구들을 찾아다니는 흔한 여행자지만 그의 실력만큼은 결코 흔한 게 아니었다.

그래서 엘란드는 그를 탐사대의 조력자로 받아들였다. 조건은 하나였다.

그는 탐사대원으로서 사명을 가지고 임하되 주 락리마의 신성이 깃든 무구가 발견되면 그에게 인도해 줄 것.

하지만 그런 경우는 정말로 희박한 경우였다.

그래서 서로에게 윈윈이 되는 계약이었다. 엘란드의 탐사대 같은 베테랑 집단에서는 종종 볼 수 있는 유형의 계약이다.

"어떤 종류의 고문서였습니까?"

엘란드는 다음 탐사에도 그와의 계약이 연장되길 원했다. 때문에 솔직하게 대답했다.

"현재로선…… 성(聖) 카시안의 기록서로 추정됩니다. 아마 맞을 겁니다."

대답을 한 엘란드나, 그 대답을 들은 말루스나 잠깐 말이 없어졌다.

둘뿐만이 아니었다.

아무나 붙잡고 물어도 성 카시안의 기록서가 지닌 가치를 모르는 이는 없다.

그건 붉은 얼굴 오크 일족도 예외가 아니었는데, 붉은 얼굴 오크 일족이 바다를 건너와 공국령까지 들어온 까닭도 그 때문일 수 있었다.

엘란드가 아무리 생각해도 붉은 얼굴 오크 일족이 공국의 방패를 자처하며 여기까지 들어온 이유는 그것밖에 없었다.

"그거 부럽군요. 명성과 돈을 한 번에 쥐시게 생겼습니다?"

"언제는 안 그랬습니까. 계속 함께해 주시죠. 귀환하는 대로 다음 탐사지가 예정되어 있습니다."

"주 락리마께선 한 사람에게 동일한 손길을 건네지 않으십니다. 저는 귀환까지만입니다. 엘란드께서도 당분간 탐사를 중단하시는 게 좋겠군요. 어디까지나 귀환에 성공한다면."

돌아가는 말루스의 등이 무거워 보였다.

수차례 목숨을 걸고 데클란들과 싸워 왔고, 비로소 고대 유물까지 닿았는데 그가 바랐던 물건은 나오지 않았다.

충분히 상실감이 클 수 있다 생각한 엘란드는 많은 생각이 들었다.

보물을 처분한 돈 중 일부 배분해 줄까? 아니면 신전의 축복을 붙여 줄까?

그러다 이내 고개가 저어졌다. 말루스 같은 조력자를 한두 번 겪어 본 게 아니었다. 어떤 노력을 다해도 그를 붙잡기는 힘들 것 같았다.

그나마 다행인 것은 그가 다른 조력자들처럼 계약을 어기고 보물에 흑심을 품지 않는다는 점에 있었다. 아니, 또 모르는 일이지.

엘란드가 부하들에게 수신호를 보냈다. 말루스를 잘 지켜보라는 뜻이었다.

*　　*　　*

밤은 적막했다.

깨어 있는 자는 보초들뿐이었다. 데클란이 출몰하는 지역에서 모닥불은 사치였다. 추위가 기승을 부렸어도 눈은 계속 감기고 있었다. 그러던 중 보초 하나의 눈이 부릅떠졌다.

때는 불길한 기척을 느낀 말루스가 천막 밖으로 뛰어나올 때였다.

전방을 노려보던 말루스의 눈알에 붉은 기운이 감돌았다. 그때 어둠 속, 커다란 인영들의 실체가 고스란히 드러났다.

데클란 전사는 아니었다.

체구가 그보다 컸고 목 위로도 개 대가리가 달려 있지 않았으니까.

대신 그것들의 입 밖으로 튀어나온 어금니가 선명했다.

얼굴에 데클란의 피를 바르고 나타난 오크들은 하나같이 강해 보였다.

말루스는 오크들의 눈에서도 자신과 똑같이 어둠을 꿰뚫는 붉은 기운이 감돌고 있음을 확인했다.

'빌어먹을.'

말루스는 보초들에게 엘란드를 깨우라는 수신호를 보낸 다음 오크 수장을 향해 걸어갔다. 오크들을 본 것이 처음은 아니었으나 마주할 때마다 위압감이 느껴지는 건 어쩔 수 없는 일이었다.

수장을 포함한 오크들의 수는 총 열다섯.

오크 수장이 주의 가호를 받은 걸 감안하면 그것들이 살의를 띨 경우 여기는 전멸을 각오해야 한다.

그러한 말루스의 긴장된 심정이 목소리에서도 드러났다.

"주(主)의 전사들께서 우리들에겐 무슨 볼일이십니까?"

리더 격인 오크는 도끼를 움켜쥐고 있던 주먹에서 힘을 풀었다.

"너, 우리를 만난 적이 있군."

오크가 대답했다.

"예. 강철 어금니 일족의 전사분들이셨습니다."

"만나도 쓰레기들을 만났군."

순간 오크의 목소리에 적의가 담겼다.

'서로 적대 세력이었어? 젠장. 엘란드 이 인간은 대체 언제 나와.'

말루스가 할 말을 잃고 뒤를 확인했을 때, 다행히 뛰쳐나오는 엘란드가 보였다.

"죄송합니다. 제가 이들의 대표입니다. 주의 전사들께선 저와 이야기하시면 됩니다."

솔직히 말루스는 엘란드에게 감탄했다. 낯빛 하나 바뀌지 않은 공손한 태도에 말이다. 말루스는 일단 뒤로 빠졌다.

그 사이 엘란드는 붉은 얼굴 오크 일족을 하나하나 눈에 담고 있었다. 데클란과의 전투를 치른 지 얼마 되지 않은 걸로 보였다.

오크들의 얼굴에 발라진 피가 그리 굳지 않았고, 오크 몇이 짊어지고 있는 주머니에는 갓 벗겨진 데클란들의 거죽이 튀어나와 있었다.

거기에 마석이 들어있는 것으로 추정되는 주머니들을 각자 허리에 차고 있어서, 핏물이 새어 나오고 있는 중이었다.

'우리를 쫓던 게 아니었다. 잘 지나가야 할 텐데.'

판단을 마친 엘란드는 상급 힐링 포션을 아낌없이 내밀었다. 보물을 가지고 안전하게 귀환할 수만 있다면 상급 힐링 포션 정도는 아무것도 아니니까.

"우리가 도적질이나 하러 온 것처럼 보이는가?"

오크의 목소리가 무겁게 떨어졌다.

오크들의 오만한 자존심으로 애꿎은 힐링 포션만 파괴될 수 있는 상황이었다.

실제로 오크는 힐링 포션을 쥐고 있는 엘란드의 손을 노려보고 있었다. 엘란드는 오크가 힐링 포션을 내던져 버리기 전에 한 박자 빨리 말했다.

"주의 신성이 깃든 분께서 직접 제조하신 것입니다. 저희를 위해서 주의 전사분들께서 써 주십시오. 부디 받아 주시길 바랍니다."

"주제를 아는 것들이 여기가 어디라고 기어들어 온 것이냐."

"공국과 협정을 맺었다 들었습니다. 해서……."

"엉망진창이었던 협정이지. 그것이 너희 좋으라고 한 협정인 줄 아느냐."

"죄송합니다. 날이 밝는 대로 떠나겠습니다."

오크는 상급 힐링 포션을 바라보다가 자신의 허리춤에서 주머니를 떼어 냈다.

마석으로 가득 차 있는 주머니였다. 그래도 오크의 주먹이 컸기 때문에 주머니는 상대적으로 작아 보일 수밖에 없었다. 힐링 포션이 든 병도 마찬가지라서, 엘란드의 손을 떠나 오크의 손아귀로 옮겨졌을 때 그것은 무척이나 작아 보였다.

비로소 오크들의 모습이 어둠에 의해 완전히 지워진 순간.

엘란드는 몸에 힘이 하나도 남아 있지 않다는 걸 깨달았다.

등은 식은땀으로 완전히 젖었다. 오크 수장이 마석 주머니를 건넸을 때부터!

엘란드는 천막으로 돌아가며 말루스를 눈짓해 불렀다.

"아무래도…… 눈치챈 것 같습니다."

엘란드가 말했다. 두려움으로 떨리는 목소리였다. 오크를 올려다보며 지었던 공손한 얼굴은 천막에 들어온 순간 완전히 짓뭉개져 있었다.

"그랬다면 아까 공격하지 않았겠습니까?"

"일반적으론 그렇겠지요. 하지만 저들은 붉은 얼굴 일족입니다. 잠깐 잊으신 모양인데, 저것들은 흉포함에 더불어 영악하기까지 한 것들입니다."

엘란드는 오크 수장이 놓고 간 마석 주머니를 힘없이 내려놓았다.

거기를 바라보면서 마저 말했다.

"이거, 안심하라고 놓고 간 겁니다. 곧 수를 불려서 오겠죠."

"보물만 들키지 않으면 되는 거 아닙니까. 지금 당장……."

"아닙니다. 유적지부터 이어진 흔적도 확인할 겁니다. 우리가 들어갔다 나온 걸 알게 되겠죠."

"그렇게 소중한 유적지면 본인들이 지키지 않고!"

순간 말루스가 언성을 높였다.

"유적지가 한두 개여야죠. 이건 어디까지나 제 생각이니 그 점 참고하여 들어 주십시오. 붉은 얼굴 일족들은 성 카시안의 유물이 여기에 잔존해 있는 걸 사전에 알아챈 것 같습니다. 그래서 전쟁이 아니라 협정을 맺고 들어온 것일 테죠."

"방패를 자처했다는 거군요."

"그렇습니다. 공국으로서도 붉은 얼굴 일족이 힘을 빌려준다니 마다할 이유가 없었겠지요."

"그럼 엘란드께선 유적지에 성 카시안의 유물이 남겨져 있다는 걸 알고 있었던 겁니까?"

"그럴 리가요. 주께서 보내 주신 행운의 손길입니다."

"말씀드렸지만 두 번의 손길은 없습니다."

"그래서 드리는 말입니다. 말루스께선 공국인이시지요?"

"그렇긴 합니다만."

"하면 공국을 얼마나 사랑하십니까?"

"……."

"붉은 얼굴 일족이 보물을 손에 얻으면 제 대륙으로 철수할 겁니다. 구태여 여기에서 피를 흘리고 있을 이유가 없는 겁니다. 그럼 공국은 다시 전화에 휩싸이겠죠. 이런 말씀 드려서 유감스럽지만 공국의 힘으로는 데클란을 억제할 수 없습니다. 이웃국처럼 데클란 제사장이라도 출몰하는 날에는……."

"대체 언제 적 얘기를 하고 계시는 겁니까. 결론만 말하시죠."

"다행인 것은 여기가 일족의 영역에서도 변방이란 겁니다. 몰려오는 수는 그리 많지 않을 겁니다."

"결론만."

"계약은 주 락리마의 이름으로 신성을 띱니다. 지켜 주셨으면 합니다."

말루스의 얼굴이 바로 구겨졌다.

"날 뭘로 보고 그런 말씀을 하는 겁니까. 죽든 살든 귀환까지는 같이한다 하지 않았습니까. 주까지 거론하는 건 너무하십니다."

"아시겠지만 전 많은 조력자분들을 겪어 봤습니다."

"하아……."

"절체절명의 위기 앞에선, 주 락리마의 광휘가 보이지

않는 모양입니다. 우리 모두 주께서 이런 시련을 주시는 이유를 생각해야 할 때란 겁니다."

"차라리 신관이 되시지 그러셨습니까?"

말루스는 불쾌한 기색으로 자리에서 일어났다. 그러고는 툭 내뱉었다.

"이번은 그냥 넘어가겠습니다. 하지만 또다시 주의 이름으로 나를 겁박하려 한다면 용서하지 않을 거요."

"그럼 준비해 주십시오. 우리 주 락리마의 가호를."

"……우리 주 락리마의 가호를."

* * *

전투 능력을 타고난 오크들은 매복에도 능하다.

야영지를 떠나 밤길을 헤매는 것보다는 날이 밝을 때까지 그 자리에서 전투를 준비하는 게 맞았다. 그냥 우려로 그친다면 더할 나위 없는 축복이었다.

최악의 상황은 데클란까지 피 냄새를 맡고 몰려드는 것인데.

거기까지 가정하자면 한도 끝도 없었다.

엘란드는 소름 끼치는 정적이 끔찍했다. 그와 말루스 그리고 탐사대원들은 어둠 속에서 때를 기다리고 있었다.

그러던 그때였다.

어둠 속에서 인영이 포착됐다. 위로는 크지 않지만, 옆으로 통이 큰 체구.

선봉으로 나왔는지, 뒤로 다른 무리들을 이끌지 않고 혼자서 걸어 나오고 있었다. 거기 어둠 속에 박혀 있는 붉은 눈알 두 개는 마치 악령이 보내오는 환영처럼 그리도 뚜렷했다.

그 실체를 제일 먼저 확인한 건 이번에도 말루스였다. 그 다음이 엘란드.

"사람…… 입니다."

말루스가 입을 열었다. 자신이 본 게 맞는지 확인 차 하는 말이었다.

엘란드는 고개를 끄덕이면서도 경계를 풀지 않았다. 바로 이어서 보이는 것들 때문이었다.

사내의 큰 체구는 녹색 피로 흥건했다.

마치 붉은 얼굴 오크 일족이 데클란의 피를 얼굴에 바르고 다니듯이, 사내의 얼굴 또한 오크들의 녹색 피를 뒤집어 쓰고 있었다.

그때 사내가 한 손에 질질 끌고 오던 시체를 엘란드에게 던졌다.

엘란드와 말루스는 본인들 앞으로 떨어진 시체를 바라보았다. 직전에 말을 섞어 봤던, 오크 수장이 틀림없었다.

비로소 엘란드는 사태가 파악됐다.

주께선 동일한 손길을 두 번 내리시지 않는다고? 아니었다.

그렇다면 지금 이 상황에, 오크들을 섬멸할 만큼 강인한 영웅과의 조우를 뭐라 설명하겠는가!

'살았다!'

엘란드가 환희에 물든 얼굴로 자리에서 일어날 때.

"아직……!"

말루스의 경고 소리가 바로 따라붙은 그 때!

큼지막한 그림자가 육안으로 쫓을 수 없는 속도로 날아들었다.

그림자의 주인이 손아귀로 엘란드의 정수리 부위를 움켜쥐며 그 얼굴에 대고 뇌까렸다.

"SS—bul. jin jja ddok gad ne ing."

*　　*　　*

연희가 의외라는 표정으로 나를 맞이했다.

막 숙소로 출발하기 직전이었는지 시동이 걸려 있는 채였다. 조수석 시트에 앉으며 문을 닫자, 연희가 라디오 볼륨을 최대한으로 줄였다.

"들어간 거 아니었어?"

"권성일을 보냈다."

"왜?"

"난 막혔어. 우리 군단에서 내가 들어갈 길을 확보해 줘야 한다."

그렇다. 드라고린으로 진입하려 했을 때 이런 메시지가 떴었다.

[당신의 진입은 올드 원의 권능에 의해 차단되어 있습니다. * 게이트 포함]

[당신의 주인, 둠 카오스로부터 지령이 도착했습니다.]

[진입로를 확보하라 (지령)

성(星) 드라고린은 올드 원으로서는 더 이상 물러날 곳이 없는 곳입니다. 본인의 권능을 집약 시켜 창조해 낸 전장이기 때문입니다. 그렇게 올드 원의 최후 항전이 격렬한 곳입니다.

하지만 당신의 주인, 전지전능한 둠 카오스의 군대

는 많은 승리를 이뤄 냈습니다.

이에 당신도 당신의 주인에게 만족할 만한 성과를 보여야 할 것입니다. 그러기 위해선 성 드라고린으로 진입하는 것이 우선 되어야 하는 것입니다.

* 당신의 군단으로 하여금 그린우드 대륙 내 '소용돌이 대지'를 점거 하십시오.

* 또한 당신의 군단으로 하여금 대지 내 '홀리 나이트 칼도란' 혹은 다른 홀리 나이트를 제거하게 하십시오. 홀리 나이트에 깃든 올드 원의 권능은 당신의 차지가 되어 진입로를 보여 줄 것입니다.

성공: 올드 원의 군단이 당신의 본토를 공격하는 횟수가 감소할 것 입니다.

실패: 올드 원의 군단이 당신의 본토를 공격하는 횟수가 증가할 것 입니다.

제한 기일: 50일]

설명을 들은 연희는 한참 동안 말이 없다가 담담하게 내뱉었다.

"6월 10일까지네."

*　　*　　*

성일을 드라고린으로 보냈을 때 몇 가지 주문을 했었다.

하나는 가능하다면 들어간 즉시, 지체 말고 바로 복귀해 보라는 것이었다.

그러나 성일이 들어간 이후 몇 분 지나지 않아 던전 문이 닫혔고 그전까지 성일은 다시 모습을 드러내지 않았었다.

그랬던 성일이 복귀한 건 네 시간 후였다.

그때 나는 연희와 함께 야산 밑 차 안에서 대기 중이었다.

위험한 기척이 따로 느껴지는 게 없어서 연희도 동행했다.

성일은 요원들이 밝혀 놓은 불빛에서 살짝 벗어난 자리에 있었다. 물에 적신 수건 몇 개는 이미 더럽혀진 채 주변에 버려져 있었다.

성일은 아예 생수를 얼굴에 붓다가 우리 쪽으로 어처구니없다는 식의 미소를 씩 지어 보였다.

성일이 가지고 돌아온 게 많았다. 누가 봐도 그것 중 하나는 오크 시체였다.

겨우 목숨만 붙어 있는 이계인도 둘 있었다. 요원들이 그것들을 포박하고 있는 가운데, 성일이 몸을 일으켰다.

"들어가는 것은 맘대로인디 나오는 것은 아닌 것 같으요."

성일은 이제는 사라진 던전 입구를 두고 그렇게 말했다.

그러고는 내게 초시계를 건네 왔다. 죽은 자들의 대지 같은 경우는 시간 흐름이 전혀 다른 곳이었다. 이번에는 동일했다.

성일의 초시계에서 흘러간 시간과 이쪽에서 흘러간 시간이 같다.

"던전 입구는 어떻게 다시 열었어?"

연희는 이계인들 쪽에서 성일에게로 시선을 돌렸다.

"솔직히 못 돌아오는가 싶어서 식겁했으요. 그래서 되는대로 몬스터 놈들을 때려잡았더니 거 있잖수. 얄랑꿀랑한 움직임. 그게 있었수."

내가 물었다.

"저자들은?"

"적당히 앵겨야지 꼴에 죽자 살자 달려들지 뭐요. 지시가 아니었다면 저것들, 거기서 바로 뚝배기 빠개졌을 겁니다."

우리는 이계인들이 포박된 자리로 걸음을 옮겼다. 내가 눈치를 주자 요원들은 멀찍이 떨어졌다.

"근디 이 새끼들이 개안을 씁디다."

두 이계인만 두고 말하는 게 아니었다. 성일은 오크들에게도 똑같은 걸 봤다고 덧붙였다.

“이 두 놈은 브론즈 말, 저 덩칫값 못하는 몬스터 놈은 실버 중간 정도였수. 거기서 뚝배기 깨 분 것들 중에서는 넘버 쓰리에 속했수.”

“오크는 살려서 가져오지 그랬어.”

연희의 핀잔에 성일이 콧등을 긁적였다.

“말했잖어요. 누님. 저거 덩칫값 못하는 놈이라고. 솔직히 그렇게 몇 번 쓰지도 못하고 뭉개질지는 몰랐수. 다시 아무 데나 보내 주쇼. 천 놈이든 만 놈이든 잡아 올 텡게.”

나는 성일이 수거해 온 물건들을 발로 뒤적거렸다. 녹색 피와 빨건 피가 아무렇게나 엉켜 있는 주머니들이 여러 개였다.

구태여 열어 보지 않아도 가죽 표면을 뚫고 나온 몇 개를 보고 알 수 있는 일이었다.

마석들로 가득 차 있다.

오크 시체를 발로 뒤집어서 복부가 하늘을 향하게끔 만들었을 때.

성일이 말했다.

“여러 놈 배 까 봤는디 어떤 놈도 마석은 없었으요. 아마 저것들이 개 대가리 새끼들을 죽이고 모은 것 같소. 데클란 군단 말이요. 마석 은행을 차린 것도 아닐 텐디, 꼭 챙기는 것 같았소.”

"데클란?"

"제 코가 개코지 않수. 고것들 냄새가 멀리서 났수. 고놈들도 한번 때려잡아 보려 했는디. 던전 입구가 열리길래 그냥 돌아왔으요. 돌아올 수 있으면 바로 돌아오라고 하신 게 퍼뜩 생각나서리."

"특이 사항은?"

"거기 진입하자마자 확실히 공기가 달랐수. 제 말은 그냥 공기가 아니라 기운이라 하지 않수. 감각이 찌릿한 게 아주 진했으요."

* * *

던전은 출입이 자유롭지 않았다. 옛 던전들처럼 미궁으로 이어지는 것도 아니었다.

마치 작은 게이트 같이 성 드라고린으로 직결되는 통로였다.

성일이 인근의 것들을 다 때려잡았을 때 돌아오는 문이 열렸다는 것을 봐서는 일종의 퀘스트가 잠재되어 있는 것으로도 보인다.

무엇을 어떻게 하라는 식의 구체적인 명령이 떨어지는 것은 없었지만.

아마도 일정량의 파괴 행위가 충족되었을 때 문이 열릴 가능성이 높았다. 전쟁이기 때문에? 물론 앞으로 더 사례를 모으고 결론을 내릴 일이다.

그때 연희가 내 눈빛을 받아 움직였다.

성일이 잡아 온 이계인 둘은 하나는 사십 대 초반 다른 하나는 삼십 대 중반쯤으로 보이는 백인 계열의 사내들이었다.

그중 연희에게 첫 번째로 간택을 받은 자는 사십 대 초반의 사내다.

연희가 그 앞에 자리를 잡자 성일이 조언한답시고 이렇게 말했다.

"도로리 키재기지만 다른 놈이 쪼까 더 쎄던디. 거기 눈밑에 양아치 흉터 있는 놈."

연희는 빙그레 웃어 보일 뿐 대상을 바꾸지 않았다. 연희의 회복 스킬에서 뿜어진 흰 빛이 녀석에게 깃들기 시작했다.

연희는 녀석의 뺨을 갈긴 것으로 일을 마무리 지었다.

녀석이 눈은 어렵게 떠졌다.

얼굴로 직격하고 있는 LED 빛 때문에 한참을 깜박인 후였다.

비로소 녀석의 또렷한 동공이 연희를 마주하기 무섭게연희의 눈동자가 검게 물들었다. 그때 성일이 옷을 갈아입고 나왔다.

내가 담배 한 개비를 건네자 그가 두 손으로 그것을 받아 들었다. 그는 어른 앞에서 술잔을 넘기는 것처럼 담뱃불을 붙일 때에도 고개를 돌렸다.

서로 한 대씩 다 태우고 났을 때쯤 연희가 고개를 갸웃거렸다.

"우리, 귀환한 후로 한 달 조금 넘게 흘렀지? 근데 이상하네. 다른 놈도 더 살펴봐야 정확하겠지만, 일단 저기는 우리가 복귀한 후로 굉장히 많은 시간이 흐른 것 같아. 몇 백 년 수준이 아니야."

"성 드라고린은 올드 원이 최후의 전장으로 창조한 세상이라고 했다."

"그러니까 그 시점을 신마전쟁(新魔戰爭)으로 잡으면 정말 많이 세월이 흘렀어."

"신마전쟁? 뭔지 알 것 같군."

"우선 말보다는 보여 주는 편이 빠르겠어. 어때?"

허락을 구하는 연희의 두 눈에 대고 들려줄 대답은 확실했다.

고개를 저어 거부 의사를 밝혔다.

둠 카오스의 진영에 속한 이후로, 그러니까 둠 맨의 지위를 획득한 이후로 연희는 내 정신세계로 들어와 본 적이 없었다.

권능 300을 소비하여 제사장들의 의례 '전환'에 응답하였을 때나, 그로 말미암아 던전 하나를 전환시켰을 때.

내 안에 도사리고 있는 힘을 체감할 수 있었다.

내 안 어딘가에는 공포스러운 기운들이 응집된 채 봉인되어 있는 것이었다.

권능 수치를 소비하여 할 수 있는 일이라곤 제사장들의 의례에 응답하거나 게이트를 여는 것뿐이지만, 실제 300의 권능으로 계량된 기운은 더 많은 것들을 가능케 할 수 있을 것 같았다. 단순히 느낌이 아니라 그런 확신이 있었다.

그리고 그 기운을 봉인시켜 놓은 건 아마도 둠 카오스일 터.

그러니 웃길 수밖에.

[* 또한 당신의 군단으로 하여금 대지 내 '홀리 나이트 칼도란' 혹은 다른 홀리 나이트를 제거하게 하십시오. 홀리 나이트에 깃든 올드 원의 권능은 당신의 차지가 되어 진입로를 보여 줄 것입니다.]

둠 카오스가 보내왔던 지령에서는 홀리 나이트에 깃든 올드 원의 권능을 완전히 흡수할 수 있을 것처럼 혓바닥을 놀리고 있다.

그래. 권능 수치가 올라가긴 할 것이다. 둠 카오스가 필요하다 느끼면 내게 게이트 생성 외에 새로운 권능 스킬을 부여하기도 할 것이다.

그렇지만 딱 거기까지다.

각성자들이 본토로 돌아와서 느낀 심정이 '할 수 있는 것은 많은데 할 수 없다.' 였듯이, 봉인되어 있는 거대 힘을 느끼고 있으면서도 그것을 사용함에 있어 둠 카오스가 허락한 스킬들에만 한정될 수밖에 없는 것이다.

권능 수치를 제대로 소비할 수 있는 방법. 즉, 봉인된 힘을 풀 방법을 찾는다면!

둠 카오스 및 둠 엔데과스토까지 이어지는 상위 둠자들에게도 도전할 수 있는 길이 열리지 않겠는가. 그렇게 본토의 평화를 지킨 채 둠 카오스의 속박에서도 풀릴 길이 열리지 않겠는가.

각설하고.

연희에게 내 정신세계에 개입하지 못하게 하는 이유는 그 때문이다.

내 몸 안에 봉인되어 있는 힘이 연희의 개입에 어떤 반발을 일으킬지 누구도 알 수 없으니까.

거기에 대해서 짧게 설명하자 연희는 납득했다며 고개를 끄덕였다. 그때도 사십 대 중반의 이계인은 이지를 상실한 채로 굳어 있었다.

연희의 말이 이어졌다.

“신마대전은 둠 카오스와 올드 원이 성(星) 드라고린의 창세기에 벌였던 주도권 싸움 같고 전설처럼 구전되고 있어. 하지만 전설이 아니라 진짜 있었던 일이겠지. 재밌는 건 지금부터야. 홀리 나이트라고 불렸던 존재들이 있어. 우리가 시작의 장을 치렀듯이 그것들이 칠마제 군단과의 전쟁에서 선봉에 섰어.”

그 순간만큼은 성일을 의식해서였을 것이다. 연희가 전음으로 덧붙였다.

『네 지령에도 등장했잖아. 홀리 나이트 칼도란.』

『드라고린의 창세기부터 지금까지 살아 있다는 건가.』

『그렇진 않을 거야. 초대 홀리 나이트들의 직계들로 힘이 전이되어 온 것 같았어. 그런 시스템을 갖췄거나. 음…… 이자가 아는 게 너무 적어. 그런데 봐 봐. 재미있는 건 이자가 성일이한테 잡힌 시점이야.』

연희가 웃음을 띠었다.

『카시안이라는 초대 홀리 나이트가 있는데, 신마대전을

기록한 유일무이한 자거든. 말했듯이 이자가 아는 대로라면 그래. 어쨌든 그 기록물 중 한 페이지를 이자가 유적지에서 획득했지 뭐야. 그때 딱 성일이한테 잡혀 온 거지.』

"누님. 저 슬슬 배가 아픈디. 잠깐 똥 좀 누고 오겠수. 오늘 첫 똥이요."

성일이 자리를 비켰다. 배가 아픈 건 핑계고, 우리가 전음으로 이야기를 주고받는 걸 느꼈기 때문인 것 같았다.

"갔다 와."

『카시안이라는 자는 신마대전의 전세만 다룬 게 아니야. 드라고린의 강력한 마법과 주술 같은 초능들이 거기에서 많이 시작됐어. 카시안의 기록물은 저자들에겐 굉장한 보물인 거지. 운 더럽게 없다. 하지만 억울해할 일은 아닌 게, 그대로 있었어도 오크 떼한테 죽임을 당했을 거야. 저기 오크들 말이야. 이계인들보다 더 강하고 지능적이다?』

연희에게 들어야 할 얘기가 많았다. 아마도 밤이 길어질 것 같았다.

『어쨌든 볼 것은 다 본 건가?』

『그럭저럭. 이제 다른 놈 차례야.』

『그럼 그 전에 확인해 볼 것부터 끝내 두는 게 낫겠다.』

『어떤?』

『저것들에게 우리 인류의 화기가 통하는지 안 통하는지. 난 그게 정말 궁금해.』

요원들에게 짧은 수신호를 보냈다.

경계 대상은 방금 연희에게 과거를 읽힌 이계인 바로 그놈. 성일의 말에 따르면 브론즈 급 능력을 갖췄다 했다.

요원들이 엄폐물을 찾아 배치를 마치고 소총의 안전장치를 풀었다.

연희에게도 고개를 끄덕여 보였다. 그때 놈이 제정신으로 돌아온 눈을 깜박거렸다.

"저 자식 주력 무기가 뭐야?"

"검."

"스킬은?"

"마나를 다룰 줄 알아. 보면 알 거야."

"그러지."

[오딘의 분노를 시전 하였습니다.]

빠지직.

수위를 조절해서 튀긴 벼락 줄기 몇 가닥이 성일이 수거해 온 이계의 물건들에서 검 한 자루를 튕겨 올렸다.

그것은 정확히 놈의 다리 앞에 떨어졌다.

언제나 그렇지만 말은 통하지 않아도 분위기란 게 있는 것이다.

나는 놈이 떨리는 손으로 검을 집어 드는 것까지 확인하고서 가장 가까운 요원에게 손을 내밀었다. 요원은 처음엔 내가 뭘 요구하는지 바로 알아차리지 못했다.

요원의 자동 소총을 턱짓해 보이고서야.

척!

요원의 자동 소총이 내 손아귀 안으로 옮겨졌다.

Chapter 3.

블라인드 라이트는 빛 속성 전투 마법사라면 필수적으로 익혀야 하는 마법이었다.

저급 몬스터에게는 바로 직격하고 설사 배리어를 휘감고 있는 상위 몬스터더라도 시야를 막는 효과가 있기 때문이다.

또한 감각으로 눈을 대신할 수 있는 검사들에게는 소용이 없어도 그런 경지까지 오른 자는 흔치 않아, 국가전에도 자주 출몰하는 마법이었다.

2서클의 낮은 등급 마법이지만 그렇게 범용성을 갖춘 마법이란 것이다.

짜악!

엘란드는 따귀가 얼얼한 느낌과 함께 정신을 차렸다. 그러자마자 자신을 향해 쏟아진 빛을 두고 블라인드 라이트라고 판단했다.

당장 눈을 똑바로 뜰 수 없을 만큼 정말로 강렬한 빛이 있었다.

공포스러운 외성인(外星人)은 마법사까지 동반하고 있었던 것일까?

엘란드는 일단 마나를 끌어올려 두 눈부터 보호하려 했다.

하지만.

쉐엑—

그 찰나에 어떤 여자의 얼굴이 난입해 들어왔다.

목숨이 순간을 오고 가는 상황에서는 그런 것이다. 평소 이상으로 능력과 사고 판단력이 확대된다. 정말 눈 깜짝할 순간이었지만 엘란드는 여자의 얼굴을 분명히 볼 수 있었다.

작은 얼굴에 처음 보는 외성인 여자의 미모는 라지니아 꽃을 연상시켰다. 검은 머리칼에 검은 동공 또한 보였다.

그것은 외성인들의 특징이었다.

외성인들에 관한 건 소문으로만 들어봤었지, 그들을 하루 만에 둘이나 만나게 될 것이라고는 꿈에서도 생각해 본

적이 없었다.
엘란드는 위기를 앞에 두고 엉뚱한 생각이 들었다.
'외성인들도 마법을 쓰나?'
탐사대를 휩쓸었던 거구의 외성인은 야만 전사와 흡사했다.
그렇다면 위에서 쏟아지는 눈부신 불빛, 블라인드 라이트는 이 작은 여자가 시전한 게 되는 것이다.
'여자는 마법사다!'
마법사들과 근접전에서 진다면 검을 다루는 자로서 수치스러운 일 아닌가.
엘란드는 이상한 일이었지만 외성인 사내의 공포스러운 공격에 엉망진창이었던 전신이 전과 다름없이 돌아온 상태란 걸 깨달았다.
그러니 정신을 다잡았다.
일단 외성인 여 마법사를 해치우고 살길을 모색하기로!
'주여. 부디 제게 가호를.'
그때였다.
정확히는 여자의 두 눈과 마주쳤을 때였다.
'흐억!'
엘란드는 공허 속으로 떨어지는 느낌을 받았다. 실제로 어떤 추락감이 있던 건 아니었다.

하지만 순간에 그렇게나 밝았던 블라인드 라이트의 빛이 사라졌다.

그리고 그 공백을 칠흑의 어둠이 채웠다. 깜깜했다. 아무것도 보이지 않았다. 어떻게 된 일인지 몸은 굳어서 움직일 수가 없었다.

사지가 결박된 채 교수대에 오른 죄수의 심정이 이러할까.

엘란드의 정신은 그때부터 아득히 먼 과거를 향해 미끄러져 가기 시작했다.

다시 정신이 들었다. 엘란드는 정말 깊은 꿈은 꾼 기분이었다.

철부지였던 소년기. 데클란과의 전투에 매진했던 청년기. 그리고 탐사대를 조직하여 명성과 부를 쟁취하고 만 지금에 이르기까지.

그 전부가 아련한 꿈처럼 펼쳐졌었다.

그것들은 분명 좋은 기억들이었다. 하지만 끔찍한 악몽처럼 느껴지는 이유는 무엇일까. 엘란드는 그 모순에 혼란스러웠다.

두 다리로 땅을 딛고 서 있는 것도.

다시 블라인드 라이트의 강렬한 빛이 머리 위에서 쏟아

지고 있는 것도.

지나쳐 온 삶 속에서는 답을 찾을 수 없었다.

'대체 무슨 일이 벌어지고 있는 거지.'

그때 시야가 돌아오기 시작했다. 엘란드는 자신도 모르게 고개가 위로 들려졌다.

가만 보니 지면을 타고 올라간 철제 구조물 끝에서 빛이 발산되고 있었다.

'블라인드 라이트가 아니다. 아티펙트는 더더욱이 아니고.'

엘란드는 확신했다. 여전히 쏟아지고 있는 빛이 블라인드 라이트가 맞다면 이렇게 시야가 돌아올 리 없기 때문이었다.

엘란드는 황급히 거기서 시선을 거뒀다. 주위를 둘러보았다.

처음 시야에 들어온 건 두 사람이었다.

외성인 여 마법사와 새롭게 등장한 젊은 외성인 남성 하나.

그다음에 그들의 어깨 너머로 또 다른 사내들이 보였다.

그들 같은 경우엔 외성인으로 보이지 않았다. 대륙인으로 보였는데 바위나 나무에 엄폐한 채 무기로 보이는 것을 겨누고 있었다.

'날붙이나 창 촉이 달려 있는 건 아니지만 무기가 틀림 없다.'

엘란드가 그렇게 확신한 까닭은 사내들의 눈빛 때문이었다.

고도로 훈련된 병사가 전투를 앞두고 있는 눈빛이었다. 그런 자들이 자신을 향해 겨눌 것이라곤 무기밖에 더 있는가?

만일 저것들이 무기가 아니라면 마나 혹은 저주의 진위를 책정하는 아티펙트일 수도 있었다.

"skill eun?"

"ma na reur— da roor joor al a. bo myun al guh ya."

엘란드는 두 외성인 남녀가 자신을 두고 하는 말에 눈을 깜박였다.

당연히 그들의 의복 양식만큼이나 처음 듣는 언어였다. 뭔지는 모르겠지만 심상치 않은 일이 일어나기 직전인 것이다.

엘란드는 오크들을 죽이고 탐사대를 습격했던 거구의 외성인을 떠올렸다.

두 남녀는 필시 그 괴물의 부하들이고, 뒤편의 사내들 또한 외성인 무리들에게 협조한 지 오래된 느낌이 다분했다.

그래서 도움을 요청할 것이라곤…….

그리 멀지 않은 곳에 쓰러져 있는 말루스밖에 없으나 그마저도 도움이 될 것 같진 않았다.

혼절한 게 분명했다.

"g ruh ji."

외성인 남성의 목소리가 툭 끊겼을 때였다. 엘란드의 두 눈이 부릅떠졌다.

빠지직!

갑자기 일어난 전격 때문이다. 엘란드가 경악한 까닭은 어떠한 구동어도 없이 전격 마법이 사내의 손에서 시전되었기 때문이었다.

말루스가 쓰러져 있는 지점에서 검 하나가 튕겨져 날아온 순간.

엘란드는 그야말로 혼돈의 소용돌이 속으로 빠져드는 기분이었다.

'우연이 아니야!'

사내의 눈은 그 검을 집어 들라 말하고 있었다.

외성인들이 마법을 쓴다는 말을 들어 본 적도 없지만 혹 'g ruh ji' 가 그들만의 구동어라 칠지라도.

엘란드는 검이 자신 앞에 떨어지기까지의 과정을 똑똑히 봤다.

전격들은 순간 이동을 하는 것처럼 허공에서 여러 번 튀겨 대며 검을 자신 앞까지 이동시켰다. 그렇게 전격을 자유자재로 사용할 수 있는 경우 또한 들어 본 적이 없었다.

아니, 구태여 꼽자면 전격을 다루는 홀리 나이트라면 가능하겠다.

'홀리 나이트라니. 홀리 나이트라니. 말도 안 되는 소릴!'

엘란드는 제 앞에 떨어진 검을 혼란스럽게 바라보았다.

'당신의 피조물을 굽어살펴 주소서. 그리하신다면 제 전 재산과 남은 삶을 당신께 돌려드리겠나이다.'

결국 엘란드는 검을 집어 들 수밖에 없었다.

탐사대를 이끄는 수장이기 전에 검사다.

주 락리마의 가호가 있기 위해서라도 할 수 있는 최대한의 노력을 다해야 한다. 주 락리마께선 아무것도 하지 않은 채 기도만 드리는 자를 싫어하시니.

*　　*　　*

잠시 후였다.

'역시 무기구나…….'

엘란드는 외성인 사내가 뒤편의 사내들 중 하나에게서 그것을 건네받았을 때 다시금 확신했다.

상황은 분명했다.

외성인 사내는 자신과 겨루려고 하고 있었다. 전격을 자유롭게 다룰 수 있는 능력이 있음에도 왜?

"a dda. o din gge suh— jik jub ha si neun guh yo?"

엘란드는 소리가 난 쪽으로 고개를 돌렸다.

그 괴물이다. 어디에 있나 했더니 그자가 나타난 것이었다.

거구의 외성인!

도무지 무슨 말을 하는 것인지는 모르겠으나 젊은 외성인 사내에게 지시를 내리고 있는 걸로 보였다.

엘란드는 거구의 외성인이 팔짱을 끼고 멈춰 선 지점으로부터 중압감을 받았다.

양손에 하나씩 강인한 탐사대원들을 움켜쥐고 휘두를 때마다, 세상을 파멸시켜 버릴 것 같은 기세를 보였던 자가 바로 저 거구의 외성인이었다.

당시를 잠깐 떠올리는 것만으로도 엘란드는 오금이 저렸다.

왜일까. 왜 외성인들이 자신을 공격하고 있으며 그린우드 대륙인들은 왜 그들에게 협조하고 있는 것일까. 대체 왜?

불현듯 잊고 있던 것이 강렬하게 엘란드의 뇌리를 스쳤다.

아!

'성(聖) 카시안의 기록서!'

엘란드는 멍청한 자신에게 이가 갈렸다. 건드리지 말아야 할 걸 건드렸던 모양이다.

성 카시안의 기록서는 품고 있는 내용에 따라 두 가지로 나뉜다.

하나는 창세기의 신마대전을 성 카시안의 시점에서 기술한 역사서 그 자체.

다른 하나는 초고위 대마법과 대검술의 탐구서로, 홀리나이트 가문 간의 흥망성쇠는 그것을 손에 넣고 조합하는 과정뿐만 아니라 그 탐구를 완성 짓는 데에 걸려 있었다고 해도 과언이 아니었다.

"이, 이걸……."

엘란드는 검을 쥐지 않은 한 손으로 품속을 뒤적거렸다.

뒤적거리는 손만큼이나 목소리도 떨렸다.

엘란드가 그렇게 꺼낸 건 종이 한 장이었다. 태초의 보존마법은 강력해서 그 오랜 시간이 지났어도 부식되지 않은 채 다시금 세상 밖으로 모습을 드러내고 있었다.

"이걸 찾고 있는가? 하지만 이건 역사서의 일부다."

붉은 얼굴 오크들에는 대적할 수 있다.

그러나 지금 뒤에서 팔짱을 끼고 있는 거구의 외성인에게는 아니다.

꼭 뇌력을 자유롭게 다루는 사내와 기이한 정신계 마법을 쓰는 여자 때문이 아니더라도.

그러니까 거구 외성인의 두 부하가 나서지 않더라도 자신의 목숨 따위는 애초부터 거구 외성인의 손아귀에 달려 있었다.

보물이 무슨 소용이랴. 죽으면 다 부질없는 것을.

엘란드는 다시 소리쳤다.

"당신네들이 찾고 있는 게 아니다!"

"mok chung eun k ne—ing."

"확인해 보면 알 것 아닌가."

카시안의 기록서가 찢고 태울 수 있는 물건이라면 그걸 빌미로 진즉 이 위기에서 벗어났을 것이다. 하지만 그런 건 창세기에서 언급되는 마왕들이나 할 수 있는 일이다.

엘란드는 미련을 가지지 않고 거구의 외성인을 향해 종이를 구겨 던졌다.

종이는 날아가는 도중에 위대한 보존 마법의 작용으로 반듯하게 펴졌다.

"muh? uh jjuh ra go."

한번 훑어보는 것으로 감정이 끝나 버린 걸까?

거구 사내의 얼굴로 허탈한 듯하고 또 황당한 듯한 웃음이 걸렸다.

"당신들이나 나나 주의 피조물인 건 같지 않은가. 피부가 다르고 머리 색이 달라도 우리들의 시작은 우리 주로부터였다. 우리 주 락리마의 이름에 대고 맹세하건대, 오늘 일은 어디에도 발고하지 않겠다. 그리한다면 마신 듐 카오스의 저주가 떨어져도 기꺼이 받겠다."

말은 통하지 않는다.

그래도 엘란드는 자신의 간절한 진심을 담아 소리쳤다.

"a dda. si ggeu ruhb ne. ji deul iee mun juh dum byu no ko."

거구의 외성인은 젊은 외성인에게로 시선을 돌렸다.

"joi song huh yo. juh ddae moon in guh ga teun di…… bba ji guh sso."

'대체 뭐라고 지시하는 것이냐. 제발. 제발. 그걸 받고 날 놓아 주란 말이다.'

* * *

그 말을 끝으로 거구의 외성인은 자리를 떠나기 시작했다.

하지만 거구의 외성인뿐이다.

엘란드는 뇌력을 자유롭게 다루는 사내나 다른 자들이 그 자리에 그대로 있을뿐더러 자신에게 돌아가라는 듯한 어떤 제스처도 없는 걸 불안하게 바라봤다.

그러다 인위적으로 삼켜 넘겨야 할 만큼 입안에 침이 가득 고였다.

그때.

“so eum gi.”

뇌력 사내가 뒤쪽으로 작은 철제 기구를 건네받아 무기 끝에 부착시켰다.

그다음이었다.

빠지직!

사내의 손아귀에서 뇌력이 발산되었다.

삽시간에 하나에서 둘로, 둘에서 넷, 그런 식으로 허공을 빼곡히 채워 나가는 광경은 실로 아름답다 할 수 있었다.

그러나 뇌력들이 엘란드 본인을 기점으로 사방과 하늘까지 전부 퍼져 버려 일종의 그물망을 형성했을 때.

엘란드는 사내의 의도를 알아차리며 정신을 차렸다.

‘일대 전부를 가로막아 가뒀다!’

흡!

뇌력의 그물망은 폭넓게 운신할 수 있을 정도로 넓긴 했다.

그러나 그걸 뚫고 도망칠 공간이 보이지 않거니와, 그렇게 뇌력을 자유자재로 다루는 능력이라면 본신의 힘은 두말할 것도 없었다.

"성 카시안의 보물을 넘겼지 않았는가. 이…… 이렇게까지 해야 하나?"

다만 엘란드는 검만큼은 버리지 않았다.

방법이 아주 없는 것은 아니다. 사내를 죽이는 데 성공한다면 주술인지, 마법인지 모를 뇌력의 그물망도 함께 사라질 것이다.

사내도 그걸 의도하고 있는 것 같았다. 할 수 있는 끝까지 최선을 다해 싸워 보라고.

실제로 그런 제스처가 있었다.

'정말 끝인가…… 이대로 끝이라고? 왜 나를…….'

엘란드는 죽음을 피할 수 없다는 걸 깨달았다.

사내의 목을 치는 데 성공한다고 해도 외성인 여 마법사가 남아 있는 것이다.

또 어딘가에선 공포스러운 거구 외성인이 지켜보고 있을 테고!

엘란드는 시선을 돌려 보았다.

정말로 그자가 멀리서 지켜보고 있었다. 어둠 속에 큼지막한 그림자로만 존재하고 있어서 더 큰 공포를 자아내고 있었다.

해서 무릎 꿇고 목숨을 애걸해 봤자 소용이 없을 것이다.

외성인들에게 협조하고 있는 대륙인들 중에서 흔들리는

눈빛을 보이는 자들이 있긴 했지만, 그들 중 주의 가호가 깃든 자는 보이지 않는 이상 약자들일 뿐이다.

저 거구의 괴물이 포효하면 모두들 꼼짝 못할 것이다.

'그런 것인가.'

아무리 계산해도 살아 나갈 구멍은 보이지 않는 것이었다.

엘란드는 고통스러운 계산을 마쳤다.

그래서 마나를 끌어올렸다.

스르르.

체내 전체로 온기가 느껴졌다. 검과 전신에 적절히 배분했다. 검에 구릿빛이 감돌았다. 몸에서는 피가 빠르게 돌며 평소 이상의 활력이 감돌았다.

소드 유저 초입의 경지는 자신을 여러 번 구제해 주었다.

이제는 죽음의 길을 인도하는 데 쓰이게 되었지만.

엘란드는 씁쓸한 입맛을 느끼며 떨리는 마음으로 뇌력 사내를 향해 검을 겨누었다.

"날 손쉽게 죽일 수 있다 생각할 것이다. 하지만 너도 어디 하나는 잘려 나갈 것이다. 전력을 다하지 않는다면 그게 목이 될 수도 있겠지."

어차피 통하지 않는 말.

엘란드는 본인 스스로를 고양시켰다. 그리고 나자 마나에서 불어 오는 힘에 기대 죽음에 대한 두려움을 조금이나

마 떨칠 수가 있었다.

그때였다. 엘란드는 사내의 손가락 움직임을 똑똑히 보았다.

사내의 검지는 줄곧 무기 하단부에 달려 있는 링 속에 들어가 있었는데, 거기서 짧은 움직임이 있었다.

탁!

그때 뭔가가 부딪치는 소리가 그쪽에서 나왔다.

'뭘 하는 거지?'

찰나에 들었던 생각만큼이나 갑자기였다.

복부가 화끈거렸다.

처음에는 잠깐 뜨겁게만 느껴졌던 통증이 정신을 아득하게 만들 정도로 강렬하게 퍼져 버리는 것이었다.

이 고통을 왜 모를까.

"크으윽!"

엘란드는 이를 악물며 통증이 이는 부위를 쳐다보았다.

핏물이 배어 나오고 있었다.

하지만 거기에는 창 촉이 꿰뚫려 있는 것도 아니었고 어떤 강력한 마법이 복부를 관통하고 지나간 것도 아니었다.

'방심했다. 저건 대체 무슨 아티펙트냐. 저런 건 어디에서도…….'

엘란드는 후회가 들었다. 상대의 무기를 둔기의 일종이

라 생각했었다. 혹은 뇌력이 터지는 순간을 기다렸다가 마나를 집중시키려 했다.

마법사들에게 쉴드가 있다면 검사들에게는 배리어가 있지 않은가.

쉴드와 배리어의 운용 방법은 달라도 근원은 같았다.

바로 마나.

그래서 한정된 양을 적절히 분배해서 써야 하는 것인데, 상대의 무기가 기상천외했다. 사실 저 무기에서 시작된 공격인지도 애매했다.

엘란드는 정신을 아득하게 만드는 고통에서 죽음이 임박했다는 걸 모를 수가 없었다.

그래서였다.

마나를 한 줌도 남김없이 전부 발출하기로 결정했다.

그나마 다행인 것은 상대가 추가 공격을 해 오지 않는 데 있었다. 관찰하듯 여유로운 시선으로, 고통스러워하는 자신의 반응을 눈여겨보고 있다.

엘란드는 그때야말로 죽음을 다짐하며 마나를 발출했다.

그러자 그의 몸에서 배리어가 생성됐다.

마나가 배리어로 형상을 갖추는 순간 그것은 구릿빛을 띠었다. 구릿빛 배리어 속에 품어지면 세상 또한 구릿빛으로 보인다.

엘란드가 탐험대를 운용하면서도 검에서 손을 떼지 않은 이유는 그 때문이었다.

주의 신성이 깃든 유물을 발견하기 원하는 만큼이나, 다음 세상인 은빛 세상 속에 품어져 보고 싶었다. 하지만 이젠 요원한 일이겠지.

엘란드는 그렇게 생각하며 상대를 노려 보았다.

"bo ho mak."

상대가 그렇게 중얼거렸을 때 엘란드는 처음으로 기회가 보였다.

"뭐라는 것이냐!"

엘란드는 터트린 목소리와 함께 전신을 던졌다.

쳐올린 검날의 궤적을 따라 구릿빛의 기운이 따라붙었다.

엘란드는 그것이 주 락리마의 손길처럼 보였다. 가라. 가라. 이길 수 있다, 응원하는.

상대가 뇌력 계열의 고위 마법사라는 가정이 맞는다면 승산이 있는 것이다. 근접전이니까! 엘란드는 그것만 생각했다.

자신 스스로를 독려했다.

그렇기 때문이었을 것이다.

복부를 관통한 통증은 몹시 거칠었지만 엘란드는 그 어

느 때보다 빨랐다.

사생결단의 순간, 검사들은 자신의 한계를 극복하는 경우가 종종 있다.

지금의 엘란드가 바로 그러한 경우였다.

그는 방금의 동작이 지금껏 그가 했던 모든 동작들 중에 제일 빨랐다고 자부했다.

다음 경지인 소드 유저 중급의 속도가 바로 이렇지 않겠는가.

전신으로 분배해 두었던 마나가 새로운 경지에 이끌려 보다 정밀한 움직임을 띠기 시작했다. 그렇게 바람을 가르는 속도감이 선명했다.

복부를 뒤틀어 버리기 바빴던 통증도 순간 잊혀졌다.

단순히 느낌이 아니라 정말로 소드 유저 중급으로 진입하는 벽을 깨트린 것이다. 조력자, 말루스와 같은 경지!

그런데 뭘까.

확장된 체내의 그릇 안으로 대자연의 기운을 받아들이고자 했다.

당장 들여올 수 있는 양이 아주 미약할지라도, 사생결단의 순간에는 조금이나마 도움이 되지 않겠는가. 그런데 대자연 속에서 들여올 수 있는 마나가 조금도 느껴지지 않았다.

'어떻게 된 거지?'

마나가 없는 대자연이라니.

'내 어디가 잘못된 것인가?'

하지만 무엇이 잘못된 건지를 따질 수 있는 상황이 아니었다.

엘란드는 뇌력 사내의 가까워지는 얼굴을 보았다. 환히 드러나 있는 목이 보인다. 그를 향해 전력으로 나아가는 중이었다.

처음 몸을 던졌을 때 완성된 마나의 흐름은 위에서 아래로였다.

검에도 그 흐름이 담겼다.

'그러니까 수직으로 친다. 정수리를 쪼개서 사타구니까지 이등분으로, 상대의 내장을 보고 말 것이다!'

엘란드의 검이 보다 높게 치켜 올라갔다. 그때 엘란드의 귓속을 파고드는 소리가 있었다.

자신의 복부가 관통되었을 때 나왔던 소리였다. 다만 한 번으로 그치지 않았다. 한꺼번에 폭발하듯이 연거푸 이어지는 것이었다.

타다다다다다다다—

그때까지만 해도 엘란드는 상대를 쪼갤 생각만 하고 있었다.

눈앞에서 배리어가 흐릿해지는 광경을 보며 그는 그 소리가 악마의 웃음소리처럼 들렸다. 곧 죽을 자신을 비웃는 것이다.

악마의 몽환적인 악취를 풍기며.

철갑으로 둘러싼 침을 사방으로 뱉으며.

*　　*　　*

타다다다다—

총신이 뜨겁게 달궈졌다. 탄피가 튀고 매캐한 화약 냄새가 주위로 퍼지고 있었다.

녀석은 날아오던 도중에 추락했다.

녀석치고는 가히 빠른 속도였다.

성일은 녀석을 두고 브론즈 급이라고 했었지만, 몸을 튕기는 순간, 녀석의 속도는 실버 급에 가깝게 변화를 일으켰다.

거리가 조금만 더 가까웠다면 녀석의 검은 내 머리 위로 떨어질 수 있었다. 물론 그걸 고스란히 맞을 일은 없지만.

그때 녀석은 추락 지점에서 몸을 일으키고 있었다. 바로 내 앞이다.

녀석에게 추가적으로 가해진 탄흔은 존재하지 않았다.

녀석의 방어막이 제거될 낌새가 보였을 때 방아쇠에서도 손을 뗐기 때문이었다.

다시 녀석의 전신을 확인했다. 따로 착용하고 있는 아이템은 보이지 않았다.

있다면 검이겠는데 방어막을 품고 있을 만큼 훌륭한 것이 아니다. 그렇다면 직전에 녀석이 띄웠던 F급 방어막은 녀석이 스스로 만들어 냈다는 이야기가 된다.

퍼억!

녀석을 걷어차 멀리 떼어 놓고 나서 연희를 향해 물었다.

『이런 녀석 흔한가?』

『아니. 저 세계에서는 무사 세력, 강자 축에 속하는 편이야.』

『방어막을 스스로 만들어 내던데.』

방어막뿐만이 아니다. 민간인과 하등 다를 바 없었던 신체 능력을 일시에 증폭시키는 능력까지 존재했다.

『그러니까 직접 보면 알 거라고 한 거야. 감상이 어때?』

『흥미롭지. 일단 이게 일반적인 수준은 아니라는 거로군.』

『마나를 다룰 수 있는 자들을 각성자들로 보면 우리 세계와 구조가 흡사해. 이계의 대다수 병사들은 마나를 다루지 못하니까.』

『화기가 적당히 통하겠어.』

물론 이계에서도 다시 시험해 보고, 거기에 올드 원의 권능이 미치는지도 확인해 봐야 할 문제다.

그러나 당장 보기로는 이것들이 만들어 낸 방어막은 우리가 사용하는 방어막과 흡사했다.

차이가 있다면 이계인들은 스스로 만들어 낼 수 있다는 거고 우리들은 아이템을 거쳐야만 한다는 거다. 우위를 따지자면 아이템으로 제약받지 않는 이계인들 쪽에 있었다.

고개를 돌렸을 때 연희와 눈이 마주쳤다. 나와 같은 생각을 하고 있는 것 같았다.

깊은 생각 중인지 연희의 두 눈이 가라앉아 있었다.

"으으으……."

녀석이 총상 부위를 짓누르며 바닥에서 신음을 하는 시간이 길어졌다.

『여기선 안 돼. 이것들이 마나라 부르는 게 느껴지지 않아.』

역시 맞았다.

연희는 나와 같은 생각을 하고 있었다. 아이템을 사용하지 않고도, 우리들 스스로 방어막을 만들어 낼 수 있는지, 그 방법을 궁리했던 것이다.

녀석에게서 엿봤던 기억을 토대로.

『선후야.』

연희가 무엇을 바라는지 알 것 같았다.

『안 돼.』

『보호막뿐만이 아니야. 이건 내 추정인데 올드 원이 우리에게 남기고 간 힘과 저것들이 마나라 부르는 것을 동일하게 본다면 우리 안에도 그게 잠재되어 있다고 볼 수 있어. 이걸 저것들만큼 느끼고 활용할 수 있다면. 그럼 우리 능력은 아이템과 스킬로 국한되는 게 아니야.』

연희는 이계로 가길 바라고 있었다.

자신에게 내 라이프 베슬이 품어져 있는 걸 알면서도 그런 모험을 감행할 가치가 있다고 판단한 것 같았다.

하지만 연희를 말리는 이유는 내 부활이 그녀에게 달렸

기 때문만이 아니다.

아직 알려진 게 없는 전장이다. 알고 있는 건 홀리 나이트라는 존재뿐.

올드 원이 키워 낸 또 어떤 병졸들이 존재할지 모르는 와중에, 연희의 목숨을 담보로 모험을 할 수는 없다.

『끝까지 들어 봐. 홀리 나이트 가문 중에 대마법사를 탄생시킨 가문이 있어. 많은 걸 관통하고 있을 가문이야. 마법 외에도 그 세계의 진실을 많이 알고 있을 인물이 있다는 거지. 잡아 오든 내가 가든, 한번은 그 속을 들여다봐야 하는 자야. 너, 계속 둠 카오스에게 종속될 게 아니잖아?』

『좀 더 고민해 보자. 이제 시작이야. 조급해할 것 없다.』

『귀환석 뒀다 어디에 써먹으려고. 선후야. 나야. 악녀(惡女) 마리. 위급한 순간에 내 몸 하나 못 빼낼 것 같아?』

연희가 마저 이었다.

『너도 찾고 있잖아. 권능을 제대로 활용할 수 있는 길 말야. 마법에 해답이 있을 수 있어. 선생님 한번 믿어 봐. 까짓것, 이 몸께서 대마법사 한 번 돼 볼게.』

*　*　*

론시우스는 수십 년 지기인 킹 제밀란의 왕국을 도우러 갈 생각이었다.

바클란과 국경을 맞대고 있는 그들이었기에, 공국보다 도움이 더 필요한 상황이라 판단했기 때문이었다. 어쨌거나 공국은 붉은 얼굴 오크 일족이 들어온 이래로 정세가 많이 안정된 상태였다.

킹 제밀란의 왕국까지는 가는 길만 족히 반년은 걸리는 거리.

그래서 론시우스는 이른 아침부터 부지런을 떨고 있었다.

그가 직접 지시해서 준비된 마차는 작은 도서관을 연상시켰다. 대마법사인 론시우스에게 호위 따윈 필요 없었지만, 가문의 기사와 마법사들을 따로 준비시킨 까닭도 방해를 받지 않기 위해서였다.

론시우스가 마지막으로 성 카시안의 기록서를 챙길 무렵.

"슈테안 백작이 왔습니다."

손녀의 말에 따르면 한 무리의 사람들이 그를 찾아왔다는 것이다.

가문 내에 심어져 있는 대공의 사람들 중 누군가가 벌써 발고한 게 틀림없었다.

또 뭐라고 우기며 붙잡아 두려는지는 모르겠지만, 론시우스는 이번에는 반드시 친우를 도우러 가겠다 다짐하며 미간을 굳혔다.

"연구실에 틀어박힌 지 수 일째라 하거라."

"이미 그리 말했지요. 그런데 꼭 뵈어야 한다는 말만 재차 하고 있습니다."

"무슨 일 때문이라더냐?"

"붉은 얼굴 오크 일족과 관련된 일이라 합니다."

얼마 전 바르안 남작령에서 의문의 사건이 있었다는 건 들어 알고 있었다.

"신전에서도 나왔습니다."

"그들까지 나설 일은 아닐 텐데…… 마차부터 치워 두거라."

"그 또한 이미 그렇게 해 두었지요. 슈테안 백작과 사제분들은 객실에 모셨습니다."

어렸을 적에는 어여쁜 손녀였다.

하지만 훈육이 엄격했던 탓일까?

그렇게나 어여뻤던 눈웃음을 잃어버린 얼굴 위로는 혹독한 북방 같은 한기만 자리 잡았다. 론시우스는 손녀의 그런

차가운 얼굴을 볼 때마다 마음이 흔들려 왔으나 어쩔 수 없는 일이었다.

손녀의 마법 재능은 가문의 모든 혈족들 중에서 제일 탁월했다. 다음 세대의 홀리 나이트로 태어났을 가능성이 높았다. 해서 손녀에 대한 엄격한 훈육은 당연했다.

그게 참 가슴 아픈 일이었다. 다신 손녀의 미소를 볼 수 없어졌다는 게.

'내 다음으로 우리 가문의 모든 게 전부 네 것이 된다. 여자의 몸으로 말이다. 실비아. 거기선 기쁨을 찾을 수 없는 거냐. 누구나 원하고 부러워하는 일인 것을.'

론시우스는 손녀를 뒤따라가며 그 작은 등에 대고 하고 싶은 말을 속으로 삼켰다.

잠시 후 손님들이 론시우스를 향해 일어섰다. 손녀의 말대로였다. 슈테안 백작 본인이 직접 찾아왔을 뿐만 아니라 신관 사제들까지 동석 중이었다.

다과를 앞에 두고 인사치레로 시작된 이야기들이 흘러간 다음.

뜻밖의 단어가 들려왔다.

"론시우스 님. 엘슬란드에서 신탁이 있었습니다."

감정을 잃어버린 것 같았던 론시우스의 손녀마저 놀란 눈을 부릅떴다.

엘슬란드 대성전.

주 락리마 교단의 총체에서 신탁이 있었다는 것은 결코 예삿일이 아니었다.

론시우스는 느슨하던 자세를 바로 고치며 손녀를 쳐다보았다. 역시나 눈치 빠른 손녀는 자리를 비키고 있었다. 그때를 기점으로 사제 한 명을 제외한 모든 손님들이 자리를 떠났다.

"어떤 신탁이기에 엘슬란드에서 여기까지 전언을 보내온단 말이오?"

"엘슬란드에서 전언하시기를 '밤이 오고 있다.' 하였습니다."

*　　*　　*

론시우스는 킹 제밀란의 왕국으로 떠날 계획을 즉시 중단시켰다.

'세계에 어둠이 들이닥치고 있다…….'

슈테안 백작과 공국 사제단이 직접 꾸린 조사단은 바르안 남작령 남단, 붉은 얼굴 오크 일족이 도륙된 장소에서 신탁의 분명한 증거를 찾았다고 했다.

그렇지 않아도 최근 몬스터들이 준동하는 움직임이 범상

치 않았다.

남방과 데스랜드 사이의 제로미아 해(海)에서 살아 움직이는 시체가 발견되었다는 소문을 들은 바 있었다. 어떤 소문은 거기서 더 보태져 그것들로 가득 차 있는 유령선에 대한 것도 있었다.

또한 킹 제밀란이 부탁해 온 연유도 비슷했다. 바클란들이 갑자기 고도의 전략 전술을 사용하면서 승리를 가져오기가 힘들어졌다고 말이다.

론시우스는 친우 킹 제밀란에게 미안한 마음을 담아 서신을 작성했다.

킹 제밀란에게도 엘슬란드의 신탁이 전해졌을 일이라, 떠나지 못하는 이유를 솔직히 담아냈다. 출타할 때가 아니다, 신탁에 따라 가문을 정비해야 한다는 등.

혈기 왕성했던 시절에나 썼을 법한 문장들이 주를 이뤘다.

그렇게 론시우스가 가문을 정비하기 시작한 지 꼬박 한 달이 지나는 날이었다.

그 날 론시우스는 마탑에 있었다.

보통 마탑은 마법사들이 집합된 특정 조직을 부르는 것과 마나를 집약시키는 구조로 세운 탑을 부르는 것, 두 가지의 의미로 사용되는데 론시우스의 마탑은 둘 모두를 포함하고 있었다.

거기는 론시우스가 건립한 마법 조직의 총 본산이자 마나를 집약시키는 구조물이었다.

본가 저택과는 강 하나를 사이에 두고 멀리 떨어져 있을 뿐만 아니라, 그렇게 주변으로는 인가 하나 없는 지역에 자리를 잡았다.

하지만 마나의 집산지(集散地) 역할을 해 오고 있던 곳답게 황무지였던 주변은 울창한 숲으로 변해 있었다. 고작 십수 년 만이었다.

탑 꼭대기 층에서 내려다본 거기는 평화로웠다.

대자연 속에서 마법사들이 명상에 들어가 있는 광경은 숲을 터전으로 삼았던 고대 엘프들의 왕국에서나 볼 수 있는 광경이고, 시간이 정지된 것처럼 보이기도 했다.

하지만 론시우스의 표정만큼은 평화를 내려다보는 얼굴이 결코 아니었다.

다다닥. 다다닥—

피에 젖은 필마가 난입해 왔다. 평상시라면 마탑의 꼭대기 층에서 모습을 드러내지 않았을 론시우스였지만.

그때 그는 창밖으로 몸을 던져 낙엽처럼 느릿하게 내려오고 있었다.

그를 쓸고 올라가는 바람을 마주할 법도 하지만, 그의 백발 수염과 로브는 한 점 흔들림 없이 조용하기만 했다.

기사는 위대한 대마법사이자 홀리 나이트인 론시우스가 제 앞에 내려서길 기다렸다가 고통을 짓누르며 말했다.

"성…… 성이 함락…… 되었습니다. 도와 주십…… 시오."

론시우스는 기사의 가슴에 박힌 장미 문장을 바라보았다.

바르안 남작 가문의 문장이었다. 오크들이 협정을 어겼을 리는 없었다. 한 달 전에 전해 받았던 신탁대로 밤이 시작된 것인지 모른다.

론시우스는 심장의 고리에 새겨 뒀던 마법 하나를 끄집어냈다.

그가 뭐라 짧게 중얼거리자, 두 눈에서 푸르스름한 기운이 스멀거렸다. 그리고 그 기운이 사라졌을 때 론시우스의 두 눈은 검은 동공이 지워지고 흰자위뿐이었다.

그때 론시우스의 몸은 여전히 기사의 앞에 있었지만, 시야만큼은 바르안 남작의 성 안을 옮겨 다니고 있었다.

바르안 남작의 기사가 마탑에 도착하는 사이에 일이 더 진행된 것 같았다.

론시우스는 목이 잘린 남작의 시체를 발견했다. 귀금속을 그리도 좋아했던 사치스러운 남작이었으나, 죽은 모습위에는 그 어떤 것도 남아 있지 않은 채 핏자국들만 너저분했다.

론시우스는 그의 죽음에서 어떤 동정심도 느껴지지 않았다. 한 영지를 다스리는 자로서 원래도 마음이 들지 않았던 자였다.

그리 멀지 않은 곳에서 죽은 남작 부인과 자식들을 발견했어도 마찬가지였다. 론시우스의 시야는 피가 낭자해 있는 복도를 빠르게 지나쳐 벽을 뚫고 나왔다.

스윽.

상공에서 내려다본 시점에서는 그쪽의 상황을 한눈에 파악할 수 있었다.

전투는 종결되었고 성은 정말로 함락된 상태였다. 적아 구분이 뚜렷해졌다. 포박돼서 한곳에 쏠려 있는 이들은 공국인들이고, 그들을 향해 윽박지르고 있는 자들은 침입자들이었다.

신탁에 의한다면 밤을 몰고 오는 자들이 되는 것이다.

'그런데 우리와 너무도 똑같지 않은가?'

기상천외한 의복에 언어도 다르지만 눈 두 개에 코 하나 입 하나, 그 똑같은 얼굴로 고함을 지를 때의 표정만큼은 흔히 볼 수 있는 정복자의 표정이었다.

그렇게 침입자들은 두 다리로 땅을 딛고선 몸체 위로는

데클란처럼 사냥개의 머리를, 바클란처럼 소의 머리를 달고 있지 않았다.

그게 론시우스에게는 새삼 충격으로 다가왔다.

'응당 흉측한 몰골을 하고 나타날 줄 알았건만…… 우리와 같다니.'

그 무렵 론시우스는 이상한 점을 하나 더 발견했다. 침입자들의 수가 너무 적었다.

그들이 어디에서 어떻게 나타났는지는 둘째 치고, 아무리 시점을 옮겨 대도 후속 부대 같은 것은 보이지 않았다.

포로들을 윽박지르고 있는 자들과 성 내부를 수색하고 있는 자들, 그 삼십여 명이 침입자 전체였다.

반면에 남작의 병사들은 시체가 되어 도처에 깔려 있었다. 강력한 마법이 휩쓸고 간 흔적을 찾을 순 있었다. 거기에 휩쓸린 시체들은 온전하지 않았다.

그러나 꽤 깨끗한 모습의 시체들이 많은 점도 바로 설명되지 않는 점 중에 하나였다.

론시우스의 시점이 빠르게 옮겨졌다.

타다다다다다다—!

셋이 호흡을 맞춰 성내를 수색하고 있던 침입자들을 향해서였다. 정확히는 그자들이 들고 있는 철제 기물이 불꽃을 튀기며 내는 소리를 향해서였다.

"악!"

"아악!"

침입자들을 향해 달려들던 병사 중에 소드 유저의 반열에 오른 자는 없었어도, 남작이 죽고 성이 함락된 이후에도 항복하지 않는 투지만큼은 그에 준하는 병사들이었다.

론시우스는 그런 병사들이 허망하게 죽어 버린 광경을 똑똑히 목격했을 때 처음으로 분노가 치밀어 올랐다. 비로소 그 많은 깨끗한 시체들이 어떤 죽음을 맞이했던 것인지를 깨달았기 때문이었다.

태반은 제대로 활 한번 쏘지도 못하고, 창 한번 휘두르지도 못하고 죽었다.

어떤 심경으로 죽어 갔을까.

마지막으로 론시우스는 침입자들을 이끌고 있는 무리를 쳐다보았다.

그들은 아티펙트가 분명한 것들을 무장하고 있는 자들이었다.

숫자는 다섯. 그중 하나에게서는 소드 익스퍼트 초입에 든 움직임을, 나머지 넷에서는 최소 소드 유저 상급 수준의 움직임을 발견했다.

'소드 익스퍼트 하나. 소드 유저 넷. 기물을 든 이십오 인의 병사들.'

그게 침입자들의 구성이었다. 론시우스는 고민에 휩싸였다.

마탑에 응집된 마나의 힘을 움직인다면 그들이 남작의 병사들에게 했듯이 허망한 죽음을 선사해 줄 수 있지만.

그렇지만 성에는 아직 생존해 있는 포로들이 적지 않았다.

아무래도 침입자들에게 똑같이 허망한 죽음을 선사해 줄 순 없을 것 같았다.

'태워 죽일 수밖에.'

론시우스의 두 눈이 깜박이며 그의 시선은 처음 출발했던 제자리로 돌아왔다.

마지막 깜박임에서 흰자위뿐이었던 중앙으로 동공이 떠올랐다. 학살 현장에서 달고 온 노한 감정과 함께였다.

바로 그때.

'음?'

론시우스의 두 눈 위로 의아한 빛이 떠올랐다.

자신의 지시가 따로 있던 것이 아니었는데, 마탑의 마법사들이 전부 탑 안으로 들어가 있는 게 아닌가?

그런데 그게 끝이 아니었다.

마탑의 마법사들이 탑에 집약된 마나를 움직이고 있었다.

우우웅!—

광풍이 휘몰아치듯, 숲의 풀잎과 나뭇잎들이 탑을 향해 쏠려 있었다.

'무슨 짓을!'

론시우스의 백발도 세차게 흔들리고 그의 혼란도 가중되었다.

무슨 일이 벌어지고 있는지 당장 판단되는 게 없었다.

자신의 지시도 없이 탑의 마나를 움직일 정도로 정신 나간 제자가 있다는 것도 의문이지만 또 큰 의문은 웃음을 쪼개고 있는 남작의 기사에 있었다.

금방이라도 죽을 것처럼 나타나 말에서 떨어졌던 게 남작의 기사였는데, 어느덧 두 발로 서서는 자신을 향해 웃고 있는 것이었다.

어쨌거나 론시우스는 탑의 마나가 결계를 형성하기 시작한 걸 깨달았다.

탑을 중심으로 인근 숲을 전부 감싸는 커다란 결계이자, 탑이 위기에 빠졌을 때를 위해 준비해 두었던 방어 체계 중 하나였다.

탑으로 달려가려던 론시우스의 뒤통수로 기사의 웃음 섞인 목소리가 부딪쳤다.

"노친네. 재밌는 놀잇감을 준비해 뒀더라? 이제 아무도 우릴 방해할 수 없을 거야. 기대해도 좋아."

"감히!"

론시우스가 고개를 홱 돌렸다.

그런데 기사가 서 있던 자리에는 손녀 실비아가 서 있었다.

이제는 손녀에게서 더는 볼 수 없는 미소가 그 얼굴에 머금어져 있었다. 그것이 비록 장난스러운 미소였어도 순간 론시우스를 멍하게 만들기에 충분했다.

물론 론시우스가 자신이 환각에 시달리고 있다는 것을 깨닫기까지도 찰나였다.

어디서부터 어디까지가 환각인지, 저주의 매개체는 무엇인지 몰라도.

홀리 나이트인 자신에게 환각을 주입할 만큼 강력한 주술사의 공격에 노출되었다는 것 정도는 확실한 사안이었다.

"넌 누구냐…….?"

론시우스는 손녀의 얼굴을 띠고 있는 존재에게 물었다.

"손녀도 몰라보는 할아버지가 다 있어?"

깔깔 웃으며 속삭이는 소리가 대꾸로 나왔다. 론시우스는 홀리 나이트의 혈맥을 이은 이후로 그러한 조롱은 난생 처음이었다.

그랬기에 등골이 쭈뼛거렸다. 상대는 너무나 여유로웠다. 홀리 나이트이자 대마법사인 자신을 앞에 두고.

그때 섬뜩한 생각이 론시우스의 뇌리를 스치고 지나갔다.

론시우스가 마탑의 창밖으로 경계를 갖춘 마법사들을 돌아보자.

손녀의 얼굴을 띤 존재는 또 조용한 목소리로 말했다.

"소용없어. 네 부하들에게 지시를 내린 게 누구라고 생각해? 저것들에게 홀리 나이트, 론시우스는 바로 이 몸이시거든. 너는 악당 역할이고. 그러니까 저것들에게 기댈 생각은 말고 우리끼리만 놀아 보자."

"묻는 말에만 대답하거라. 넌 누구냐……."

"승부는 거기에 달린 거야. 넌 과연 내 이름을 알아낼 수 있을까?"

Chapter 4.

세계 각성자 협회 본부, 관리국 종합 상황실.

종합 상황실은 대형 모니터가 밝히는 은은한 푸른 빛에 잠겨 있었다.

500인치 대형 모니터에는 GIS(지리 정보 체계)와 연계되어 각성자들의 위치를 세계 지도상에 각기 한 개의 점으로 표현하는 프로그램이 구현되어 있었다.

본격적으로 각성자들의 외계 진입이 진행되고 있었기 때문에 사라지고 있는 점들이 적지 않은 시각이었다.

그러나 자세하지는 않았다.

각성자들의 위치가 점으로 표현되는 방식이라서 대다수의 점들이 겹쳐 있기도 했다.

세부적으로 한 지점을 확대하고 모니터를 분할하여 주요 각성자의 신상 정보를 띄우는 등.

중앙 모니터를 다룰 수 있는 권한은 이가희에게 있지 않았다.

대형 모니터에 어떤 정보를 띄워 상황실을 주도할지는 전적으로 상황실장의 몫으로, 이가희는 한국 지부에서 협회 본부의 종합 상황실로 파견된 신분에 불과했다.

모두가 그렇듯 이가희도 개인 모니터들에 띄워지는 상황들을 주시하고 있었다.

삼삼오오 그룹을 지어서 움직이는 점들 중에는 외국에서 들어온 각성자도 있었다. 하지만 그녀가 눈여겨보고 있는 사안은 국내로 들어온 외국 국적의 각성자들에게 있지 않았다.

그들 같은 경우는 전일이나 일성 그리고 대현 같은 재벌 그룹들의 보조를 받고 있는 이들이었다. 또는 한국에 열려 있는 통로를 사용하기로 승인이 된 자들이었다.

「종합 뉴스: 세계 각성자 협회 "외계 진입 첫째 날. 위대한 발걸음."」

그렇다고 이날을 기다려 왔던 언론들이 떠들어 대는 소리에 귀를 기울이고 있는 것도 아니었다.

물론 그녀가 하는 일에는 각성자가 이 땅에서 범죄를 일으키면 안전국에 그들의 위치를 실시간으로 전송해야 하는 업무도 포함되어 있어서, 뉴스 속보들을 예의 주시해야 하는 것도 기본 업무 중에 하나긴 했다.

그때 이가희의 동공에 가득 차 있는 건 한국의 던전 정보 하나였다.

「등록 번호: A—92
구역: 론시우스 홀리 나이트령
(포클리엔 공국, 그린우드 대륙)
상태: 진입 중」

한국에 위치한 던전들 중에서는 유일하게 진입 상태에 있는 던전이었다.

이가희는 거기에 대해서 사전에 들은 바가 없었다.

외계 진입 첫째 날이다.

협회에서 민간 자본이 크게 들어간 파티와 공격대에 한정해 일종의 정찰대를 진입시키기로 한 것까지는 알고 있었는데, 그렇다면 진입 이전에 반드시 거쳐야 할 시스템으로 이가희 본인이 위치해 있었다.

중간에서 오류가 있었던 것은 아니었을까? 한국 지부에서 실수하고 있는 것은 아닐까?

진입 첫날을 디데이로 삼아 예행연습을 많이 했어도, 첫째 날에는 불가피한 실수들이 종종 일어나기 마련이다.

이가희는 지금의 경우를 그렇게 의심하고 있었다.

「접근 권한이 없습니다. Not permitted to log in.」

그녀는 또 똑같은 메시지를 바라보며 손을 들었다. 멀리서 몸통이 굵은 사내가 빠른 보폭으로 걸어왔다. 그 중년인이 상황실장이었다.

"접근할 수 없는 건 당연하네. 협회 내 작전 구역이기 때문이지. 그래도 잘 캐치했네. 앞으로도 이렇게만 해 주게."

그때 긴장이 풀렸기 때문인지도 모른다.

이가희는 상황실장이 미 국방부에서 많은 별을 달았던 장성이었다는 사실을 떠올리며, 실제로 그런 느낌을 받았다.

거대한 군사 작전이 진행되고 있는 현장에 깊숙이 들어와 있다고 말이다.

주변을 돌아보니 긴장 속에서는 제대로 보이지 않았던 것들이 보이기 시작했다.

실수하지 말아야 한다는 생각, 오점을 발견하여 협회에 공헌하는 모습을 보여야 한다는 생각, 첨단 시설로 장비된 상황실의 위압감.

그리고 세계 각국의 지부에서 파견된 다양한 인사들이 운집해 있는 광경까지 보태져서 극도의 긴장감에 휩싸여 있던 게 사실이었다. 영상 매체 속에서나 볼 수 있었던 총을 든 사내들이 군데군데 지키고 서 있는 것도 한몫했다.

이가희는 어쩐지 몸이 달궈지는 것 같았다. 심장이 뛰며 묘한 흥분감에 손끝이 간질거렸다.

그간 잡음으로만 느껴졌던 소리들, 그러니까 파티션 너머에서 들려오는 세계 각국의 언어들이 긴급하게 오고 가는 상황에서.

그녀는 세계에서 제일 비밀스러운 장소 중 한 곳이 바로 여기라는 걸 새삼 실감했다. 자신이 자랑스러웠다. 여기에 속해 있는 자신이.

그때.

그녀의 이어폰에서 띵, 하고 알림음이 울렸다.

모니터 위로 암호화된 채팅창이 올라왔다.

〈 1실, 유 실장님 (한국 지부) : No. E—49. 현 시각 진입 중. 체크 〉

〈 상황실, 이가희 : 예 〉

〈 1실, 유 실장님 (한국 지부) : 첨부파일 (진입 계획서 —전일 그룹 .hwp)]

〈 1실, 유 실장님 (한국 지부) : 승인 코드—DK2018511AW 〉

「 **진입 계획서**

진입구역: No. E—49 (바르안 남작령, 포클리엔 공국, 그린우드 대륙)

진입일시: 2018. 5. 22 14:00

인원 : 협회원 5 / 민간요원 25

협회원 (5인)

1. 김일원 2. 박우경 3. 김신태 4. 신영석 5. 오수민

민간요원 (25인)

1.임진철 2.백유석 3.기동진 4.손구 5.장승현 6.강시우 7.허표 8.이규혁 9.양성민 10.박성훈 11.이세영 12.김하늘 13.한래원 14.김민재 15. 윤신수 16.박기양 17.강정환 18. 황일훈 19.송창섭 20.고현일 21.김창민 22.김종우 23.이준형 24.이장현 25.황보승훈

* 위 민간 요원들은 화이트 워터 및 민간 보안 업

체에서 스카웃한 우리나라 국적의 전직 특전사 출신 들로, 상세 이력을 별첨합니다.

2018. 5. 10

㈜ 전일

승인 코드—DK2018511AW」

승인 코드를 입력하는 이가희의 손가락 끝에 힘이 실렸다.

타닥. 타닥.

그녀의 개인 모니터에서 협회원인 각성자 다섯의 신상 정보부터 띄워져 올라왔다.

동시에 E—49라 등록된 수원시의 한 지역 지도를 확대시키며, 다섯 개의 점이 사라지는 현장을 실시간으로 송출하기 시작했다.

〈 상황실, 이가희 : 진입 완료 되었습니다. 〉

*　　*　　*

세계 각성자 협회 한국 지부, 1실.

1실장 유원진은 난데없이 찾아온 불청객과 독대 중이었다.

'올 것이 왔군.'

불청객은 대현 그룹 총괄 수석 부회장이라는 양반이었다. 유원진이 대현 그룹 법무실에 있었을 때에는 결재 서류에서나 그 이름을 볼 수 있었고, 본사 내에서도 모습을 잘 드러내지 않는 양반이 대현 그룹의 총괄 수석 부회장 정우석이었다.

"유 실장은 우리 그룹 출신이라서 뭐라도 챙겨 줄지 알았지 뭔가. 하하."

하지만 유원진은 정우석에게서 어떠한 위압감도 받지 못했다.

협회로 이직한 이후 재계의 다양한 인사들이 접촉해 왔기 때문이었다. 그가 기억하는 최고의 만남은 재통령 박충식과의 만남이었다. 살았다 죽었다 말이 많은 인사였다.

하지만 한국 재계의 오래된 노괴(老怪) 재통령 박충식은 자신의 건장함을 참 많이도 과시했었다.

유원진은 그와의 만남을 떠올리니, 그리도 높아 보였던 정우석이 그저 한 명의 인생 선배처럼 느껴졌다. 신분상의 벽은 진즉 허물어졌다.

협회 업무에 매진하면서 자연스레 알게 된 정보들로 인

해서.

"크흠. 왜 우리 쪽은 승인되지 않는 건가?"

유원진은 애가 타 있는 정우석의 심정이 백분 이해가 되긴 했다.

아직 언론에 풀어지지 않았지만, 그간 귀동냥을 원하는 재계의 거물들에게는 풀어놓은 소스가 있었다.

이계에서의 이권 사업.

즉, 거기에 존재하는 땅과 자원을 포함해 운영권에 대한 모든 것에 대해서 협회는 관여하지 않을 거라는 내부 지침 말이다.

바야흐로 외계로 식민(植民) 개척 시대를 열겠다는 것이 협회의 장대한 계획이었다.

무슨 말이냐 하면 과거 대항해 시대에서 그랬듯, 원주민의 땅에 들어가 깃발을 꽂으면 그것을 정복자 그룹의 것으로 인정해 주겠다는 내부 지침이 있었던 것이다.

협회에서 소속 각성자들에게 바라는 것은 정말로 하나였다.

우리 인류에 의한 정복.

"어떤 조건에 의해서 승인하는지는 내 자세한 내막을 모르겠네. 하지만 겉보기로는 공정치 못해 보일 수 있다는 걸 알려 드리고 싶었네."

"이제 첫째 날입니다."

"하지만 우리 계획서들은 어떤 것도 승인된 게 없지 않나."

"왜 이러십니까. 제게 무슨 힘이 있다고요. 저 일개 직원입니다. 그리고 다른 공격대들의 귀환 여부를 지켜보고, 외계 정보가 조금 더 종합된 다음에 진입하는 것이 안전하지 않겠습니까."

"그거야 우리들 생각이지 않은가. 각성자들 입장은 또 다르지. 그들은 협회가 기회를 박탈하고 있다 생각할 걸세."

유원진은 속으로만 고개를 저었다.

차마 대현 그룹에 가담한 각성자들이나 그렇다는 말은 할 수 없었다.

공격적인 로비를 하든, 인맥을 총동원하든.

협회의 지도층에 닿은 자본 세력들에게는 한 가지 공통점이 있었다.

바로 그들이 제출한 진입 계획서가 포클리엔 공국이라는 곳에 집중되어 있다는 점인데, 실제로 얼마 지나지 않아 포클리엔 공국에 관한 계획만 승인하라는 지침이 떨어졌었다.

"유 실장…… 우리 그룹이 협회에 밉보인 게 있나?"

"설마 그런 게 있겠습니까. 설사 있다 해도 협회는 부회장님께서 생각하시는 것 이상으로 공정합니다. 귀환자들이 돌아오면 어떤 지침에 의해서 승인이 떨어졌는지, 자연히 아시게 될 겁니다."

"하루가 십 년을, 아니 백 년을 좌우할 것 같지 않은가?"

"……."

"내 어쭙잖게 말 돌리지 않겠네. 우리 그룹에 방위 산업체가 많다는 건 자네라고 모를 수가 없겠지. 우리 그룹은 여력이 충분해. 이것만큼은 자신할 수 있네. 우리 그룹이 외계로 진출할 수 있다면 전일보다 할 수 있는 게 많아. 그리고 그때가 오면 유 실장이 도와준 걸 내 어떻게 모르는 체할 수 있겠나. 정 유 실장의 권한으로 힘들다면 한 분만 연결시켜 주게. 어쨌거나 그분도 한국인이지 않나."

"부회장님!"

순간 유원진은 자신도 모르게 언성을 높였다. 그러고는 방 밖을 의식하며 목소리를 죽였다.

"그분에 대해서는 말씀하시지 않는 게 좋겠습니다. 저라고 다가갈 수 있는 분이 아니십니다."

"그 정도나 급하다는 걸세. 전일이 이 나라를 어떻게 집어삼켰는가. 조나단 투자 금융 그룹은? 질리언 투자 금융 그룹은 전 세계를 또 어떻게 장악했는가. 그들이 외계까지

독점하는 게 정녕 협회의 높으신 분 생각이라면…… 내 어쩌겠나. 그만해야지."

그때 유원진의 핸드폰으로 짧은 문자가 들어왔다.

「여보. 나 대현 그룹 사모님이랑 쇼핑 나왔어. 저녁은 늦지 않을게. 쏘리.」

'후우— 이 여편네가 또. 적당히 하자. 적당히. 좀.'

유원진은 잠깐 구겨졌던 인상을 황급히 고치며 고개를 들었다. 애간장이 타들어 가 있는 정우석의 얼굴이 보였다.

신(新) 대항해 시대가 펼쳐졌는데 정작 함선을 보유해 놓고 바다로 나아가지 못하고 있었다.

하기사 대현 그룹에서 한 말이 꼭 틀린 것도 아니었다.

금일 한국 지부에서 처리한 진입 횟수는 전일 그룹의 것, 단 한 개에 불과했다.

반면에 외국 쪽 상황은 활발했다. 이쪽 세계에서는 벌써 유명해진 인물이 있다. 이름은 크리스, 시작의 날에 잭팟을 터트린 월가의 금융인이었는데 누구보다 빨리 시스템과 인력을 구축했다고 했다.

그쪽을 필두로 외국계 자본들의 활약이 두드러진 실정이었다.

그런데 국내에서 유일하게 진입한 전일 그룹도 외국계 자본 아닌가?

이후로 일성 그룹의 진입이 예정되어 있었어도, 활발한 외국계 자본들의 현황에 비추면 한참 모자란 것이었다.

유원진은 슬슬 그런 생각이 피어오르기 시작했다.

'우리 한국에도 일성 외에 하나쯤은 더 있어야 하지 않을까.'

가만 보니 대현 그룹은 협회 지도층과 닿을 일이 만무했다.

염마왕 조나단 헌터, 오시리스 조슈아 폰 카르얀 같은 재계의 초 거물들에게 대현 그룹이 얼마나 가소로워 보이겠냐는 거다.

유원진은 결단을 내렸다.

"곧 자연히 알려질 사실이긴 합니다."

유원진의 입술이 어렵게 열리자 정우석이 자세를 고쳐 앉았다.

"이번 승인 건은 포클리엔 공국에 한정되어 있습니다."

"포클리엔 공국…… 왜?"

"거기는 작은 나라일 겁니다. 거기부터 인류의 영역을 구축하고 점차적으로 확대해 나갈 생각이 아니겠습니까."

"그, 그럼 국내에 남은 던전은 몇이나 되나?"

"없습니다. 외국으로 눈길을 돌려 보셔도 남아 있는 게 없을 겁니다."

구태여 외국계 자본에 의해 이미 할당이 떨어졌다는 말은 덧붙이지 않았다.

절망적으로 무너지기 시작한 정우석의 얼굴이 확 펴진 건 바로 직후였다. 미소를 지으며 상체를 기울여 오는 유원진의 모습에서 그도 직감한 게 있었던 것이다.

이어진 유원진의 목소리는 귀를 곤두세워야 겨우 들을 수 있을 만큼 작디작았다.

"진입지를 소용돌이 대지로 수정해 보십시오. 늦으시기 전에."

정우석은 정말로 감격한 표정을 지었다.

소용돌이 대지.

거기가 금일 날짜로, 승인 지침이 떨어진 곳이었다. 협회 지도층에서는 포클리엔 공국을 무리 없이 점령할 거라 보는 것 같았다.

유원진은 정우석을 바라보면서 문득 그런 생각이 들었다.

협회로 이직하지 않았다면 이런 권한과 사회적 신분을 얻기까지 얼마나 많은 세월이 걸렸을까.

남은 평생을 다 바치고 낙오되지 않는다는 가정까지 보태야, 겨우 발만 담그는 수준에 그쳤을 것이다.

그런 의미에서 협회로 이직한 것은 성공한 도박이었다.

"앞으로 종종 보겠군요. 부회장님."

유원진은 한 손으로 악수를 건넸다.

"외계 진출도 좋지만, 건강부터 챙기시는 게 좋겠습니다."

정우석은 유원진의 그 한 손을 두 손으로 맞잡았다.

"내 이 보답은…… 꼭 함세."

*　　*　　*

연희가 성일과 함께 떠난 자리.

나는 혹시 있을 위기 상황을 가정하고서 그 앞을 떠나지 않고 있었다.

한 달이나 지났으면 연희가 고집을 꺾지 않을까 했는데, 결국 우리가 합의를 보았던 대로 진행되었다. 포클리엔 공국 전체를 전쟁에 몰아넣고 나서 성일을 대동하는 것으로.

슬슬 어둠이 내려앉는 시각이었다.

야산의 밤은 평지보다 빠르게 찾아온다.

홀리 나이트 론시우스령으로 통하는 A—92 던전 일대는 처음부터 비워 뒀던 까닭에, 다른 구역들처럼 어둠을 밝히는 빛이 없는 건 당연했다.

「경고문 (Warning)

(민간인 출입통제구역: Civilian Restricted Area)

이 지역은 **세계 각성자 협회원 지위 협정**을 적용 받는 지역으로 인가자 외 출입을 **절대 금지**합니다.

세계 각성자 협회」

스스슷—

붉은 눈알들이 그런 경고판이 부착된 철조망을 넘으면서 나타났다.

그중 가장 붉은 눈알은 단연코 네크로맨서의 후드 속 암흑을 뚫고 나오는 것이다.

조슈아의 두 눈에서 일어난 붉은 궤적이 허공에서 지워지고 있을 때.

그를 그림자처럼 따라다니는 역병 공대원들 또한 고개를 숙이며 도착했다.

음산한 소리를 내고 있지 않을 뿐 그들의 존재는 음침함 그 자체다. 성일마저도 조슈아를 마주할 때면 시선이 옭아드는 느낌을 받기 일쑤였다며 피하는 모습을 보이곤 했다.

그렇게 악몽처럼 칙칙한 톤을 지닌 이들.

이들이 나 또한 이계로 진입할 수 있는 문을 열어 줄 거라 믿어 의심치 않는다.

연희를 제외하고는 가장 강력한 화력이지 않은가.

"무엇을 처리해야 하는지는 알고 있을 것이다."

"소용돌이 대지의 홀리 나이트 칼도란. 그 목을 베어 바치겠습니다."

놈에게 가장 근접한 통로로 추정되는 던전은 따로 빼 두었다.

"진입 전에 캣 푸드 웨어하우스로 가라. 너희들의 장비를 점검할 수 있을 터이니."

"예. 마스터."

놈은 자신에게 무엇이 가까워지고 있는지 조금도 모를 것이다.

그러니 칼도란이란 이름을 쓰는 홀리 나이트는 연희와 마주하고 있는 놈만큼이나 애석한 놈일 수밖에 없다.

벌써부터 후드 속 암흑 속으로 놈을 향한 살의를 채워 나가고 있는 조슈아를 바라보다가 짧게 고개를 끄덕여 보였다.

그들은 나타난 것처럼 사라졌다.

세상에 존재하지 않는 사신(死神)들처럼.

스스슷—

*　　*　　*

상하이항에서 출발한 1만 톤의 황금들이 뉴욕항을 향해 운송되고 있는 중이다.

사상 초유의 대작전이 펼쳐지고 있음에도 몇 줄짜리 기사가 전부다.

세간의 관심이 한 용병에게 쏠려 있기 때문이었다.

그는 닐 암스트롱처럼 외행성에 첫 번째로 발자국을 찍진 않았지만, 공식적으로는 외행성에서 첫 번째로 귀환한 자로 기억될 인물이었다.

"사상자 하나 없이, 완벽한 승리를 거머쥐었습니다. 우리의 적들은 너무나 무력했습니다. 적들로선 승산 없는 싸움을 걸었던 것이었습니다."

나는 극비리에 방한한 중국 주석과 함께 그의 인터뷰를 보고 있었다.

조용히 하라는 제스처를 취하자, 호텔 텔레비전을 뚫고 나오는 인터뷰 현장의 환호와 박수 소리가 보다 선명해졌다.

정신이 없긴 인터뷰 현장도 마찬가지지만 제일 정신이

없을 사람들은 VVIP를 맞이한 전일 호텔 관계자들일 것이다.

"그렇다면 다른 분들은 왜 보이지 않는 겁니까?"

"저는 보고차 돌아온 것입니다. 일차적으로 점령하는 데 성공 한 것은 맞습니다만 위협이 해소된 것은 아닙니다. 점령 지역을 주관하고, 빠르게 다른 그룹과의 연계를 구축하는 작전을 통해……."

용병은 시종일관 자신의 감정을 억누르는 표정이었다. 죄책감에서 오는 게 아니다. 전장의 흥분을 지우기 위해 애쓰는 걸로 보였다.

보통 내전 지역에서 석유 시추 시설이나 다이아몬드 광산을 지키고.

쿠데타에 저항하거나 쿠데타를 돕거나.

반군과 정부군, 거기의 상부가 내리는 명령이라면. 민간인들을 향해서도 총질을 해 와야만 했던 자들이 용병들이다.

그들에게 이계에서 수행했던 전투는 많은 돈을 받고 있는 이상, 반드시 치러야 하는 임무 중에 하나였을 뿐이란 거다.

텔레비전 속 용병을 가리키며 주석을 향해 마저 말했다.

확실히 해 둘 필요가 있었다.

"당신뿐인 줄만 아는가. 미국 회원들도 러시아 회원들도 다들 난리지. 하지만 이계에 진입하는 민간인은 용병과 과학자들로만 한정될 것이다."

통역은 일전에도 면식이 한 번 있었던 양가혜라는 각성자였다.

주석은 나락으로 떨어진 중국의 운명을 회생시킬 방법으로 이계를 선택했다. 그는 게이트만 열어 준다면 전 군을 동원하겠다고 밝혔다.

하지만 그건 너무 생각이 짧은 판단이다.

구태여 자본 세계의 룰로 중국을 제압하고, 각성자들을 자본 세계로 끌어들인 이유가 뭐겠는가.

내가 왜 세상을 자본 세계의 룰로 유지시키려 하는지 한 단계 더 깊게 생각했다면 수백만 명의 중국인들을 게이트에 처밀어 넣겠다는 소리를 할 수는 없는 것이다.

아직 통역을 거치지 않았다.

그럼에도 주석은 내 뜻이 전해졌는지 무거운 표정이었다.

통역이 끝난 후.

주석은 제 표정만큼이나 처진 목소리를 내기 시작했다.

"하면 중국 정부 자체적으로 이계에 진입할 수 있는 방법은 따로 없냐고, 묻습니다."

이미 길을 열어 두었다. IMF가 중국 시장을 완전 개방함에 따라 중국 내의 민간 기업들은 활로를 찾아가고 있는 중이다.

독재 정부 권력자들의 입맛에 따라 하루아침에 급성장할 수 있고 또 하루아침에 몰락할 수 있는 게 중국의 민간 기업들이었다.

"IMF에 의해서만이 아니라 중국 정부 스스로도 민간 시장을 성장시키는 데 주력한다면, 중국의 민간 기업 또한 이계로 진출하는 경우가 늘어날 수밖에 없다. 하지만 중국 정부가 자체적으로 군을 조직해서 진출할 일은 없겠지. 이는 중국에만 해당하는 것이 아니라 내 모국이든 미국이든 전부에 해당하는 이야기다."

주석은 이 말을 어떻게 받아들일까.

대부분의 자본 세력들이 내 치하에 놓여 있고 각성자들까지도 내 수중에 있으니.

주석으로선 내가 이계를 독차지할 욕심으로 가득 차 있다고 생각할 수도 있었다.

그건 비단 주석만의 시선이 아닐 것이다.

기존의 클럽 회원들에게도 그렇게 보일 수밖에 없으며

점점 불만을 쌓아 갈 수가 있다.

하지만 내가 정녕 이계에 욕심을 내고 있는지는 두고 보면 알 일이다. 이계의 이권에는 조금도 개입하지 않겠다는 내부 지침을 나부터가 어기지 않을 테니까.

이계는 깃발을 꽂는 자가 임자다.

도시 국가를 세우든. 왕국으로 확장되든, 연합국으로 뭉치든.

그렇게 돈과 인류 태생의 욕심이 맞물려 각성자와 민간 기업들이 주도적이길 바란다. 나는 그것들이 나아갈 방향만 제시해 줄 뿐!

애당초 지구가 내 차지인데 이계까지 욕심낼까. 전쟁은 아직 시작 단계도 아닌데.

거기가 설령 지구에 견주어 훨씬 거대한 행성일지라도…….

우리 인류의 본토가 전과 다름없이 유지될 수만 있다면 나는 무엇이라도 포기할 수 있다.

어떠한 이권도.

설령 내 영혼을 요구할지라도.

"그런데 아직 3조 5천억 달러가 입금되지 않았더군. 그것부터 빨리 정리되었으면 하는데?"

*　*　*

전일 클럽 아래로 클럽 회원들 간에 삼각 위원회니 로마 클럽이니 하는 다양한 집단이 구성되어 있는 것처럼, 내 금융 제국의 기사들로만 구성된 집단도 있었다.

주석이 성과 없이 돌아간 늦은 밤.

월가와 더 시티를 잇는 금융 제국의 회동이 화상으로 진행되었다.

여기가 성 드라고린이었다면 진짜 왕좌와 휘하 군주들의 자리가 마련될 일이지만, 본토에서는 컴퓨터에 랜선 하나만 꽂으면 되는 일이다.

중국 주석이 방문했던 일을 들려주자 질리언이 물었다.

〈 중국 정부가 민간 기업 하나를 택해서 합작 회사를 설립한다면 어떻게 하시겠습니까? 〉

중국 정부를 입에 담고 있는 그는 지금 김청수와 더불어 중국에 있었다.

물론 둘이 같은 숙소를 사용하는 것이 아니라서, 둘의 어깨너머로 보이는 호텔 객실의 풍경은 다를 수밖에 없었다.

〈 거기까진 제재할 생각이 없다. 〉

〈 그런 움직임들이 세계 각국에서 일어나고 있긴 합니다. 〉

김청수가 채팅 프로그램을 통해 띄운 자료 속에는 다양한 이름들이 포함되어 있었다.

중국 수도에 깃발을 꽂고 거기를 먹어 들어가는 데 정신이 없는 와중에서도, 시장의 흐름을 꾸준히 살펴보고 있다는 증거였다.

그런 의미로 주석은 나를 찾아올 게 아니라 한 번이라도 더 김청수를 마주하고 사정해야 하는 게 맞았다.

어쨌거나 김청수가 보내 준 자료에는 MC(Military Company)와 에이전시의 A를 붙인 이름들이 많았다.

대표적으로 로트실트 가문의 RMC(Rothschild Military Company)와 월가의 금융인이 탄생시킨 CVA(Chris Victory Agency)를 꼽을 수 있는데, 두 업체는 최초로 진입 승인을 받은 지난 5월 11일에 금융 역사에서 한 획을 그을 상승률을 보여 주었다.

우리가 사용 중인 화상 프로그램은 회의를 진행할 수 있게끔 만들어진 것이다.

김청수가 포인트를 찍은 이름으로 붉은 줄이 그어졌다.

〈 AGMC, TTA. 둘 모두 미 정부의 투자로 만들어진 기업입니다. 〉

그 외에도 영국과 일본 정부가 개입한 이름들이 거론되었다.

〈 하지만 후발 주자다. 〉
〈 ……알고 계셨군요. 〉

김청수는 충혈된 눈을 달고 살았던 한창때의 조나단을 보는 것 같았다.
물론 그를 도와줄 부하 직원들이 많긴 하지만, 그 전부를 통솔하고 결론을 도출하기 위해 그나마도 부족한 시간을 계속 쪼개 왔을 것이다.
한편 김청수의 피곤한 목소리에선 날 선 느낌이 다분했다.
각성자가 아니라서 나보다 피곤이 쉽게 쌓이는 몸이기도 하지만 그 이유만은 아닌 것 같았다.
시키지도 않은 일을 파고들었던 점만 봐도 알 수 있었다.
그는 새롭게 등장한 시장을 경계하고 있는 것이었다. 비단 나만 그렇게 느낀 것이 아니기 때문이었을 것이다.

질리언 부부 중 한 명.

제시카가 말했다.

〈 브라이언. 오딘께서 바라시는 방향으로 흘러가고 있어요. 크리스의 CVA와 로트실트의 RMC가 세계 증시를 견인하고 있다는 거 아시죠? 〉

〈 그게 어디 그들이 잘나서입니까? 오딘께서 그런 환경을 조성해 줬기 때문이지요. 또한 로트실트는 우리 클럽 회원이지만 크리스는 아닙니다. 그리고 우리끼리만이라 하는 이야기인데, 저는 로트실트도 신뢰하지 않습니다. 〉

질리언은 계속 조용했다.

〈 그래서? 〉

내가 물었다.

〈 CVA와 RMC를 인수 합병했으면 합니다. 〉

〈 상장을 우리가 주관했을 텐데? 〉

〈 예. CVA 지분의 15%, RMC 지분의 13%를 보유 중입니다. 일단은 그렇습니다. 우회적으로 투자된 지분까지 계

산하려면 시간이 많이 필요할 것 같습니다. 〉

최초 귀환 용병은 CVA에 고용된 인물이었고, 작전을 이끌고 있는 게 CVA의 한 공격대였다.

CVA가 주도한 광풍이 세계 증시를 휩쓸고 있었다.

언제나 말하는 것이지만 증시에서는 팩트보다 스토리가 중요한 것이다.

당장 금광을 개발하고 신자원을 발견한 게 아니었어도 대중들은 그리될 것이라 짐작하며 투자를 아끼지 않는다.

하물며 금리가 낮아 갈데없는 돈들이 주식 시장으로 흘러들어 오고 있던 때였다.

CVA는 선두 주자로서 더 많은 투자와 민간 기업을 주목하고 있던 각성자들의 시선까지 끌기 시작할 것이며, 사업 규모는 나날이 확장될 것이다.

그러니 더 크기 전에 삼켜 두자는 게 김청수의 생각이었다.

〈 하지만 브라이언. 로트실트는 우리 클럽 회원이고 CVA의 크리스는 공로가 있어요. 브라이언이 무엇을 의식하고 있는지는 충분히 공감해요. 그런데 이렇게는 생각해 보지 않으셨나요? 브라이언이 말하는 바가 오딘께서 바라시는 흐름에 반한다고요. 우리 자본이 신시장을 향해 공격적으로 움직이면 대다수의 신생 기업들은 움츠러들 수밖에 없어요.〉

〈 지금 회의는 자본 시장에 국한된 것입니다. 우리의 영향력에서 벗어나고 있는.〉

〈 정말 그럴까요? 시작의 날이 있은 후로 그 경계선은 진즉 무너졌어요. 그리고 우리의 영향력에서 벗어나고 있다는 것도 일시적으로만 그렇게 보일 뿐이죠. 보세요. 브라이언도 오딘께서 승인하시기만 한다면 CVA와 RMC를 바로 인수 합병할 수 있다 생각하고 있죠. 성장에는 한계가 있어요. 내년도 그다음 년에도, 오딘께서 바라신다면 우리는 얼마든지 그들의 사업을 가져올 수 있어요. 기업은 어디까지나 기업이에요. 중국처럼 될 순 없죠. 중국을 직접 공격하고 그 현장에 나가 계신 분께서, 솔직히 조급한 것 같군요.〉

〈 우리는 사업가가 아닙니다. 금융인이죠. 돈이 보이면 가져와야 하는 겁니다.〉

사업가는 황금알을 낳는 거위를 키운다. 하지만 금융인은 그것을 보자마자 배를 가른다는 월가의 명언이 있다.

김청수가 피곤한 눈을 비비적거리다가 마저 말을 이어나가려던 찰나였다.

침묵을 지키던 질리언이 입술을 뗐다.

〈 오딘께서 결단을 내려 주십시오. 〉

김청수도 덧붙였다.

〈 인수 합병, 허락해 주셨으면 합니다. 〉

반면에 제시카는 흔들림 없는 표정으로 말을 붙이지 않았다.

그녀는 내가 민간 군사 기업과 에이전시들을 융성하게 하고자 하는 저의를 잘 파악하고 있었다.

인수 합병 건은 없던 게 되었다. 다음으로 회의는 개방된 중국 시장에 관한 사안들로 채워져 나갔다. 그렇게 화상 회의가 끝나고.

김청수에게 따로 연락을 취했다.

〈 제가 생각이 짧았습니다. 〉

〈 제시카와 몇 년을 교류했지? 〉

〈 십 년입니다. 〉

〈 그 정도면 충분히 느낄 수 있다고 보는데, 아닌가? 〉

〈 ……유달리 공격적이었습니다. 〉
〈 그래. 그렇게 사춘기처럼 굴지 않았어도 됐는데 말이야. 잘 참더군. 〉

천재라도 감정에 치우치면 어느 순간 틈을 보이기 마련이다.

〈 칼 앤 제인 회계 법률 사무소에서 유출된 내부 자료가 있다고 들었다. 제시카라면 접근할 수 있는 권한이 있지. 그녀와 거리를 뒀으면 한다. 〉
〈 따로 조사해 보겠습니다. 〉

아직 실망하긴 이르다.
밝혀진 게 아무것도 없으니.

* * *

제시카는 미쳐 날뛰는 CVA(Chris Victory Agency)의 주가를 확인하다가 거실로 들어왔다. 그러고는 이내 후회가 들었다.
'그렇게 비호하는 게 아니었어.'

아니, 비호해야 하는 건 맞았다. 그러나 방법이 틀렸던 것이다.

애초에 자신이 나서지 않았어도 오딘부터가 인수 합병을 허락하지 않았을 것이다.

남편인 질리언의 전화가 꾸준히 들어왔지만 받지 않았다. 이럴 줄 알고 진동도 없는 무음으로 돌려놨기 때문에 핸드폰은 조용했다.

제시카가 이마를 짚으며 생각에 잠겨 있을 때.

한 여자의 목소리가 끼어들었다.

"받지 않으세요?"

이름은 루시. 제시카가 거주 경호원으로 고용한 각성자였다.

각성자 세계에서는 구간별 능력의 차이가 확실해서 구간이 높은 각성자를 고용하는 게 맞긴 했다. 그러나 그런 자들을 집안으로 들이는 것이 아무래도 마음에 걸렸다.

또한 높은 구간의 각성자들은 대개 시작의 장에서 한 그룹을 운영했던 자들로 역설적이지만 당시를 그리워하는 성향이 짙었다.

무엇보다 상대를 한참 아랫것으로 내려다보는 그 눈 들이 싫었다.

개중에는 정중한 가면을 쓰며 자신을 포장하는 데 능숙

한 자들도 있었으나, 그러한 가면 속을 꿰뚫어 보지 못할 수가 없었다.

자신도 그랬던 시절이 있었으니까.

월가의 별 볼 일 없던 졸병이 세계 경제를 좌지우지할 만큼 성공을 이루고.

남편과 부부의 연을 이루면서 그 시절은 절정에 달했었다.

때문에 여러 차례 인터뷰 끝에 집 안으로 들인 게 루시였다.

루시는 그나마 브실골답게 눈빛이 약했다. 지옥을 뚫고 돌아온 각성자지만 그 속내를 파악하고 다룰 수 있을 만큼 어리숙한 느낌도 다분했다.

어차피 자신이 각성자를 경호원으로 고용했다는 소문이 업계에 퍼지게 하는 것이 목적이기도 해서, 루시를 선택하는 데에는 고민이 없었던 것이다.

"계속 전화가 오고 있어요."

"알고 있어요."

계속 전화를 받지 않자 남편 질리언의 메시지가 들어왔다.

「왜 그랬던 거야. 전화 받아 봐.」

제시카는 아예 핸드폰 전원을 꺼 버렸다. 업무용 핸드폰은 따로 있었다.

"오늘따라 평소와 달라 보이시네요."

"루시가 봐도 그렇죠? 그런데 루시는 왜 외계로 떠나지 않아요? 제가 괜찮은 에이전시를 소개시켜 드릴까요?"

"그럼 제시카는 누가 경호하고요?"

"루시는 다른 각성자들하고 많이 다른 것 같아요. 뭐랄까, 여유가 느껴져요."

루시는 소리 없는 미소를 지었다.

어쩌면 저 여유로운 미소가 자신의 눈길을 끌었는지도 몰랐다.

제시카는 그렇게 서 있지 말고 제 옆에 앉으라는 듯 손짓했다.

숱한 경호원들을 겪어 봤지만 각성자 경호원은 확실히 달랐다. 사양하지 않고 바로 앉는다. 제시카는 그런 루시를 바라보며 부럽다는 생각이 들었다.

물론 그녀가 헤치고 나온 지옥 같은 삶은 제외하고 말이다.

"루시. 우리 한잔할까요?"

경호 자체에 목적이 있지 않다는 것을 루시도 알기 때문이었는지, 이번에도 사양하지 않았다.

다만 술잔에 위스키를 따랐을 때 망설여지긴 했다.

지난 몇 년간 어떤 알콜 한 방울도 입술을 적시지 않았었다.

루시가 술잔을 내려다보며 망설이는 제시카를 바라보다가 제시카의 술잔을 천천히 가져왔다. 그러고는 재밌다는 투로 말했다.

"먼저 마시자고 제안했던 건 제시카예요."

"가르쳐 줘요. 지옥 같은 삶을 보내 왔는데 어떻게 그런 여유로운 미소를 지을 수 있는 거죠? 루시는…… 루시는……."

차마 브실골에 불과하지 않냐는, 말은 내뱉을 수 없었다.

"제시카는 이런 으리으리한 저택에 살면서 무엇이 문제죠?"

루시는 정말로 궁금해서 묻는 거였다.

저택뿐만일까.

처음에는 어떤 인물에게 고용되었는지 몰랐다. 그저 돈 많은 거물의 부인 중 하나일 거라고 생각했는데 아니었다.

민간인 세계에 한정 짓자면 제시카는 전 세계의 여성들 중에서 제일 영향력 높은 인사이면서 제일 돈이 많은 여자였다.

루시 본인이 각성자 신분으로 경호원이 되지 않았더라면, 조금의 접점도 찾아볼 수 없는 여자가 제시카였다.

그때 제시카가 반문했다.

“루시는 아이…… 없죠?”

그제야 루시는 제시카의 저택 어디에서도 아이 사진을 본 적이 없다는 걸 깨달았다.

루시가 고개를 끄덕였다.

“우리 부부는 아이를 가지는 데 정말 많은 노력을 다했어요. 시술도 여러 번 받았었죠. 하지만 신께선 우리에게 아이를 주시지 않더라고요. 너무 많은 걸 받았다고 생각하셨나 봐요.”

‘신? 신이라고?’

루시는 속으로만 냉소를 지었다.

‘신 따위가 있었다면 시작의 장 같은 게 있었을 리가.’

정녕 신이라고 불러야 하는 존재가 있다면, 루시 본인은 최종장에서 그런 존재를 봤노라 말할 수 있었다.

어쨌든 루시는 제시카가 모든 걸 다 가져 놓고도 허망하다는 듯이 굴고 있는 까닭을 깨달았다. 아이 때문이었다.

“사실 남편하고 관계가 소원한 것도 그 때문이에요. 서로 의견 차이가 많이 있어요. 그러고 보니 그이 본 적 없죠?”

질리언 투자 금융 그룹의 그 질리언을 말하는 거였다. 루시는 그렇다고 대답했다.

“이제 루시 차례에요.”

“뭘요?”

"모르는 체하기에요?"

루시는 또 제시카가 부러워하는 미소를 지었다. 그녀의 입술이 천천히 열렸다.

"제시카가 아이만 가지면 저처럼 웃을 수 있을 거예요. 제시카가 유일하게 부족하다 느끼는 게 바로 그거잖아요?"

"루시는 부족한 게 없다는 건가요?"

"제시카만큼은 아니지만 가진 게 많거든요. 물론 전 아이를 원치도 않고요."

*　　*　　*

침대에 누워서였다.

> "제시카가 아이만 가지면 저처럼 웃을 수 있을 거예요. 제시카가 유일하게 부족하다 느끼는 게 바로 그거잖아요?"

제시카는 루시의 말이 계속 귓가에 어른거렸다.

스스로도 알고 있었지만 다른 사람의 입을 통해 들었을 때는 폐부가 찔리는 듯한 느낌이었다.

왜 그토록 성공에 매달려 왔을까 싶었다. 자신의 눈동자

색이며 남편의 머리칼 색을 타고난 아이를 간절히 원하게 되었을 때는 너무 늦어 버렸다.

나이가 너무 들어 버렸던 것이다. 자신과 남편 모두.

어설픈 성공.

더 올라갈 곳이 보이는 성공을 쟁취한 자들이야 나이를 잊고 거기에 몰두하기 마련이지만, 자신은 정상을 보았다.

돌이켜 생각해 보면 파나마 제도의 조세 회피 공장, 모색 폰세카를 폭로해 버린 시기에는 아이를 가질 수 있을 거란 희망을 놓지 않았던 것 같다.

'그러니까 그런 짓을 감행했었을 테지.'

정상에 올라 문득 아래를 내려다보니 세상이 참 끔찍했었다.

오딘의 밑에서 무슨 짓을 저질러 왔었는지 깨닫고 말았다.

그래서였다. 그런 세상에서 아이가 자라나게 하고 싶지 않았다.

단 한 명의 절대자가 내린 결정에 따라 수십억 인류의 운명이 좌우되는 세상에서는 말이다. 특히나 절대자의 성향을 선(善), 악(惡) 무엇으로도 구분 지을 수 없는 상황에서는 더더욱.

목적이 선하다면 과정들까지도 전부 선으로 치부되어야 할 일인가?

목적은 악하지만 과정들이 선하다면 그건 또 어떻게 볼 수 있는가?

그리고 절대자가 기계가 아닌 이상 그 성향은 언제고 악에서 선으로 선에서 악으로 바뀔 수 있는 일 아닌가.

그런 철학적인 문제를 떠나.

절대자가 구축한 세계는 [1984]에서 다뤄졌던 디스토피아적 세계를 초월한 게 팩트였다.

그래도 그때는 실질적인 무력까지 손에 쥔 것은 아니었다. 무력을 움직일 금권만을 가지고 있을 뿐이었다.

그런데 건드려서는 안 되는 뇌관!

다시 또 칼 앤 제인 회계 법률 사무소까지 건드렸던 이유는 뭔가?

아이를 가질 수도 없고 입양은 더더욱이 생각하지도 않는데?

제시카는 어둠 속에서 팔을 더듬거렸다.

모클로베미드(Moclobemide) 성분으로 제조된 알약 한 알을 물 한 모금으로 삼켜 넘겼다.

항우울제를 복용한다고 해서 차도가 있는 게 아니란 걸 안다. 고작 알약 몇 개 털어 넣는다고 바뀔 세상이 아니니까.

"대체 뭐가 문제야. 제시카. 고작 아이 때문에 그래?"

남편의 질책이 들리는 것 같았다.

"그래. 고작 그거 때문이야!"

거기에 대꾸했던 자신의 고함 소리가 귓가에 울리는 것 같았다.

제시카는 자신도 모르는 사이에 흐느끼고 있었다. 시작의 장이 그렇게 지옥 같았다던데, 최근 몇 년 동안 자신이 그랬다.

아이를 가지지 못한 게 문제인지, 절대자가 만들어 낸 세상에서 공포를 느꼈기 때문인지. 무엇이 자신을 엉망진창으로 만들고 있는지 이제는 도무지 알 수도 없게 되었다.

그런데 자면서도 울었던 모양이다. 날이 밝고 눈을 떴을 때 베개가 젖어 있었다.

"괜찮으세요? 깨워야 하는 게 아닌지 고민했어요."

루시였다.

제시카는 기분이 별로였다. 어떤 꿈을 꿨는지 기억은 나지 않았다. 하지만 흐느꼈던 감정만큼은 고스란히 달라붙어 있는 상태였다.

그때 루시의 시선이 바닥에 떨어져 있는 약 케이스로 향했다.

루시는 항우울제를 복용하는 것 따위는 아무 일도 아니라는 식으로 말했다.

"제시카. 이런 거 하나도 효과 없을 텐데요?"

"루시는 시작의 장을 어떻게 견뎠나요?"

"몬스터 피를 마시곤 했어요."

"몬스터 피를요?"

"그런데 그것도 그때뿐이었죠. 이거, 미국에서 떠나올 때 가지고 온 약이에요."

루시가 품 안에서 꺼낸 건 빨간색 알약 하나였다.

"마약이라면 말도 꺼내지 마세요."

제시카의 목소리에 날이 섰다.

"마약이요?"

루시는 웃어 버렸다.

"남은 게 이거 하나뿐인데 어쩔까요."

루시는 제시카를 학창 시절의 친구 대하듯 상냥한 미소로 말했다. 알약 쥔 손을 흔들어 보이는 장난을 치면서였다.

"한번 해 보세요. 알약 자체에 중독성은 없고 우울한 마음이 한 번에 가실 거라 장담해요. 환각을 일으키고 말고 그런 게 아니라니까요. 이건 마약 같은 게 아니에요. 그 이상이죠."

"알약 자체에는?"

"그건 복용해 보시면 알아요. 그간 절 친절하게 대해 주셨던 것에 대한 보답이에요. 그거 정말 구하기 어려운 거라고요. 그리고 마음에 드시면 좀 더 구해 주시겠어요? 값은 치를게요. 제시카가 하고자 한다면 못 구할 일도 없지 않나요?"

제시카는 루시의 손바닥 위에 올려진 알약을 보며 영화 [매트릭스]의 한 장면을 떠올렸다.

영화에서 그 알약은 진실의 세계를 알려 주는 약이었다.

'난 이미 진실을 다 알고 있지만.'

제시카는 모처럼 만에 피식 웃음을 터트리며 알약을 집어 들었다. 어젯밤에 다 비우지 못했던 물컵을 들고는 빨간 알약을 삼켜 넘겼다.

각성제는 여러 번 경험해 본 적이 있었다.

그때까지만 해도 제시카는 그 알약을 숱한 각성제 중에 하나일 거라고만 생각했었다.

그런데 알약이 위 속에 담겼을 때였다.

'어?!'

정말로 위 속에 담긴 알약의 느낌이 생생해졌다.

거기를 기점으로 빠르게 퍼져 나가는 느낌까지 도드라지는데, 마치 거미줄처럼 퍼져 있는 온몸의 혈관까지도 찰나에 느껴지는 것이었다.

루시가 제시카의 부릅떠진 눈에 대고 기다렸다는 듯이 말했다.

"그 약 이름이 스파이더 웹(Spider—web)이에요. 왜 그런 이름인지 느낌 확 오지 않아요? 민간인들은 더하다고 들었는데."

제시카는 약이 가져온 효능을 뭐라 형용하기가 어려웠다.

그 어떤 각성제들보다도 활력을 부여하고, 루시의 말마따나 우울했던 감정들이 거짓말처럼 느껴졌다. 제시카가 침대를 딛고 일어서려 할 때였다.

침대는 제시카가 순간 디딘 힘을 견디지 못했다.

갑자기 침대가 아래로 꺼지면서 제시카의 중심도 흐트러졌다.

그대로 침대와 함께 나자빠져야 했던 제시카였으나 중심을 바로 잡는 움직임은 결코 일반인이 보여 줄 수 있는 운동 신경이 아니었다.

"알고는 있었지만 정말 사교 활동을 하시지 않나 봐요. 일만 하는 건 괴롭지 않나요?"

"이건……."

"여성 부호들 사이에서 유행이래요. 그거 한 알 먹고, 브실골 남자를 은밀히 부르는 게."

"부른다면?"

"에이. 여자가 남자를 은밀히 부르는 이유가 하나 말고 뭐 있겠어요."

하지만 제시카는 그런 쪽으로는 아무런 생각도 들지 않았다.

어느 때보다 넘치는 활력으로 뇌리를 때려 오는 게 있었다. 변화하는 시장을 좇아 신종 업체들을 뒤적이던 기억이었다.

브라이언 김처럼 민간 군사 기업과 에이전시들만 좇은 게 아니었다.

의약 업계 전반에 걸쳐 몬스터 사체와 혈액으로부터 새로운 의약품을 탄생시키고자 하는 연구가 활발히 진행되고 있었는데, 미 정부의 후원을 얻은 제약 회사 하나가 눈에 밟힌 적이 있었다.

"루시! 이거 혹시 몬스터 혈액에서 합성된 것인가요?"

제시카는 대답도 듣지 않고 노트북을 펼쳤다.

그 자리에서 관련 정보를 추적했다.

'찾았어.'

미 정부의 자본이 흘러 들어간 제약사가 신약을 공개할 시점이 직전에 이르러 있었다.

상장도 준비하고 있고, 상장을 주관하는 금융 회사는 당연히 절대자의 주머니 안에서 굴러다니는 이름 중 하나로 박혀 있었다.

제약 회사의 지분 구조는 그리 복잡하지 않았다.

균등하게 20%씩.

세 개의 법인과 제약 회사를 경영 중인 한 명의 개인 투자가에게 분산되어 있다. 남은 20%는 상장과 함께 투자받을 부분으로 빠져 있고.

거기서 주목할 점은 그중 두 개의 법인이 모두 절대자의 주머니 속에 존재하는 절대자의 소유물로 추측된다는 점에 있었다.

그 가정이 맞는다면.

미 정부 측 자금으로 추측되는 법인까지도 절대자의 영향력 안에 포함된다는 점에서 제약 회사의 실소유주는 절대자 오딘이었다.

'역시 그래. 이런 세상이지.'

지금도 세계에는 본인들의 끝에 누가 있고 본인들이 다루고 있는 돈이 누구의 돈인지도 모르는 채, 왕성한 활동을 하고 있는 엘리트들이 많다. 본인들은 누구보다 똑똑하다

자부하고 있겠지만 정작 누구를 위해서 일하고 있는지도 모르는 것이다.

절대자가 확보한 제약 회사의 지분들은 그런 맹인 엘리트들이 꾸준히 활동해 온 결과물이라 할 수 있었다.

그런 시스템이 구축되도록 보조해 왔던 제시카로서는 상황을 빠르게 꿰뚫어 볼 수 있었다.

브라이언 김은 로트실트의 RMC와 크리스의 CVA를 인수 합병해야 한다고 조바심을 냈었지만, 또 모르는 일이다.

'거기에 들어간 지분 구조들을 꿰뚫다 보면 이미 절대자의 소유물로 판명 날지도?'

확신하건대 절대자는 자신의 재산을 완벽히 파악할 수 없을 것이다. 그건 의미 없는 일이고 불가능한 일이기도 했다.

절대자로선 지구를 지배하고 있다는 것만 가늠하고 있을 뿐일 것이다. 지구는 절대자의 소유물이다. 거기에서 새롭게 탄생하는 그 어떤 것들까지도.

제시카는 자리에서 일어났다.

활력으로 가득 찬 눈으로 바라본 세상은 여전히 달라진 게 없었다.

하지만 복용 효과 때문인지 울적한 감정은 달라붙지 않았다.

그래서 세계의 진실이 더 뚜렷하게 보이는 것이었다.

'정말이지 여긴…….'

시작의 날이 도래했었어도 절대자로 인해 인류가 존속할 수 있었던 것은 부정할 수 없는 사실이다. 하지만 그의 존재와 그 과정에서 고착시킨 질서들은 정말로 위험했다.

제시카는 루시가 거실에 나가 있는 걸 확인한 후 다시 자리에 앉았다.

노트북 키보드 위로 양손을 올렸다. 암호화된 채널을 통해 접선하는 그녀의 표정에는 결심이 서려 있었다.

〈A: 날씨가 맑은가요?〉

그저 대중들이 깨달았으면 한다.

세계의 진실을.

Chapter 5.

「전자 공시 — 금융 감독원 전자 공시 시스템

공시 대상: 대현CA / 보고서명: 진입 계약 체결 / 제출인: 대현CA / 접수 일자: 5월 29일

1. 계약 구분: 진입 승인
— 체결 계약명: 던전 (F—301 소용돌이 대지) 진입 승인
2. 계약 상대: 세계 각성자 협회 (한국 지부)
3. 계약 기간: 시작일 2018—06—01 / 종료일 2018

—06—05

4. 계약 일자: 2018—05—23

5. 투자 가치 판단과 관련된 주요 사항 : 타사의 계약과 동일, 점령 지역에 해당하는 대다수의 권리가 포함됨」

「2018.05.30 : 37,150원 전일 대비/↑8,550원 + 30.00%

2018.05.29 : 28,600원 전일 대비/↑6,600원 + 30.00%」

6월이 된 오늘에도 대현 그룹의 에이전시 업체는 삼 일 연속 상한가를 치고 있었다.

사실상 포클리엔 공국은 함락된 상태였고, 소용돌이 대지 쪽으로 추가 진입을 집중시키며 관련 주가가 또 급상승 중이었다.

둠 카오스가 제시한 데드라인은 6월 10일까지였다. 그 안에 조슈아가 성과를 내 줘야 한다. 의외로 조나단이 귀환에 적응하지 못하고 방황하는 모습을 보여 주고 있는 지금 상황에선 더욱이!

그때 가까워지고 있던 기척이 문 앞에서 노크 소리를 냈다.

이태한이다.

"계집이 허튼소리를 하는 일은 없을 것입니다."

루시라는 제시카의 거주 경호원을 말하는 거였다. 제시카의 전향이 확인된 후, 협회에서는 계집에게 일을 따로 하나 시켰었다.

재주껏 제시카가 자료를 유출하고 있는 암호 채널 경로를 알아내 오라는 것이었다.

계집은 잡다한 걸 다 보내왔다. 자신이 뭘 보내고 있는지도 모르는 정보들, 예컨대 제시카가 사용하는 금융인들 간의 사설 채팅 망에 관한 것이 많았다.

하지만 잡다한 것들 속에는 우리가 찾고 있는 것도 속해 있었다.

협회 시스템 보안팀에게 딱 걸렸다.

그렇게 지난주에 국제탐사보도언론인협회(ICIJ) 소속의 기자, 바스티안은 이태한을 제시카인 줄 알고 만났던 것이다.

"놈은?"

"돈이 조금 들었습니다. 제 의견을 말씀드려도 되겠습니까?"

"물론."

"놈에게만큼은 안전국 요원들을 보내고 있습니다."

죽이자는 거다.

하지만 그래선 곤란하다.

내가 그것들에게 접근했다는 것을 제시카에게 알리고 싶지 않으니까.

천만 달러가 조금 안 되는 돈에 자신의 신념을 팔아넘긴 감시 저널리스트, 바스티안이라는 놈의 목숨 따위보다 더 중요한 게 있었다.

그리고 이튿날.

포클리엔 공국과 소용돌이 대지의 귀환 용병들이 가져온 정보들을 종합하고 있을 때.

질리언의 전용기가 인천 공항에 도착했다는 연락이 들어왔다. 하지만 그는 바로 협회로 들어오지 않았다. 본인의 부인과 함께 시간을 맞춰 들어오라는 지시대로였다.

*　　*　　*

브라이언 김의 사람들이 모색 폰세카뿐만 아니라 칼 앤 제인 법률 회계 사무소까지 들쑤시고 있다는 걸 알게 되었을 때.

그리고 내부 정보원을 통해 입수한 자료들이 전부 제시

카를 겨냥하고 있다는 걸 알게 되었을 때.

질리언은 머지않아 오딘의 호출이 있을 거라는 걸 직감하고 있었다.

그게 오늘이었다.

그간 아내와 연락을 하려고 갖은 노력을 다했지만 실패였다.

실제로 엘리트 부하들에게 중국 업무를 일임하고 아내가 거주하는 맨 섬으로 날아가 보기도 했었다. 하지만 아내의 경호원들이 버티고 서서 아내에게 가는 길을 내주지 않았다.

전화는 받지 않고 그 많은 문자들에 어떤 회신도 없었다.

그녀는 스스로를 동굴 속에 가둬 버린 게 틀림없었다. 도무지 알 수 없는 이유로 자멸을 초래하고 있는 것이었다.

'그러니까 대체 왜? 제시카!'

우울증이 심하다는 건 알고 있었다.

그래도 시작의 날을 방어하며 얻었던 성취감은 실로 대단했기에 아내도 자신과 같을 줄 알았다. 수십억 인구의 운명을 지켜 냈지 않았던가?

우울증 같은 건 털어 버릴 줄 알았다.

하지만 금년도 클럽 회의에서 마주쳤던 아내는 뻔한 얼굴이었다.

회원들과 웃으며 교류하는 모습을 보여 주었지만, 자신을 피하고 한 번씩 얼굴을 스치는 그늘을 볼 때마다 여전히 우울증에 시달리고 있다는 걸 알 수 있었다.

그때 아내를 붙잡아야 했다. 그때가 마지막 기회였었다.

질리언은 차창 밖으로 고개를 돌렸다. 짙게 선팅된 창을 통해 바라본 세상은 한낮임에도 불구하고 어둡게만 느껴졌다. 더할 수 없을 정도로 뭉개져 버린 자신의 심정처럼.

하지만 창밖의 비서는 무엇이 그리도 기쁜지 환한 얼굴로 뛰어오고 있었다.

질리언이 창을 내리자 비서가 말했다.

"입국하셨답니다!"

"제시카가?"

"예!"

제시카는 오딘의 소환 명령을 거부하지 않았다. 통보한 날짜에 맞춰 들어왔다. 아니나 다를까, 경호원들과 함께 걸어오고 있는 그녀가 보였다.

"옆에 같이 타고 가도 될까요?"

질리언은 손수 문을 열어 주고 나서 엉덩이를 옆으로 옮겼다.

"뭘 그렇게 놀란 눈으로 쳐다봐요. 설마 그분의 소환 명령까지 어길까 봐요?"

"먼저 동석을 말할지 몰랐지."

"마지막인걸요."

"……."

"당신 하곤 관계없는 일이에요. 당신에게 피해 가는 일은 없게 하겠어요. 그래서 왔어요."

"그래야 할 거야. 나까지 이탈돼선 안 되니까. 반드시."

질리언은 두통을 느끼며 손바닥의 도톰한 부위로 이마를 문질렀다.

"머리 아파요?"

"그래. 당신의 공백을 어떻게 채우지. 누가 당신을 대체할 수 있겠냐고."

"제 걱정은 안 들어요?"

"당신은 그렇잖아. 나로서는 쫓아갈 수 없는 생각을 보여 주기 일쑤였지. 이번에도 그래. 조금도 모르겠어. 아주 조금도. 대체 무슨 생각으로……."

질리언은 더 말했다간 감정에 사무칠 것 같았다. 그러기엔 너무 일렀다. 그분 앞에서 제시카를 비호하기 위해서는 그녀가 어떤 의중을 품고 있는지 먼저 알아야 하는 것이었다.

차가 출발했다. 그러니까 협회 본부에 도착할 때까지는 아내와 마지막이 될 수도 있는 시간이었다.

질리언은 복잡한 감정이 담긴 눈으로 제시카를 바라보았다.

질리언으로서는 차마 알 수 없는 일이지만.

그의 눈에 얽혀 있는 온갖 감정들은 사대 제사장들이 의례를 진행할 때 휘몰아쳤던 감정의 소용돌이만큼이나 격렬하기 짝이 없었다.

걱정.

각성자들에 따르면 시작의 장에서 오딘은 무자비한 분이셨다. 최종장에서 그분의 연인 마리를 도모하려 했던 많은 강자들이 그렇게 사그라졌다.

더 이전의 일들까지 짚어 나가도 뒤에서 모략하는 자들에게는 어떠한 용서가 없었다.

아내는…… 죽을지도 모른다. 그녀에게 담긴 사랑, 우정, 존경도 함께.

분노.

지금의 문명이 어떻게, 왜 유지되고 있는가. 세계는 어떻게 구원받았는가.

오딘께서 스스로 오딘이라 불리는 이유를 밝히며 들려주셨던 말씀을 단 한 번도 잊은 적이 없었다.

"세계를 구원할 준비가 되었으면 좋겠군. 힘들다면 우리가 지나온 길을 돌이켜 보면 되겠지. 우리는 언제나 세계의 경제 위기를 발판으로 성장해 왔었다. 그리고 그 날의 위기는…… 사상 최악일 테지. 우리는 그 날을 준비하는 거다."

오딘께선 욕심에 의해서가 아니라 숭고한 목적에 의해 움직이는 분이시다. 그리고 거기에서 위배되는 모습을 보여 주신 적도 없었다.

시작의 장에 진입하시기 전까지도 돌아오시고 난 후에도.

그분의 행보는 철저하게 인류의 안정에 집중되어 있었다.

금년도 클럽 회의에서 프로젝트 테세라를 부활시켜 전 인류에게 도청 장치를 주입하자는 안건이 나왔을 때, 바로 묵살시키셨다. 그러시고는 사회의 불안 요소인 각성자들에게만 한정시켰다. 그분의 정의(正義)를 보여 주는 대표적인 예였다.

시작의 날을 방어하기까지 금융 제국을 건설하고 시작의 날 이후에도 각성자들을 현명히 통제하는 과정들은 지혜(智慧)다.

고금 인류 역사상 제일의 부를 누리고 있으면서도 그 부를 본인을 위해 쓰는 게 없으며 시작의 장에 진입하기까지 근 십 년간 던전에 매진하셨던 과정들은 절제(節制)다.

시작의 날에 무너질 문명을 두려워하셨고 구 빌더버그 클럽에 도전하는 것을 두려워하지 않으셨던 것. 즉, 두려워해야 할 것과 두려워하지 않아도 되는 것을 아는 것이 용기(勇氣)다.

플라톤의 이상에서만 그쳤던 철인왕(哲人王)이 현존한다면 바로 그분이신 것이다. 플라톤이 완전한 유토피아로 그렸던 철인 통치를 말하자면 지금의 세상이 그렇다.

하지만 아내 제시카는 다시는 오지 않을 세상에서 등을 돌렸다.

그러니까 대체 무엇 때문에! 어떤 이유를 가져다 대도 용납이 되지 않는 일이다!

자책

아내를 많이 신경 써야 했다. 마음을 다잡지 못하고 방황하던 시절, 아내가 자신을 보살펴 주었던 것처럼 자신도 그래야 했다.

시술에 실패할 때마다 적어도 그녀의 감정을 이해하려고 해야 했다.

인류의 멸망을 막는 게 시급한 일일지라도, 적어도 아내 앞에서만큼은 말이다. 너무나 뛰어난 금융인이라서 어느 순간부턴 그녀도 여자라는 걸 까맣게 잊고 있었다.

너무 늦어 버릴 만큼.

*　　*　　*

본부에 거의 다 도착할 때까지도 제시카의 입은 열리고 있지 않았다.

"제발."

질리언은 제시카의 무릎에 고개를 파묻으며 목소리를 터트렸다.

"제 입으로 말하기도 우습네요. 누구보다 당신을 잘 아는데, 당신은 참지 못할 거예요."

"약속해."

"당신도 나처럼 생각했던 적이 있었어요. 전일 클럽은 위험하다고요. 그게 참 모순적이지 않아요? 이제는 내가 그러고 있고 당신은 충성을 다 바치고 있죠. 그래요. 이런 세상에서 아이를 키우고 싶지 않았어요."

또 아이야?

질리언은 소리 지를 뻔했다.

있는 힘껏 눈을 감은 나머지 어른거렸던 눈물이 빠져나왔다.

"안 돼…… 안 돼……."

질리언은 제시카의 무릎에 얼굴을 비비적거리며 계속 중얼거렸다.

그러는 동작에 점점 무게가 실렸다. 제시카는 질리언의 뒤통수에서 시선을 옮겨 그의 떨리고 있는 주먹을 바라보다가 힘없는 말투로 말했다.

"거봐요. 참지 못할 거라고 했잖아요."

"고작 그런 이유로는 나라도 용서할 수 없어. 제시카…… 당신은 끝났어."

"고개 들어 봐요. 어서."

질리언의 핏줄이 선 두 눈에선 눈물이 흐르고 있었다. 제시카가 보기에도 분노가 가득한 얼굴이었다.

"당신을 존경해요. 오딘 또한 당신보다 더 존경하고 있어요."

"……."

"하지만 우리 중 누군가는 해야 할 일이었어요. 조나단? 조슈아? 브라이언? 그리고 당신? 누구에게 기대할 수 있었겠어요? 저밖에 없었죠."

"당신 같은 여자가 도모한다는 게 고작 자료 유출이야? 고작 폭로?"

"그럼 뭘 더 하죠. 질서를 깨트릴 의도도 없고 그럴 능력도 없는데."

"그럼 뭐야……."

"오딘께서 민심을 두려워하셨으면 해서죠. 설령 잘못된 길로 나아가시려다가도 그것이 두려워 바로잡으실 수 있게."

"유언치고는 얼토당토않아!"

질리언은 뒷좌석과 운전석을 막고 있는 프라이빗 가림막을 세차게 두드렸다.

"차 돌려! 당장! 뭐해! 당장 차 돌리라고!"

"어디로 모실까요."

"아무 데나 가! 협회 본부에서 먼 곳 아무 데나!"

그런 격한 모습의 질리언을 처음 본 운전수는 두 눈이 휘둥그레졌다.

"뭐 하는 짓이에요. 당신 미쳤어요?"

"난 용서해 주실 거다."

제시카는 흔들리는 눈빛으로 질리언을 쳐다보았다. 하지만 그 시간은 짧았다.

"이이 말 듣지 말고 협회 본부로 가세요. 이이와 제 상관이 부르고 계십니다. 차 돌렸다간 그 책임을 면치 못할 겁니다."

"회장님……."

"차 돌려!"

"해고당하는 것만으로 끝나지 않을 거라는 거, 확실히 말씀드리죠. 이이를 모시면서 이렇게 격분한 모습은 처음 보실 겁니다. 잘 판단하세요. 어떤 상황에 처해 있는지."

"돌리라니까!"

"그랬다간 큰일 날 겁니다. 그대로 가세요. 그게 이이를 구해 주는 겁니다."

차가 틀어지는 순간, 운전수의 뒤통수를 향해 있던 제시카의 시선도 질리언 쪽으로 돌아섰다.

"당신만큼이나 훌륭한 충성심이네요. 그래서 이제 어쩔 거죠?"

"당신이 생각해 봐. 나보다 낫잖아."

"오딘의 부모님께서 계시는 자택으로 가서 밥 한 끼 청하자면요?"

"……하지."

"당신 정말 제정신이 아니군요. 그건 용서를 구한다고 되는 일이 아니에요."

"이제 알겠어. 당신이 어떤 심정으로 이 지경까지 달했는지."

"이젠 하다못해 환자 취급인가요? 당신 지금 너무 흥분했어요."

"제시카, 당신 때문이야."

"나 때문에 당신까지 피해 입는 건 원치 않아요."

"그럼 그렇게 만들지 말았어야지. 내가 이렇게 나올 거란 걸 몰랐어?"

"당신은 알았어요?"

"난 몰랐어도 당신은 알았어야지. 당신이 저지른 일이잖아."

"그게 뭐예요. 그런데 날 위해서 정말 그렇게까지 해 줄 수 있어요?"

"후회하겠지만, 그래. 그 전에 당신이 제대로 깨달았으면 좋겠어. 이 세상 어디가 위험하다는 거야. 우리 아이가 태어나면 어떤 아이들보다 안전하게 자랄 거야. 아주 평범한…… 이기심을 가져 봐."

"없는 아이예요."

"그래도 말이야."

"그렇다면 평범한 세상에서 평범하게 자랐으면 좋겠어요."

"빌더버그 클럽에 의해 지배받고 있는 세상을 말이지? 아니, 인류 문명이 무너진 세상에서 거적데기를 입고 말인가? 먹을 걸 찾아 헤매는? 그게 우리 아이의 미래였어. 당신만 아이를 가지고 싶었던 게 아니야. 나도 그래. 나도."

제시카는 멈칫거렸다.

질리언의 두 눈에서 멈추지 않는 눈물이 시작될 때였다.

"됐어. 다 부질없는 얘기지. 오딘께선 당신을 용서하지 않으실 테니까. 이젠 나까지."

"늦지 않았어요. 당신 마음은 충분히 알았으니까 본부로 돌아가요."

"아직도 날 사랑하나?"

"……필요했던 게 뭔지는 알겠어요."

"이상한 소리는 집어치워. 제발 날 위해 용서만 빌어 줘. 우울증 때문에 잠시 미쳐 돌았다고. 당신을 잃고 싶지 않아."

제시카는 떨고 있는 질리언을 오랫동안 바라보았다. 이윽고 그녀는 질리언의 목덜미를 끌어당기며 막혀 있던 프라이빗 가림막 열었다.

"계속 이랬다저랬다 해서 미안합니다. 본부로 가 주세요."

*　　*　　*

제시카의 전향은 적잖은 충격으로 다가왔었다.

그 전향이 클럽의 다른 회원들과 밀약하거나 개인의 잇속을 챙길 목적이 아닌, 양심에 따른 내부 고발에 그치는 정도였어도 말이다.

바스티안이라는 놈을 통해 제시카의 저의를 추정하게 된 다음부터는 솔직히 감탄했다.

내부 고발자 중에 제시카만큼의 지위를 누린 자가 있었던가?

아니다.

보통의 내부 고발자들은 우연히 상부의 비밀에 접촉했던 하위 그룹에서나 나왔다. 제시카처럼 최고 지도층에서 그 일을 직접 주도하고 있었던 자 중엔 없었다.

그것도 현직(現職).

세계에서 손꼽히는 부와 명성을 누리고 있는 자가 내부 고발이라니?

심지어 제시카는 시작의 장에서 내가 어떤 삶을 보내고 왔는지 알 수 있는 위치에 있었기에, 추가적으로 칼 앤 제인 법률 회계 사무소까지 건드렸다는 건 자신의 목숨을 건 행위가 맞았다.

내 뒤통수를 때리고 살아남은 자는 없으니까.

그런 의미로 내게서 등을 돌려 놓고도 목숨을 부지하는 경우는 제시카가 유일할 것이다.

자신의 기득권을 지키기 위해서가 아닌, 오히려 그녀는 기득권을 내려놓고 본인의 양심에 따라 행동했기 때문이다.

바스티안 녀석의 전언에 따르면 제시카가 기자 회견을 준비하고 있었다 하니, 그녀는 정말로 자신이 누려 왔던 모든 걸 내려놓을 준비가 되어 있었다.

해서 무엇이 그녀를 그렇게 내몰았을까 참 많이도 고민했다.

더 이상의 부와 지위 그리고 명성을 얻기 위해 벌인 일이 아니다.

양심에 따른 내부 고발.

아마도 그녀는 인류의 위협이 해소되었다고 생각한 게 아니었을까.

그러고 나자 전 세계의 부와 권력 그리고 군사들을 한 손에 움켜쥐고 있는 나와 세계가 처한 현실이 새삼 두렵게 느껴진 게 아니었을까.

분명한 건 그녀가 금융 제국의 한 축을 담당하고 있다는 사실이다. 내가 이계로 떠난다면 여기의 질서를 계속 유지시켜 줘야 하는 세 사람 중에 하나란 것이다.

세계 재계에서는 빅4로 골드 앤 실버의 다니엘까지 끼워 넣지만 녀석은 브라이언 김, 질리언, 제시카와 견줄 수 있는 레벨이 아니다.

질서가 완성된 세계 아닌가. 지금대로 유지만 되면 된다.

뭘, 더해야 하는 게 아니라 그냥 이대로만. 해 오던 대로.

시작의 장에서 베어 왔던 놈들의 역할은 내가 떠맡아 줄 수 있지만, 제시카는 그녀만이 할 수 있는 영역이 있었다.

그래서였다.

그녀가 도착하면 정상적인 판단을 할 수 있도록 거기에 대해서 들려줄 생각이었다.

우리가 어떤 신세인지. 내가 둠 카오스와 어떤 계약을 맺고 돌아왔는지. 다 들려줘서 그녀를 붙잡아 둘 계획이었다.

그럴 수 있다면 분노와 실망은 접어 둘 수 있을 거라 생각했다.

그런데 제시카가 나와 대면하고서 첫 번째로 내뱉은 말은 내부 고발자로 전향한 것만큼이나 뜻밖이었다.

"제가…… 어떻게 하면 용서를 받을 수 있을까요."

또 하나 뜻밖인 점은 그녀 안에서 들려오는 심장 소리였다.

쿵. 쿵.

뛰는 큰 소리에 보조를 맞춰.

콩. 콩. 콩. 콩.

귓가를 간지럽히는 소리가 미세하게 잡혔다. 또 하나의 심장.

"최소 6주는 지났겠군."

"……예?"

질리언에게 시선을 돌리며 말했다.

"태명은 지었나?"

질리언의 반응도 같았다. 제시카에게 아기가 들어선 것을 모르는 듯했다.

둘이 동시에 놀란 눈으로 서로를 쳐다보는 순간이었다. 그 얘기는 그만두고 제시카뿐 아니라 질리언에게도 사대 제사장들이 알고 있는 세계의 진짜 진실을 들려주려고 마음먹었다.

그런데 그때 머리칼을 잡아끄는 듯한 느낌과 함께 신경이 곤두서졌다.

거기서부터 급반전하여 온몸을 지그시 눌러 오는 압박감!

익숙한 현상이었다.

뭐라 입을 열려던 제시카를 향해 저지하는 손짓을 보인

다음 곧 떨어질 목소리에 집중했다.

[제사장, 오시리스가 홀리 나이트 칼도란을 제거 하였습니다.]

어디서 어떤 경로로 시작된 것인지는 알 수 없었다.

육안으로는 확인할 수 없는 영역. 저 어딘가의 시공간.

마치 보관함에서 아이템을 꺼낼 때처럼 갑자기 나타나서 전신으로 쑤욱 들어오는 기운이 있었다.

[권능 20을 획득 하였습니다.]

[권능: 320]

그것들은 자신들을 꺼내 달라며 손가락으로 가슴벽을 벅벅 긁는 듯했다.

화악!

원래도 뜨고 있던 눈이 한 번 더 부릅떠지는 느낌과 함께였다.

뭘 해야 하는지 알았다. 나를 이계로 인도한 진입로는 레드 카펫이 깔리거나 광선으로 감싸인 무지개 다리 같은 것이 아닌 일종의 좌표였다.

게이트를 뚫을 장소, 거기는 아마도 조슈아가 한 홀리 나이트를 제거한 장소일 것이다.
더 미룰 것 없이 조슈아의 상황부터 확인하고 싶었다.

[게이트 생성을 시전 하였습니다.]

허공이 파충류의 동공처럼 세로로 쭉 찢어지던 순간.
그 틈에서 피비린내를 동반한 조슈아가 자신의 복부를 움켜쥐며 난입해 왔다.
조슈아는 비틀댔다. 그가 한 움큼 쏟아내는 핏물은 정확히 제시카의 몸에 쏟아져, 경직되고 만 그녀의 의복을 따라 떨어지기 시작했다.
조슈아가 그대로 나를 돌아보며 말했다.
"닫…… 닫아 주십시오. 놈…… 놈이…… 오기 전에……."

*　　　*　　　*

몇 마디 대화도 나눌 수 없을 만큼 촉박한 시간임이 틀림없었다.
소용돌이 대지와 연희가 있는 포클리엔 공국과의 거리는 그리 멀지 않다. 조슈아와 그의 공격대조차 상대할 수 없는 적이 너머에 있다면 응당 내가 들어가야 할 일 아닌가.
탓!

[* 보관함]
[오딘의 황금 갑옷 (폭풍의 신) 이 제거 되었습니다.]
[제우스의 뇌신 창이 제거 되었습니다.]
[라의 태양 망토가 제거되었습니다.]

이전에 캣 푸드 웨어 하우스에서 가져온 다른 A급 아이템들도 함께!

[오딘의 분노를 시전 하였습니다.]
[대상: 제우스의 뇌신 창]

웅혼한 힘이 가슴과 등 그리고 손아귀를 에워쌌다. 동시에 게이트, 그 시공의 경계면에 품어져 있는 이질적인 감각을 향해 얼굴을 필두로 전신을 들이밀었다.
실내 LED 조명들에서 나오고 있던 빛들이 뒤로 밀려났다. 게이트가 닫혔다.
이계의 땅은 공간을 광활히 확장시키며 한꺼번에 펼쳐졌다.

넓은 사방이 녹색 운무(雲霧)로 가득 차 있었다. 등과 옆모습을 보이며 뿔뿔이 도망치는 자들의 모습도 함께 눈에 들어왔다.

그때 발을 디딘 지점에서였다. 시체 하나가 물컹거리며 밟혔다.

제 죽음을 믿지 못하겠다는 듯이 두 눈이 부릅떠져 있는 시체였다.

그 얼굴은 단순히 역병의 수증기 속에 담겨 있는 게 아니라, 점도가 짙은 녹색 점액질들로 범벅되어 있었다.

또한 날카로운 것에 수차례 도륙되어 팔다리가 붙어 있는 게 적었고 특히 목 부분은 강력한 힘에 쥐어잡혔던 손자국이 찍혀 있었다.

조슈아는 그의 스킬 소환물 중 하나가 제압하고 있는 사이에 목숨을 빼앗아 온 것 같았다.

시체의 흉갑에 관통되어 있는 구멍은 정확히 성인 남자의 주먹 하나가 들어갔다 나올 수 있는 크기였는데, 거기를 통해 놈의 심장을 쥐어 터트려 버렸던 게 사인(死因)으로 보인다.

구멍 밖으로는 핏물 외에도 부서진 갈비뼈 그리고 심장의 일부분으로 추측되는 장기물이 삐져나와 있었다.

이 시체가 홀리 나이트 칼도란이겠지.

한편 진입과 동시에 특성 열정자를 발동시킬 수 있는 감각이 꿈틀거리고 있었다. 백혈구가 그렇게 작용하듯, 허공에 찌들어 있는 역병들이 공격체로 인식된 것 같았다.

[열정자가 발동 됩니다.]

거기까지가 진입 직후의 찰나였다.

유난히 붉은 눈알 두 개가 녹색 운무 저편에 박혀 있는걸 발견했다.

쓰러져 있는 온갖 시체들을 딛고 서서 나를 바라보고 있었다.

내가 진입한 직후 놈은 돌진을 중단하고선 그 자리에 멈춰 섰던 모양인지, 동반해 왔을 바람이 놈의 주변에서 녹색 운무를 흩트리고 있었다.

이윽고 놈의 모습이 더욱 잘 보였다. 불길에 휩싸인 지옥문 같은 두 눈을 번뜩이며 나를 주시하고 있는 모습이 말이다.

키는 나만 했다. 남성이었고 머리칼도 제 눈처럼 붉었다.

선이 굵은 얼굴에, 나를 노려보는 시간이 더해질수록 그 이마로 아로새긴 것 같은 혈관이 도드라지고 있었다.

분노에 치를 떠는 얼굴임이 틀림없었다. 그럼에도 불구

하고 선불리 내게 접근하지 못하는 이유는 나와 동일해 보였다.

서로를 주시하며 우리가 동류(同流)임을 느끼고 있었다. 강자 중의 강자란 것을.

차이가 있다면 놈은 분노가, 나는 의구심이 커져 가는 데 있었다.

놈은 사람의 모습을 하고 있지만 단연코 사람일 수가 없었다.

제시카의 태아는 빠르지만, 무척이나 약한 심장 소리를 품고 있었다. 그건 일반 사람들의 심장 소리와 분명히 다른 것이다.

같은 맥락에서 놈의 몸 안에서 뛰는 심장은 일반인의 것이 아니었다. 그렇다고 놈의 심장이 내는 소리는 제시카의 태아나 우리 각성자들이 힘을 쓸 때처럼 빠른 박자의 것도 아니었다.

처음에는 놈의 심장이 멈춰 있는 게 아닌가 싶었다. 그래서 깨끗한 외양을 떠나 구울과 같은 것의 일종일지도 모른다고 생각했다.

그러나 놈의 심장이 처음으로 박동했을 때.

쿠웅.

놈의 심장은 정말로 느릿하지만 한 번 움직이면 놀라운

압력으로 전신에 피를 퍼트리고 있다는 사실을 깨달을 수 있었다.

놈의 심장은 그렇게 신년에 한 번 치는 종 같은 움직임을 보이고 있었다.

일반 이계인이 아니다.

이계인의 껍질을 뒤집어쓰고 있을 뿐!

그나마 다행인 건 놈이 혼자라는 거였다. 놈 같은 녀석이 또 있었다면 나라도 힘들어질 것 같다는 직감이 묵직하게 뇌리를 때려 왔다.

어차피 여긴 이계 아니던가. 전력을 개방하기로 마음먹었다.

오딘의 황금 갑옷을 절대 전장을 만드는 데에 쓰는 것이 아닌 벼락 줄기를 강화시키는 데 쓰는 것으로.

[오딘의 황금 갑옷 (폭풍의 신)을 사용 하였습니다.]

['오딘의 분노'가 '오딘의 벼락 폭풍'으로 강화 되었습니다.]

전신을 중심으로 시작됐다. 벼락을 동반한 광풍(狂風)이 사납게 몰아쳤다.

시야를 녹색 빛으로 뿌옇게 만들고 있던 역병 수증기, 거기에 녹아 있던 역병 입자들도 그때 뭉쳐졌다. 내 주변에 머물러 있던 것들은 채도 짙은 안개로 변해서 사방으로 날아갔다. 그중에는 놈을 향해 날아가는 양도 상당했다.

놈의 이마에 도드라져 있는 혈관은 그 안에 기생충이라도 움직이고 있는지 큰 움직임으로 꿈틀거렸다.

놈은 두 가지 반응을 한 번에 보여 주었다.

방어막을 끌어올리는 동시에 폭발시키는 기운이 있었던 것이다.

다만 그 기운은 내게로 쏟아져 오지 않았다.

붉은 광선은 놈의 정수리에서 하늘로 치솟아 오르다가 사방을 에워싸는 돔 모양의 결계로 쫙 펴졌다. 내가 절대 전장을 생성했을 때와 흡사했다.

사생결단을 내겠다는 거다. 결계부터 완성시키는 것으로 우리들의 싸움으로 망가질 이 세상 일부를 보존시키겠다는 거다.

나는 놈이 처음이었다. 하지만 나를 노려보는 놈의 시선만큼은 숙원(宿怨)을 보듯 경계심이 실려 있던 때였다.

놈의 결계는 지극히 짧은 순간에 완성되었다.

다른 놈들의 방해를 받고 싶지 않아서였을까. 아니면 공간을 좁히는 게 자신에게 더 유리하다고 판단했기 때문이었을까?

결계는 놈과 내 등 뒤로 몇 발자국 거리만 남겨 놓는 크기에 그쳤다.

다만 결계가 완성되는 찰나, 가만히 있던 것은 아니다. 내 연격이 놈을 향해 날아가고 있었다.

공간을 쇄도하는 뇌신 창의 찌르기.

빠지지직!

그리고 인드라의 칼날.

빠지지직!

일직선으로 뻗친 뇌력의 기운이 광풍을 몰아치며 날아갈 때, 인드라의 칼날은 뇌력의 일자(一字) 광선을 휘감으며 동시간 때의 공격이 준비되었다.

찔러서 날려 보낸 속도감에 인드라의 칼날이 보태졌다.

혹 놈이 최종 인도관처럼 공간을 다룰 것에 대비해, 사방 공간의 흐름에 집중했다. 그러나 강력한 뇌력 연격에 의해 파동 치는 흐름만이 느껴질 뿐이지 놈은 그 자리에 그대로 있었다.

좋다.

놈은 한 박자 늦었다.

놈은 예사롭지 않은 기운을 발출시켰다. 놈도 피하기에는 늦었다고 판단했기 때문일 것이다.

그것은 겁화(劫火)로 뭉치고 또 뭉친, 화염의 집약체였다. 놈은 오히려 연격을 향해 뛰어들면서 미리 화염구를 던져 놓고 있었다.

화염구와 뇌력의 연격체는 놈의 정면에서 부딪쳤다. 찌르기로 토해졌던 뇌력 광선은 그때 산산조각 깨지며 놈의 화염구에 녹아들었다.

다만 인드라의 칼날은 끝까지 살아서 화염구를 관통한 채 놈에게 꽂혀 가는 게 확인되었다.

콰앙!

놈의 화염구는 시바의 칼처럼 폭발했다.

순간에 결계 안을 가득 채운 열풍과 불에 찢긴 대지의 파편들까지도 함께 몰아쳐 왔다. 놈은 그것들보다 더 빠르게 나타났다. 불쑥 뚫고 나온 얼굴이 보였다. 인드라의 칼날이 꽂힌 채였지만 고통보다는 분노가 더 큰 얼굴이었다.

확실히 놈은 나와 거리를 좁히려 하고 있었다. 얼마나 자신 있는지는 모르겠다만, 놈의 장단에 맞춰 줄 마음이 없었다.

지면을 박차 수직으로 치솟자 놈도 따라붙어 왔다.

놈의 화염구가 터졌을 때 갈가리 찢겼던 화염체들도 여기 높은 허공까지 흩어져 오던 순간이었다.

쉐악—!

놈의 얼굴을 향해 창을 내찔렀다.

비록 창에서 토해진 뇌력이며 실제 창끝이 놈의 얼굴에 닿은 건 아니었다. 그것들은 놈이 방향을 전환시킨 후의 허공을 찔렀으니까.

하지만 놈으로선 공격을 피해 냈다고 생각했을 때야말로 진짜가 나타났다.

시작점은 창끝이었다.

오딘의 벼락 폭풍을 집약시킨 일점(一點)!

결계로 막힌 하늘에서 진짜 천둥소리가 터져 나오는 식은 아니었다. 그렇지만 그 순간에 창끝에서 폭발한 뇌력은 몇 개의 거룡(巨龍)이 꿈틀거리듯이 쏟아져 나왔다.

이것이 제우스의 뇌신 창과 오딘의 벼락 폭풍이 결합되었을 때 낼 수 있는 최고의 공격이다.

놈은 당연히 피하지 못했다. 피하고자 해도 피할 수 있는 공간이 남아 있지 않기 때문이다.

그러니까 가까이 붙질 말았어야지. 그전에 결계를 거둬들이고 몸을 내뺄 생각부터 했어야지!

결계 안의 세상은 굵직한 뇌력들의 움직만으로도 버거워 보였다. 그 와중에 선명한 것은 상대적으로 가늘어 보이는 인드라의 칼날이 놈의 몸에 대롱처럼 이어져 있는 광경이었다.

어느새 조슈아가 남겨 두었던 역병 운무는 전부 증발되

고 놈이 최초 공격으로 터트려 놓았던 화염 파편들도 어느 것 하나 보이지 않았다.

놈은 굵은 뇌력 줄기들이 교차하며 출렁이는 허공에서 전신을 비틀어 대고 있었다.

제 몸의 통제권을 잃어버린 듯, 고통스러운 움직임이었다.

비명 소리 또한 사람의 절규가 아니었다. 놈의 방어막은 빛을 잃었다.

놈의 목을 날려 버릴 때였다.

[세트의 손톱을 시전 하였습니다.]

창을 쥐고 있지 않은 반대편 손으로 죽음의 기운이 일었다.

[하누만의 꼬리를 시전 하였습니다.]

어떤 사냥에서든 최선을 다하는 범의 심정으로 불타는 꼬리를.

[헤라의 광기를 시전 하였습니다.]

전신의 공격력까지도 한층 더 끌어올렸다.

그렇게 놈에게 떨어지며 목을 긋고 지나쳤다.

"……!"

하지만 응당 있어야 할 느낌이 걸리지 않았다.

* * *

뇌력의 거룡들이 움직일 때마다 파생되는 뇌력들이 튀기고 있었다.

또한 첫 번째 충돌에서 놈의 화염구가 폭발했던 흔적까지 보태졌다. 뒤엎어지고 갈라지며 파여 버린 사방 대지 어디에서나 평탄한 면은 찾아보기 힘들었다.

착지한 바로 앞은 끝이 보이지 않는 낭떠러지로 변해 있었다.

거기는 놈이 세트의 손톱에 일격을 당했을 때, 추락한 곳이었다.

그때.

쿠웅.

놈의 심장 소리가 들렸다.

놈은 아직 죽지 않았다.

오히려 놈의 심장 박동은 한층 더 느릿한 속도로 더한 힘이 보태져 있었다.

놈에게도 역경자와 비슷한 비기가 있었던 것일까. 그렇게 생각하며 놈의 기척이 잔존한 저 아래를 노려보았다.

때는 움켜쥐고 있는 창끝에서 뇌력들이 연거푸 발출되고 있을 때였다. 방아쇠를 당기면 총탄이 튀어 나가듯, 거기의 굵직한 뇌력들은 내 육감 즉 의지에 의해 생명력을 가지고 대기하는 중이었다.

드드드드—

뇌력 거룡들이 지각 아래로 쏟아져 들어가는 시점에서 지대 전체가 흔들렸다.

용암이 분출되는 것처럼 수직으로 삐져나온 뇌력 줄기들이 많았다. 그것들은 인근의 대지를 다시금 뒤엎어 대기 시작했다.

흡사 지각 전체가 고통의 몸부림을 치고 있는 것 같다. 그럼에도 불구하고 놈의 기척은 조금도 약해지지 않은 상태였다.

[인드라의 칼을 시바의 칼로 전환 하였습니다.]

칼리의 칼과 시바의 칼은 같은 화염계의 폭발성을 가졌지만, 칼리의 칼은 대인용이고 시바의 칼은 범위성 공격이다.

놈을 아예 세상 끝 바닥에 파묻어 버릴 생각으로 그것을 쏘아 보냈다.

가뜩이나 뇌력 거룡들이 놈을 쫓아 움직이며 지각을 갉아 먹고 있을 때였다.

콰아아앙—!

폭발음이 일어나기 전 나는 허공으로 치솟아 있었다. 내려다본 아래의 일대는 완전히 허물어지고 있었다. 놈의 심장 소리도 지각이 울부짖는 굉음에 묻혔다.

하지만 놈이 죽지 않을 거라고 판단할 수 있는 바는 따로 있지 않았다.

허물어졌던 지각이 움직임을 그치고 조용함을 찾나 했더니, 거기가 다시 시끄러워지며 맹렬한 움직임을 일으키기 시작했다.

놈이 저 밑바닥에서 올라오고 있다! 놈의 기척을 쫓아 뇌력들을 쏘아 보냈지만 결국 팔 하나가 흙더미 위로 솟구쳐 나왔다.

그 팔은 인간의 팔이 아니었다.

얼핏 보면 바르바 군단의 지배 계층인 파충류 인간들의 것과 흡사하되, 더 길고 굵직하며 피부를 뒤덮은 건조한 비늘이 보다 뚜렷했다. 붉은빛이 감도는 비늘이었다. 손톱은 날카롭고.

탈피라도 했단 말인가?

아직도 견고한 결계를 보건대 놈과의 전투는 이제 시작이었다.

*　　*　　*

놈이 뇌력들이 일으키는 거대한 움직임을 이겨 내며 모습을 드러냈을 때.

그렇게 이계인의 껍질을 상실하고 본연의 모습을 드러냈을 때.

놈은 몇 단계나 초월하여 보다 강력해졌다.

조각난 암반들이 흙더미와 함께 솟구치고 있었다. 그걸 밟으며 전속력으로 거리를 벌리고 있었는데, 놈은 결코 내게서 뒤처지지 않았다.

엔더의 속도에 준했다. 놈의 얼굴은 정말로 인간의 거죽이 벗겨진 상태였다.

날카로운 송곳니가 입 밖으로까지 튀어나오고 있으며 다른 신체 부위와 동일한 딱딱한 비늘이 얼굴 전체를 뒤덮고 있었다.

놈의 동공 또한 세로로 길게 찢어져 있어 선명한 붉은색으로 이글거렸다.

놈의 두 눈에서 내 목에 그 송곳니를 틀어박고 말겠다는 듯한 일념이 번뜩이던 순간, 앞쪽에서 공간의 비틀림이 느껴졌다.

공간을 여는 속도는 최종장의 인도관에 뒤처지지 않았다.

놈은 나를 쫓아오고 있지만, 놈의 한 손만큼은 정면에서 튀어나왔다.

뇌신 창을 찔러 넣을 거리가 아니었다. 게이트에서 빠져나오듯 놈이 뻗어오는 팔을 시작으로, 놈의 전신이 딸려 나왔다.

놈의 손아귀는 아가리를 쩍 벌린 독사 같았다. 광풍에 깃든 뇌력 줄기들이 놈의 피부를 긁아 대고 있지만 개의치 않는 듯했다.

그렇다고 동귀어진(同歸於盡)을 마음에 두고 있는 것 같진 않았다.

비늘이 떨어지며 그 속의 근육을 드러내는 것은 맞지만, 다시 그 위로 새로운 비늘이 돋아나는 과정 또한 정말 빠르게 진행되고 있었다.

[게이트 생성을 시전 하였습니다.]

[권능 : 318 / 320]

놈이 돌진해 오는 방향으로 게이트를 던지다시피 열었다.

입구는 거기고 출구로 설정된 곳은 내 다리 밑쪽이었다.

놈이 게이트를 통과해 아래로 쑥 빠져나갈 타이밍에 맞춰서였다. 정확히는 놈의 엉덩이에 자라나 있는 꼬리까지 완전히 빠져나왔을 나왔을 때였다.

그때는 거꾸로 꼬나 쥔 창으로 놈의 몸을 엉덩이부터 정수리까지 꿰뚫어 버릴 심산이었다. 그런데 놈이 빨랐다.

놈의 뻗고 있던 팔이 시야에서 자취를 감춰 버리던 순간.

동시에 정수리에 가해지는 압력이 느껴졌다. 구태여 육안으로 확인하지 않아도 그쪽에서 놈의 팔이 내 정수리를 노려 오고 있다는 것쯤이야 알 수 있었고 그 속도는 황급히 공격을 거둬야 할 만큼 빨랐다.

그런데 그 순간에 그것은 무엇일까.

눈앞이 번뜩였다.

어떤 공격이 내게 강타했는지는 확인할 수 없었다.

단 한 번 공격을 허용한 것으로 방어막에 큰 균열이 생겼다는 것까지.

그리고 방어막으로 인해 약해진 걸 감안해도, 순간적으로 머릿속이 새빨간 것으로만 가득 찰 정도로 뜨거운 열기에 휘감겼다.

내게 부딪쳐 오는 것이 실제 놈의 주먹인지 열기로 응집된 투사체인지도 가물가물했다.

눈을 부릅떴을 때는 아래로 곤두박질치던 움직임이 그쳐 있었다.

지각 아래 어디쯤인 것 같았다.

사지를 묶고 있는 게 있었다. 심지어 하누만의 꼬리까지 묶고 있는, 붉은 선들이 놈의 몸으로 이어지며 빨건 빛을 퍼트리고 있었다.

위쪽으로 놈의 세로로 찢어진 동공과 눈이 마주쳤을 때였다.

놈의 손아귀에서 화살의 형체를 띈 화염체가 쏟아져 나오기 시작했다. 뇌신 창에 감도는 푸른 빛이 순간 잠식될 만한 숫자였다.

미친 듯이 쏟아져 내렸다. 그리고 나는 준비가 되어 있지 않았다.

너무나 빠르게 일어난 일이었다.

그나마 할 수 있는 거라곤 화살의 진행 방향인 내 머리맡으로 게이트를 열어 두고 출구를 놈의 위쪽으로 설정, 그렇게 오히려 제 공격에 노출되게 하는 것이었다.

그러자 놈은 내 밑으로 자리를 옮겨 버렸다.

지옥으로 끌어내릴 법한 눈으로 이쪽을 올려다보는 한편.

게이트를 통해 무한한 움직임을 반복하는 화살들을 향해

이마를 꿈틀거려 보였다.

그때도 나는 나를 속박하고 있는 선들을 잘라 내기 위해 뇌력을 움직이고 있었다. 선과 뇌력이 부딪치면 부딪칠수록 튀겨져 나오는 불꽃들이 계속 시야를 스쳐 댔다.

특히 뇌신 창을 움켜쥔 손 쪽으로 놈의 힘이 쏠려 있었는데, 놈은 뇌신 창이 내 손을 떠나 자신을 향해 떨어질 순간을 기다리는 것 같았다.

그 무렵이었다.

주위 암반층은 우리의 격돌을 견뎌 내지 못했다. 거대한 덩어리 채로 떨어져 나온 것이 불화살들에 부딪혀 산산조각 났다.

그때를 기점으로 산사태가 일어나듯 했다. 사방 모든 것들이 우르르 쏟아지기 시작했다.

눈에도 귀에도 콧구멍 속으로도 흙이 들어찼다. 사지를 결박하고 있던 선들이 나를 확 잡아끌어 올리며, 일시적인 해방감을 선사했을 때였다.

그렇게나 내 목을 노려보던 놈의 손아귀가 그대로 날아왔다.

내 목을 움켜쥐려는 목적보다는 갈라놓으려는 목적이 더 컸던 것 같다.

[괴력자가 발동 하였습니다.]

놈의 손날이 내 목의 중앙을 치고 들어왔을 때, 도리어 놈의 고개가 뒤로 확 젖혀졌다.

이건 몰랐을 것이다.

[질풍자가 발동 하였습니다.]

[예민한 자가 발동 하였습니다.]

[타고난 자가 발동 하였습니다.]

놈이 최후의 비기를 아껴 두고 있는 것 같기에 눌러 두고 있었던 특성들이다.

역경자를 터트리지 않아도 민첩과 감각만큼은 극(劇) 오버로드 구간으로 끌어올려 주는 특성들이 아니던가. 놈이 인간 거죽을 벗고 강해진 것처럼 내게는 이 시점이 바로 그런 순간이었다.

*　　*　　*

결박을 풀어 제치는 건 어렵지 않았다. 방어막이 다 소진되는 걸 감안할 수밖에 없었지만, 놈은 내 공격에 노출되다 못해 정신이 없게 된 시점에서 스스로 결박을 풀어야 했다.

[뭉족 수신(水神)의 징벌을 시전 하였습니다.]

그것만큼은 타격되라고 날린 게 아니었다. 양 손목과 발목의 피부가 녹아 버리면서 이는 통증이 뇌리를 찔러 들어오기 때문이었다.

가뜩이나 모든 게 불타고 있는 세상이었다.

뜯겨 날아다니는 암석층이든, 가루로 바스러져 버린 것이든.

라의 가호가 터지고 화염 저항력이 비약적으로 상승했기에 망정이지.

놈이 만들어 놓은 불타는 세상은 종말이 닥친 세상을 고스란히 그려 놓은 것 같았다. 단지 광경만이 그런 게 아니라, 온갖 불길들이 라의 태양 망토조차 뚫고 들어오고 있었다.

물보라로 형성된 소용돌이.

뭉족 수신의 징벌은 놈에게 채 닿지 못하고 파훼되었다.

그렇지만 그 스킬에 깃들어 있던 회복량이 본연의 재생력만으로는 커버되지 않은 부분들까지 영향을 미치며 정신을 또렷하게 만들어 주고 있었다.

결계 안에서 계속 싸움을 끌어가고 싶은 생각 또한 완전히 증발되었다.

여기는 놈에게 유리한 환경이 되고 말았다. 자유자재로 화염을 다루는 것만큼 어떤 화염에도 피해를 입지 않는 놈이었다.

불구덩이 속에서 몸을 일으키고 있는 모습만 봐도 그랬다.

쇄아아악—!

놈은 일어서면서 공간을 움직이려고 했다.

놈의 얼굴에 창끝을 작렬시킨 것도 바로 그때였다.

열정자가 다음 단계로 진입할 만큼, 오딘의 벼락 폭풍 유지 시간이 지나갈 만큼 전투 시간이 많이 지난 것도 아니었다.

놈의 면전에서 뇌력 파편들과 불꽃이 만발하면서 터졌다.

사방에서 뿜어내는 열기들이 다시금 내 전신을 뜨겁게 찔러 대고 있었기 때문에, 놈의 목숨을 끊을 만한 공격을 쉴 새 없이 이어 붙였다.

폭풍에 휩쓸려 나가지 않도록 놈의 가슴을 짓밟고 창끝으로는 뇌력을 발산시키면서였다.

놈이 구의 형태로나 해일의 형태로나 화살의 형태로나, 화염을 다양하게 다룰 수 있다면 내게는 뇌력이 그러했다.

뇌력 줄기들이 놈의 얼굴에 작렬하기 시작했다. 물론 놈이 짓밟힌 데에서 몸을 빼려는 시도가 없던 것은 아니다.

하지만 그러한 움직임이 초극 감각에 의해 먼저 읽히고, 초극의 속도에 의해 저지당하기 시작한 순간부터는 내 발밑에서 절대 몸을 빼낼 수 없는 것이었다.

빠지직!

그때 충격을 받을 때마다 놈의 전신이 큰 힘으로 달싹거렸다. 그건 그리 놀라운 일이 아니었다.

살고자 하는 본능에 본연의 힘까지 보태진 움직임이니까.

하지만 진즉 두개골이 터져 버렸을 충격들에도 계속 버티고 있는 것이 놀라웠다.

이윽고 놈의 얼굴 피부와 조직들이 다 녹아내리고 심지어 두 눈알마저 다 타 버리며, 얼굴 골격을 그대로 드러냈을 때!

놈이 불사(不死)에 가까운 저항력을 보이는 원인을 확인할 수 있었다.

죽지 않는 자들도 경배하는 해골 용. 그 본 드래곤의 골격 안에 항시 육안으로도 확인할 수 있었던 검은 기운이 그것에도 감돌고 있었다.

놈 같은 경우엔 붉은 계통의 기운이 골격 안에 도사려 있었다.

놈이 두 눈을 잃었음에도 나를 노려보는 시선이 나오고 있는 것은 그러한 까닭에서였다. 깊게 파인 눈두덩이 골격 안에서 붉은 기운이 일렁거릴 때마다, 나를 향한 분노가 동반되어져 있었다.

하지만 본 드래곤도 결국엔 둠 데지르와의 전투에서 박살이 났었다.

완전한 불사란 없는 것이다. 내게 미쳐 있는 '부활' 같은 공능은 존재해도.

놈의 저항하는 움직임을 저지하며 뇌력을 계속 터트리고 있을 때였다.

놈은 남은 게 하나도 없어졌다. 전신의 근육 그리고 장기들까지도 흔적 하나 남기지 않고 타 버렸다.

그렇게 묵중한 소리로 전신에 피를 보냈었던 심장도 존재하지 않았다.

남은 것은 검게 그을린 해골이 전부였다. 그마저도 균열이 생기고 있었다.

하지만 놈의 해골 안에서 움직이는 빨건 기운만큼은 처음보다 맹렬해지고 있었다. 이게 어떤 현상의 전조인지 알고 있다.

전 골격을 따라 돌면서 점점 아가리로 힘을 집중시키는 현상.

본 드래곤이 브레스를 토해 낼 때 보여 주었던 현상 아니던가.

거기에서 웅웅거리는 소리가 자연히 발생되고 있는 만큼, 본 드래곤의 브레스보다 강력할 거라는 게 당연한 판단일 것이다.

이건 내 추정이다.

놈은 죽었지만 죽는 순간의 의지가 마지막 일격을 계속 진행시키고 있는 게 아닐까.

자리를 비켰다.

죽은 해골이 내게 브레스를 쏟아 낼 경우를 대비해서 게이트도 생성해 두었다.

[게이트 생성을 시전 하였습니다.]

출구는 결계 최상층부, 하늘을 향해서였다.

마침내 놈의 상악골과 하악골 사이에서 붉은 기운이 폭발했다.

그것들이 해골 밖으로 튀어나오는 순간.

단순히 화염이라고 표현하기에는 차원이 다른 불길이 뿜

어져 나왔다. 해골 대가리가 내 쪽으로 틀어지면서였다.

게이트를 전부 감쌀 만큼 너비도 넓었다. 그러나 게이트를 더 크게 확장시켰어도 원래부터 효과가 없는 일이었던 것 같았다.

빌어먹을 경종이 뇌리에 울려 댔을 때, 게이트 속으로 흡수되듯 사라졌어야 할 화염이 그대로 쏟아지는 것이 확인된 직후였다.

즉각 위로 솟구쳤으나 브레스 끄트머리에 발이 걸렸던 것이 틀림없다.

처음에는 고통이 없었다. 무릎 아래로 양발이 존재하지 않는 모습이 시야에 들어왔을 때야말로 온몸이 비틀렸다.

실제로 비명을 지르고 있는 것인지, 마음속으로만 울부짖고 있는 것인지.

눈앞에서 고통스러운 빛이 번쩍여 댔다. 그러나 그것도 잠시.

[역경자가 발동 하였습니다.]

땅을 딛고 설 수 있었다.

브레스가 토해져 나갔던 방향에는 모든 게 다 녹아 버려서 생긴 빨건 용암이 부글거리며 대지 틈새마다 흘러내려가고 있었다.

놈의 해골은 할 일을 다 했다는 듯 가루로 부서지는 중이었다.

[홀리 나이트 중 드라고린 '레드'를 발견, 제거 하였습니다.]

[당신의 주인이 흡족해 합니다.]

해골로부터 나온 정체불명의 기운 또한 그때 쑥 들어왔다.

[권능 60을 획득 하였습니다.]

[권능 377 / 380]

[당신의 주인, 둠 카오스로부터 지령이 도착했습니다.]

[드라고린 '레드'를 추가 발견, 제거하라 (지령)

에이션트 드래곤 중 '더 그레이트 레드' 의 직계 혈통을 추가로 발견하여 제거 한다면 '더 그레이트 레드'의 성향상 다 낫지 않은 몸에도 불구하고 오랜 잠을 깨고 나올 수밖에 없을 것입니다.

우리는 그 순간을 준비해야 합니다. 이제 남은 '더 그레이트 레드'의 혈통은 하나 뿐입니다. 하지만 자만하지 마십시오. 당신의 진입이 알려진 이상, 항상 조심해야 할 것입니다. 특히 엘슬란드를 말입니다.

* 엘슬란드의 여왕은 에이션트 드래곤 '더 그레이트 그린' 일지도 모릅니다. 그 점이 확실시 되면 사전에 엘슬란드의 여왕을 제거해야 할 것입니다.

* 홀리 나이트들 중 에이션트 드래곤들의 직계 혈통을 이은 자들은 자신들이 드라고린 이라는 사실을 모르는 게 태반입니다.

하지만 본 차원의 역사에서 큰 비중을 차지했던 가문들이 대개 에이션트 드래곤들의 직계에서 탄생 했다는 점을 숙지한다면 그들을 추적하는 데 도움이 될 것입니다.

또는 에이션트 드래곤들의 직계 혈통들에 새겨지는 분노와 강화력을 발견하는 것으로 그들을 특정 지을 수 있을 것입니다. 그들의 피에는 당신의 주인과 휘하 군주들을 향한 분노가 심어져 있습니다.

— 엘슬란드 여왕이 에이션트 드래곤일 경우 (엘스란드 여왕 제거)

성공: 추가 고유 권능 개방. 상위 군주인 둠 마운을 향한 서열 도전권.

실패: 패널티 없음

— 엘슬란드 여왕이 에이션트 드래곤이 아닐 경우 (드라고린 레드 추가 제거)

성공: 보상 없음

실패: 당신의 주인께서 크게 실망 하실 것입니다.]

Chapter 6.

새로운 지령을 받고 자리를 옮기고 있었다.

본래도 하늘을 찌를 듯한 화염들이 넘실대고 있는 곳이었던 데다가, 용암까지 구불대며 흐르고 있었기 때문이었다.

구태여 거기 남아 화상을 자초할 생각은 추호만큼도 없었다.

역경자로 모든 능력치는 물론 스킬, 특성들까지도 최후 등급까지 상승한 때였다.

제우스의 뇌신 창에 깃든 오딘의 벼락 폭풍 또한 천공을 가를 힘으로 손아귀를 자극하기 일쑤였다.

수치로만 계산되고 있는 권능일지라도 세상에 터져 나올 때를 기다리며 나를 계속 자극해 왔던 것처럼, 초극의 뇌력이 깃든 제우스의 뇌신 창이 바로 그러했다.

하지만 엘슬란드로 직행하는 것은 무모한 일일 것이다.

에이션트 드래곤의 혈통을 이은 놈도 충분히 강력했다. 그러니 에이션트 드래곤은 어떠하겠는가.

지령에 포함된 내용처럼 엘슬란드의 여왕이 에이션트 드래곤이라면, 올드 원이 심혈을 기울여서 만들어 둔 장치 중 하나라면. 그에 준하는 준비를 하고 가야 하는 것이다. 물론 에이션트 드래곤이 정말 맞는지 확인부터 해야 할 일이고.

생존해 있는 조슈아의 공격대들을 한데 소집시킬 생각으로 사방 기척들에 감각을 집중시켰을 때였다. 피 냄새를 동반한 전장의 소리가 포착되었다.

하지만 또 포착되는 게 있었으니 그것은 줄곧 나를 따라오고 있었다.

드라고린 레드와의 전투가 격렬했던 탓에 거기까지는 신경이 미치지 못했던 것 같았다.

언제부터였는지는 모르겠다. 하지만 결계에 포함됐었던 영역부터 쫓아오는 걸 보면 전투를 처음부터 끝까지 목격하고 이제는 나를 추적하고 있다 봐도 무방한 것이었다.

그것은 형상 없이 존재하는 것이었다. 그러나 진짜 육안 대신 초극의 감각으로 접해 본 그것은 실재하고 있었다.

마법인가?

"겁대가리를 상실했군."

몸을 틀어 버리며 뇌신 창을 찔러 넣었다.

그렇지 않아도 주체 못 할 힘에 계속 진동하고 있던 뇌신 창이었다.

*　　*　　*

"Gub dae ga ri reunr— sang sil hae ggoon"

그 소리와 함께였다.

"악!"

루스라의 고개가 뒤로 확 꺾였다.

뒤통수가 목 뒤에 닿고 턱이 천장을 향해 치켜질 정도로 강력한 충격이었다. 거기까지가 찰나였다. 바로 직후로 루스라의 전신이 튕겨 날아갔다.

너무 갑자기.

또 너무 빠른 속도로 일어난 일이라 루스라의 자식들은 그녀를 보호해 주지 못했다.

엘슬란드, 빛의 궁정은 태고의 존엄한 마법에 의해 견고했다. 때문에 루스라는 벽에 부딪힌 후에서야 바닥으로 떨어졌다.

루스라가 고개를 들었을 때 희미해진 시선 안으로 자식들이 달려오는 게 보였다.

실내 밖으로 뛰쳐나가는 자식들은 아마도 궁정의 치유 신관들을 부르러 가는 것 같았다.

루스라는 소용없는 일이라고 말해 주고 싶었지만 정작 입을 열었을 때 나오는 것이라곤 폐부에서 토해져 나오는 한 움큼의 피였다.

문제는 벽에 부딪혔을 때 입은 육신의 부상이 아니었다. 그것이야 치유 신관들이 손쉽게 처리할 수 있는 일이다.

진짜 문제는 강력한 타격을 입은 정신체(精神體)에 있었다.

그건 여왕의 축복으로도 해결될 수 있는 문제가 아닌 바, 루스라는 결단을 내려야 할 때란 걸 직감했다.

정신이 분열되기 전에 반드시 전해 놓아야 하는 게 많았다.

루스라는 자식들에게 안겨 침상으로 옮겨졌다. 그때 도착한 치유 신관이 루스라의 내상을 보살피고는 안식을 기원하는 말을 남기고 돌아갔다.

신관의 멀어져 가는 뒷모습을 바라보는 루스라를 향해 그녀의 아들, 카노나스가 말했다.

"염려 마십시오. 어머니께서는 모르시겠지만 믿을 만한 자입니다."

"네가 그렇다면 틀림없겠지."

"예."

"하지만 궁정 암투를 항상 경계해야 한다."

"어머니……."

"시간이 얼마 없구나. 지금부터 들려주는 이야기는 네가 직접 여왕님께 전해야 한다. 여왕님의 파벌이나 네 파벌을 통해서가 아니라, 네가 직접 말이다. 카노나스."

루스라는 침상에 걸터앉았다.

그러고는 무릎을 꿇고 있는 그녀의 아들을 내려다보며 말했다.

그때 한 손으로 귓가의 머리카락을 쓸어 넘겼던 까닭에 그녀의 뾰족한 귀 끝이 도드라져 나왔다.

"먼 땅, 그린우드 대륙에서 두 명의 홀리 나이트가 죽었다."

카노나스가 궁금한 건 그런 게 아니었다.

'또 홀리 나이트 가문 간의 싸움인가?'

그린우드 대륙은 오크 일족이 차지하고 있는 대륙만큼이

나 전쟁이 많은 땅이었다. 그런 맥락으로 그린우드의 원주민들은 오크들만큼이나 천박한 종일 수밖에 없었다.

그것들은 사교계와 궁정에서 대체될 수 있는 일에 구태여 칼을 쓰고 피를 보길 좋아했다.

그렇게 자신이 살아온 지난 삼백 년만 해도, 그린우드 대륙의 숱한 왕국들은 흥망성쇠를 반복하며 동족상잔을 그치지 않고 있었다.

어쨌거나 카노나스는 어머니가 그린우드 대륙을 주시하던 중에 큰 타격을 입었다는 것을 깨달았다.

그가 그린우드의 원주민들 중에서 어머니의 정신체에 타격을 입힐 수 있는 존재들을 떠올리던 시간은 짧았다.

그런 자가 있을 리 없었다.

카노나스는 진짜 물음을 짓눌렀다. 어머니께서 자연히 들려주실 터이니.

"소용돌이 대지의 수호자, 칼도란. 그에 대해 들어본 적 있느냐?"

"그자가 죽은 홀리 나이트 중에 하나입니까?"

"그렇단다."

"들어 본 적은 있습니다."

카노나스는 그자만큼은 고귀한 피를 지녔다, 라는 식으로 대답했다.

짧은 생을 살다 죽어 가는 종이라지만 살아 있는 동안만큼은 그 어떤 종보다 왕성한 성장도를 보이는 게 그린우드의 원주민들이다.

그 성장도를 동족상잔에 매진하고 있는 게 문제라면 문제지.

그런 면에서 칼도란과 그의 가문이 유지하고 있는 숙명은 나름대로 고귀한 면이 있었다.

가문 자체로서는 그린우드 대륙에서 벌어지는 홀리 나이트 가문 간의 전쟁이 치열한 양상을 띠는 시국에서도 한 번도 제 영토를 잃은 적이 없었고 그 이상으로 욕심을 낸 적도 없었다.

당금의 가주, 칼도란으로서는 비단 그린우드 대륙뿐만 아니라 모든 종족의 홀리 나이트 중에서도 손에 꼽히는 강자였다.

"뜻밖인 게로구나?"

"예."

"나도 그렇단다. 홀리 나이트, 킹 오닉스가 죽임을 당한 것만큼이나."

"킹 오닉스……."

홀리 나이트 중에서도 종을 초월하는 절대적인 강자들이 존재하는데, 소용돌이 대지의 수호자 칼도란과 오닉스 왕국의 킹 오닉스가 바로 그러한 인물들이었다.

그린우드 대륙에도 그런 절대 강자들이 존재하기 때문에 천박한 오크, 호전적인 드워프 같은 종들까지도 그 땅으로 진출하지 못하는 게 아닌가.

"칼도란과 킹 오닉스는 소용돌이 대지에서 함께 죽음을 맞이하였단다. 하지만 둘의 죽음은 곧 들려줄 이야기에 비하면 유별난 게 아니었다. 나의 검, 카노나스. 좀 더 가까이 오거라."

카노나스는 루스라의 우아한 손짓에 이끌리듯 천천히 몸을 일으켰다.

둘이 나란히 침상에 걸터앉은 모습은 모자 관계라기보단 한 쌍의 연인 같아 보였다. 루스라가 카노나스의 금발 머리카락을 어루만지며 이야기를 이어 나갔다.

"마신의 군단 하나가 그린우드의 작은 나라 하나를 침공했다는 건 알고 있을 테지."

"예. 대마법사를 탄생시킨 홀리 나이트 가문이 있는 것으로 알고 있습니다."

"그자의 이름은 론시우스란다. 나는 처음에 그자가 걱정되었어. 그에게 닥쳐올 어둠이 너무나 짙었으니까. 하지만 내가 거기에 도달했을 땐 너무 늦었더구나."

평온한 루스라의 표정과는 달리, 카노나스의 속은 썩어

문드러져 갔다.

칼도란이 죽든. 오닉스가 죽든. 론시우스라는 자가 또 어찌 되든.

자명한 사실은 그린우드 대륙의 내부 문제란 거였고, 어머니께선 이종족의 일에 깊게 개입했다가 돌이킬 수 없는 상처를 입으신 거였다.

어머니께서 직접 위험을 감수하시기에는 때가 너무 일렀다.

카노나스는 그 점을 원망하고 싶었지만, 목숨이 경각에 달한 분을 앞에 두고 차마 그럴 수는 없었다.

“얼마 있지 않아 더 큰 어둠의 징조가 보이더구나. 우리 주께서 전해 주신 뜻도 있으셨지. 여기까지는 여왕님께서도 알고 계시단다.”

“예.”

“그때까지만 해도 우리는 칼도란과 그의 옛 가문들이 뭘 지키고 있는지 몰랐었단다. 신마대전의 실제 유적이나 우리 주 락리마의 신성이 깃든 뭔가를 지키고 있을 거라고만 추측하고 있었지.”

“예.”

“하지만 이제는 알 수 있겠더구나. 그들이 어떤 통로를 지키고 있었다는 것을.”

"통로 말씀이십니까?"

"그래. 킹 오닉스가 도우러 와야 했을 만큼 중요한 통로였다. 여왕님께서도 상심이 크실 테지. 그자들의 요청을 묵살할 수밖에 없으셨으니까. 하지만 그건 여왕님의 잘못이 아니란다. 우리 귀족들의 잘못이지."

그제야 카노나스는 얼마 전에 있었던 귀족 회의의 실체를 깨달았다.

"어떤…… 통로였습니까?"

"여섯 마왕 중 하나와 연결되어 있었단다."

카노나스의 잇새로 바람 빠지는 소리가 흘러나왔다. 부릅떠진 두 눈과 함께였다. 그때 카노나스의 전신을 파르르 떨리게 만든 감정은 전율과 흡사했다. 공포스러운 전율.

성 카시안의 기록서나 태고의 전설에서만 다뤄졌던 미지의 존재가 어머니의 입을 통해 실체를 가지기 시작한 것이었다.

지난 귀족 회의에서 다뤄졌던 안건은 그렇게 자세하지 않았다.

그저 그린우드 대륙에서 대신전의 도움을 필요로 한다는 것까지만이었고, 카노나스 본인은 반대 세력에 있었다.

만일 마왕과 연관된 안건이었다면 찬성 세력 쪽으로 가담했을까?

카노나스는 그래도 달라진 것은 없었을 거라고 생각하며 어머니의 얼굴을 뚫어져라 쳐다보았다. 그러며 그가 자책하기 시작한 건 반대 세력에 가담했기 때문이 아니었다.

그저, 그 회의의 인과(因果)가 어머니께까지도 미쳤기에…….

비로소 카노나스는 어머니의 정신체에 타격을 입힌 존재가 무엇인지 알 수 있었다.

마왕이다.

통로를 열고 나온 마왕!

"카노나스. 네 잘못도 아니란다. 통로가 무엇인지 알면서도 지켜내지 못한 그들의 잘못이 크다. 이 먼 엘슬란드에 기대기보단, 그들의 가까운 곳에는 더 큰 힘이 되어 줄 자들이 충분했었으니까. 그럼에도 그들은 서로에게 힘이 되어 주질 못하는구나."

"그린우드의 원주민들은 원래 그런 족속들입니다. 어머니."

'그러니까 왜 그들을 위해 개입하셨던 것입니까?'

공허한 외침이 카노나스의 속에서 메아리처럼 울리기 시작했다.

"칼도란은 마왕의 제사장에게 죽임을 당했다. 그렇게 통로가 열렸단다."

"예."

"그리고 킹 오닉스는 마왕과 사투를 벌이다 장렬히 전사하였다."

카노나스는 뭔가 이상하다 느꼈다. 킹 오닉스가 절대 강자 중의 하나인 것은 인정하는 바지만 마왕과 사투를 벌일 만큼이었나?

아니, 마왕이 그만큼이나 약한 존재란 말인가?

그렇다면 마왕의 강림을 두려워할 이유는 하등 없는 것이다.

그러나 이는 성 카시안의 기록서에 담긴 내용들에 위배되는 이야기였다.

루스라는 카노나스의 얼굴에 떠오른 의문스러운 표정을 마주하며 미소 지었다.

"궁정이 보유한 기록서들 중에는 네가 접근하지 못한 것들이 많아."

"예. 알고 있습니다."

"그중에 '드라고린'의 존재에 대해서 다뤄지는 페이지들도 있단다. 여왕님께 오늘 이야기를 들려드린다면 너도 그 진실에 한 걸음 다가설 수 있을 것이다."

카노나스가 드라고린이라는 이름을 속으로 되새기고 있을 때.

루스라의 온화한 얼굴이 순간 일그러졌다. 사람이 갑자기 바뀐 게 아닌가 싶을 정도로, 표독한 눈빛으로 돌변해 카노나스를 노려보는 것이었다.

그 눈빛은 루스라가 고개를 흔들어 댄 후에는 사라져 있었다.

"여왕님께는 킹 오닉스가 드라고린이었다는 사실을 전해 드리면 된다. 그 진실을 여왕님께서 어떻게 활용하시든, 너는……."

"어머니. 궁정 정치는 복잡한 면이 많습니다. 아시잖습니까."

"여왕님께서 어떻게 활용하시든 그 사안에 대해서만큼은 함구하기로 약속하기만 하면 된다. 전언자로서만 충실하라는 거란다. 카노나스."

카노나스 또한 어머니의 마지막이 코앞에 이르러 있다는 걸 모를 수 없었다.

"……그렇게 하겠습니다."

그의 고개가 천천히 움직였다. 차마 그는 제 어머니의 얼굴에 먼저 손을 대지 못했지만, 루스라만큼은 카노나스의 머리를 쓰다듬고 있는 손으로 그의 목덜미를 부드럽게 당겨 왔다.

둘의 입맞춤은 그리 길지 못했다. 루스라의 입술과 혀가 격렬하게 움직이는 시점에서 카노나스가 그녀를 밀쳐 냈기 때문이었다.

둘 사이를 잇고 있는 건 입에서 입으로 연결되어 있는 타액뿐이었다.

울 듯 웃을 듯 또는 화를 낼 듯 미묘한 눈빛으로 힘들어하는 루스라를 향해 카노나스가 물었다.

엘프의 법도와 도덕심 그리고 숭고한 명예에 의해 짓눌려져 있던 제 어머니의 진심을 듣고 싶어서였다. 정신 분열 과정에선 밑바닥을 드러내지 않던가.

“어머니. 정녕 우리 가문의 미래를 여왕에게 걸길 바라십니까?”

루스라는 상체가 흔들릴 정도로 몸을 떨고 있었다. 그러면서도 입은 열렸다. 독살스럽게 돌변한 두 눈 위로 야욕을 번뜩이면서였다.

“여왕은…… 너와 한번 자고 싶어 하는 것 같더구나. 나쁜 년. 그때가 기회가 되지 않을까 한다. 여왕의 침전…… 거기에…… 네가 원하는…….”

루스라의 속삭임이 꽤 길어졌다. 그다음이었다.

“감사합니다. 어머니.”

하지만 돌아오는 대답은 없었다.

카노나스는 바닥을 향해 쓰러지는 루스라의 가슴을 받쳐

들었다.

정신을 터트려 버렸기에 고통이 없을 거라는 건 위안이 되지 않았다.

궁정은 예언가 중 하나를 잃은 것뿐이다. 하지만 카노나스 본인으로선 어머니와 오랜 연인을 동시에 잃어버리는 순간이었다.

“그만 잠드소서. 우리 주 락리마의 가호를.”

그는 끝끝내 참고 있던 오열을 터트리고 말았다.

*　　*　　*

드디어 시술이 성공한 것도 모르고 항우울제며 신종 각성제인 스파이더 웹을 복용하는 등 몸을 아끼지 않았었다.

후회막심한 일이다.

더군다나 조슈아의 체액에 치명적인 독 성분이 가득했을 거라는 이야기를 들었을 땐, 그의 체액이 의복을 적셨던 직전의 광경이 눈앞에서 떠나질 않았다.

제시카는 조마조마한 마음으로 검사 결과를 기다리고 있었다.

그때 질리언이 의무실 안으로 돌아왔다.

“조슈아는 좀 어떻던가요?”

제시카는 제 발로 걸어 나가던 조슈아의 모습을 떠올리며 물었다.

조슈아는 피를 쏟아 내고 제 몸을 제대로 가누지 못하면서도, 집념이 서린 눈빛을 일렁거리며 끝내 그 발로 사무실을 빠져나갔었다.

그렇게 섬뜩한 눈빛은 처음이었다.

또 그렇게 흉측한 얼굴 역시 처음이었다. 그는 그의 공대원들보다 더 일그러진 얼굴을 하고 있었다. 녹아내렸던 피부가 굳은 채로, 녹색 딱지가 덕지덕지 붙은 얼굴에서는 과거의 근사했던 얼굴을 조금도 찾을 수 없었다.

조슈아는 그런 모습을 가지고 돌아왔던 것이다. 그러니 세간에 모습을 드러내지 않고 칙칙한 로브 속에 파묻혀 살 수밖에 없었던 것이었다.

"차도가 있다고 해."

"그에게 직접 들었어요?"

질리언의 고개가 저어졌다.

일이 터진 지 한 시간이나 지났기 때문에 놀란 감정은 사라진 얼굴이었다.

그러나 제시카와 마찬가지로 조슈아의 흉측한 모습이며 고통스러워했던 직전의 광경을 떠올린 그의 얼굴엔 참담한 표정이 자리 잡고 있었다.

질리언은 제시카가 들고 있는 인쇄된 사진으로 시선을 돌렸다.

그건 태아의 초음파 사진이었다. 아기가 들어선 날짜로 잡힌 시기를 계산해 보니 시작의 날을 방어한 어디쯤이었다.

그날 제시카가 어떤 심정으로 시술을 받았을지, 질리언은 그것을 생각하며 침상에 걸터앉았다.

"당신은?"

"제 몸은 괜찮지만 아기가……."

질리언의 시선에 미친 곳에는 제시카의 스마트폰이 버려지다시피 놓여 있었다.

항우울제를 복용했을 때 태아에게 미치는 부작용이 띄어져 있었는데, 액정 위로 제시카의 지문이 얼룩덜룩했다.

"무슨 일이 어떻게 돌아가고 있는 건지…… 하나도 모르겠어."

질리언은 솔직한 심정을 토로했다. 아이를 가졌다는 기쁨보다도 그 이상의 걱정이 머릿속에서 맴돌고 있었다.

그렇다고 제시카를 질책할 순 없었다. 가장 아기를 원했던 사람이 항우울제를 복용하지 않고서는 못 견딜 만큼 궁지에 몰려 있었으니까.

임신을 결정짓게 된 시술을 받게 된 날에도, 수년간의 고통스러운 시술들이 다 그렇게 실패로 돌아갔듯이 또 실패할 거란 걸 알면서도 진행시켰을 것이다.

그나마 제시카가 복용하고 있었다던 모클로베미드 성분의 항우울제는 부작용이 완벽하게 드러나 있는 다른 성분의 항우울제들에 비해, 태아에게 미치는 영향이 밝혀지지 않은 약이었다.

그래서 제시카의 주치의는 그녀에게 그 약을 처방해 준 것 같았다. 태아에 악영향을 끼칠 위험이 존재하지만, 산모가 받을 이득이 큰 범주에 속하는 약이라는 설명과 함께.

"일단 기다려 보자고."

질리언은 제시카의 손을 잡으며 말했다. 그녀의 손이 지금까지도 떨리고 있었다.

"아기 때문에 그래? 괜찮을 거야."

"아뇨. 시작의 장이 끝나고선 조슈아를 처음 봤어요."

사람이 그렇게 고통스러워하는 모습도 직접 바로 앞에서 본 건 그때가 처음 있었다. 본래 흉측한 얼굴이었기에 고통으로 일그러진 얼굴은 악귀(惡鬼)를 연상시켰었다.

하지만 경황없던 시간이 지난 후.

제시카는 조슈아가 그 와중에도 자신의 상태를 호소하기보단 협회가 공격받을지도 모르는 상황을 최우선으로 두고 있음을 깨달을 수 있었다.

그건 그녀에게 실로 많은 것들을 생각하게 만드는 일이었다.

둘은 조용해졌다.

이윽고 협회 의료진들이 검사 결과지를 들고 들어왔다.

심장, 근골격계, 두개골, 소화 기관 등의 기형 발생 위험도를 다룬 결과지를 두고 시작된 설명은 둘을 애타게 만들었던 것만큼이나 기대해 왔던 소식이었다.

태아에는 문제가 없었다.

같은 시기의 다른 태아와 비교해도 걱정할 것 없이 건강하다는 진단이 떨어진 것이었다.

그래도 모클로베미드 성분의 항우울제는 그만 복용하는 게 낫겠다는 당연한 소견이 있은 후였다. 제시카는 긴장을 다 풀어놓은 나머지 눈물을 흘렸다.

"우리 아기는 건강해."

질리언이 초음파 사진을 두고 감상에 젖은 목소리를 흘렸을 때.

결국 제시카는 이불을 끌어안고 오열을 멈출 수가 없었다. 그녀의 울음소리가 멈추길 기다리던 질리언이 뭔가를 말하려고 할 때였다.

의료진이 닫고 나갔던 문이 다시 열리며 한 사내가 들어왔다.

아이템으로 무장한 그는 누가 봐도 각성자였다. 열린 문 밖에서는 여러 사람들이 뛰어다니는 소리가 한창이었다.

"두 분 모두 이계로 가실 겁니다."

"내 아내는……."

"오딘의 명이십니다. 복귀까지 오래 걸리지는 않을 겁니다."

"전 괜찮아요."

제시카는 자책감이 큰 표정을 보이며 먼저 침대에서 내려왔다.

각성자가 둘을 안내한 방향은 안전국의 각 부서들이 밀집되어 있는 건물을 향해서였다.

거기는 오르까라는 강력한 마루카 괴물이 똬리를 틀고 있는 건물의 바로 옆에 위치했다. 그러나 흉측한 촉수들이 넘실대는 거기보다는 안전국 정문 앞쪽에 존재하는 것에 이목이 집중되고 있었다.

게이트다. 시작의 날 그리고 시작의 장이 끝났다는 시점에서 세계의 카메라들에 잡힌 현상과 일치했다.

질리언 부부뿐만 아니라 방문객 신분으로 들어왔던 자들의 시선이 모두 거기에 쏠려 있었다. 게이트 속으로 뛰어드는 각성자들과 서행으로 진입하는 군용 트럭들이 많았다.

자동 화기로 무장한 협회 소속 용병들 또한 급박한 전쟁이 터진 것처럼 일사불란한 모습을 보이며 그 속으로 자취를 감추고 있었다.

*　*　*

석양이 있었다.

석양의 주홍빛이 미치지 않은 천공에서는 제 빛을 완전히 드러낼 때를 기다리고 있는 달도 보였다.

그럼에도 정말 이계로 들어왔음을 실감할 수 있던 까닭은 태양과 달보다 더 큼직하게 천공의 일부분을 차지하고 있는 어떤 행성에 있었다.

구슬 하나에 파랗고 하얀 물감들을 마블링 해 놓은 듯한 그 모습은 달에서 본 지구를 찍었다던 사진과 꽤 비슷했다.

그렇게 이계의 하늘은 익숙하면서도 신비로웠다.

평온함까지도 간직하고 있는 것 같았다.

그러나 정작 여기의 땅 위는 으스러져 가는 신음 소리들을 중심으로 정신이 없었다. 신음 소리들은 고통과 싸우는 소리였다.

하지만 제시카와 질리언에게는 그리 낯설지만은 않았다.

불과 한두 시간 전에 조슈아에게서 그런 소리가 나왔었으니까.

한편 먼저 진입했던 용병들은 두 그룹으로 나뉘어져 있었다.

한 그룹은 더 쪼개져서 이곳저곳에 천막을 치기 바빴고, 다른 한 그룹은 지붕이 개방된 장갑차에 타서 일대를 질주하고 있었다.

신음 소리들이 뭉쳐 나오는 곳에는 각성자들이 몰려 있었는데, 하얀 빛무리들이 나타났다 사라지기를 반복하고 있는 중이었다.

둘은 거기에서 오딘을 발견할 수 있었다. 그러나 다가서지는 못했다. 그분은 굳은 표정으로 각성자들에게 지시를 내리며 부상자들 사이를 거닐고 있었기 때문이었다.

그때.

스으윽—

둘 옆을 거무튀튀한 것이 스치고 지나갔다. 조슈아의 검은 로브였다.

일전처럼 복부를 움켜쥔 채는 아니었지만, 자세가 앞으로 살짝 굽어 있는 것으로 봐서는 완전히 치유된 게 아닌 것 같았다.

제시카는 차마 조슈아에게 말을 붙여 볼 생각을 못 했다.

그는 다 낫지 않은 몸으로도 오딘과 부상 입은 그의 부하들을 향해 가고 있었고, 그 뒷모습에선 여전히 긴장감이 감돌고 있었다.

조슈아와 오딘이 대화를 나누는 모습이 보이는 시점에서였다.

제시카는 문득 자신을 안내해 왔던 각성자가 사라졌다는 것을 깨달았다. 질리언도 주변을 두리번거리고 있었다.

둘 앞으로 군용 차량 하나가 멈춰 선 건 바로 그때였다.

안내자였던 각성자는 조수석에 있었다.

창밖으로 내밀어진 그의 손끝이 둘을 향해 뒷좌석을 가리켰다.

"전장을 안내하라는 명이십니다."

이계는 대중들이 떠들어 대는 그런 환상 젖은 땅이 아니었다.

한참을 나아가도 검게 그을린 대지뿐이다. 차 와이퍼는 달라붙는 잿가루를 떨쳐 내기 위해 최고 속도로 움직이며 전면 창과의 마찰음을 삑삑대기 바빴다.

그랬던 구역들을 지나친 후.

시체들이 보이기 시작했다.

로드킬을 당한 이후 오랫동안 방치된 들짐승의 것과 흡

사했다.

그것들 같은 경우엔 기포를 툭툭 터트리며 부패가 빠른 속도로 진행되고 있었다.

차는 그 지점부터 계속 덜컹거렸다. 시체들을 피해서 주행하고 있음에도 불구하고, 대지에서 나뒹구는 잘린 팔다리들이 걸려 대고 있기 때문이었다.

그때까지도 제시카와 질리언은 입 한번 뻥끗하지 못했다.

질리언은 눈살을 찌푸리고 있었고, 제시카는 손바닥으로 입과 코를 덮은 채 메슥거리는 속을 달래고 있는 중이었다.

솔직히 제시카는 악몽의 한 귀퉁이로 들어온 기분이었다.

어떤 그룹이 이겼고 어떤 그룹이 졌는지는 상관이 없다 여겨질 만큼이었다. 거기에 어떤 가치를 두고 바라보기에는 너무나 끔찍한 광경이라 생각했다.

제시카가 그런 감상에 힘들어하고 있을 때, 질리언이 무표정으로 정면만 바라보고 있는 조수석의 각성자를 향해 물었다.

"오시리스에 대해 얼마나 압니까?"

오시리스를 가볍게 지칭하고 있다고 느꼈기 때문이었을까.

각성자가 질리언을 돌아본 눈은 몹시 차가웠다.

각성자의 싸늘해진 시선은 질리언뿐만 아니라 그의 옆에 앉아 있는 제시카에게까지도 공격적으로 미쳤다. 그래도 대답만큼은 정중하게 하려는 노력이 묻어 나왔다.

"최종장으로 합류하기 전에 같은 진영에 속해 있었습니다."

"거기서 오시리스는……."

질리언의 물음은 완성되지 않았다. 차가 갑자기 멈춰 섰기 때문이었다.

벼랑이 시작되는 지점이었다. 질리언이 보기엔 각성자와 운전수도 전면 유리창 너머로 펼쳐진 광경을 당혹스럽게 바라보고 있었다.

각성자가 먼저 내렸다. 그다음이 운전수였다. 질리언과 제시카는 내려도 좋다는 사인이 떨어진 후에 문을 열고 나왔다.

세계 최대 규모의 협곡이 그랜드 캐니언이라고 한다.

수평 단층을 드러내는 절벽들과 구불구불 돌아가는 협곡을 한눈에 담자면 충격적인 감상에 젖기 충분한 곳이었다.

수억 년간의 침식을 통해 만들어진 대자연의 광대함에 대해서 말이다.

그러나 당장 그들의 눈 앞에 펼쳐진 광경은 동일한 충격을 선사하면서도 또 달랐다.

온통 검었다.

또 지각들은 뒤틀리다 못해 파괴되어 엉망진창이었다. 끝이 보이지 않는 틈이 갈래갈래 벌어져 있는가 하면, 지각 한 부분이 통째로 떨어져 나온 게 분명한 덩어리들끼리 엉켜 있기도 했다.

대지진인가? 그런데 서 있는 이 자리까지 미치는 열기나 용암으로 보이는 빨건 줄기들이 구부러져 흐르고 있는 광경을 보자면 화산이 폭발했을 수도 있었다.

어떤 자연 현상이 일어났든지 간에 말세(末世)의 현장임에는 분명했다.

그때 뒤쪽에서 거센 바람이 일었다. 질리언과 제시카가 안구로 따가움을 느끼고 눈을 질끔 감았다가 떴을 때에는 그분이 서 계셨다.

이윽고 그분의 턱짓에 의해 각성자와 운전수가 뒤로 자리를 비켰다.

질리언은 차마 그분을 똑바로 쳐다보지 못하는 제시카를 대신해 고개를 숙여 보였다. 그러자 그분의 입이 열렸다.

"시스템에 대해서는 들어 봤겠지?"

*　　*　　*

“이제는 사라졌다고 알고 있습니다.”

질리언이 대답했다.

“둠 카오스는?”

“들어 봤습니다.”

“어디까지?”

“오딘께서 시스템에 깃들었던 둠 카오스의 악의를 감당하신 것까지입니다.”

질리언은 시작의 장에 대해서 나름대로 관심을 가져온 사실을 구태여 감추지 않았다.

“그렇게 우리는 시작의 장에서 최종장을 통과하고 힘을 얻은 채 본토로 복귀할 수 있었다. 그래서 둠 카오스가 보내온 데클란이니, 크시포스니 하는 외계 괴물을 처치할 수 있었다. 거기까지겠지?”

“예.”

“그러면 시스템이란 미지의 존재에게 감사한 마음이 들겠군. 우리를 훈련시켜 주고 힘도 줬으니까. 그래서 우리들의 본토를 침공해 온 몬스터들을 박멸할 수 있었으니까.”

“오딘께서 시스템에 대한 숭배를 엄중히 처벌하신다는 것 또한 알고 있습니다.”

"하지 않았다면?"

제시카에게 물었다. 그녀는 내가 도착한 이후부터 줄곧 내 눈을 쳐다보지 못하고 목 언저리 부분 쪽으로만 시선을 유지시키고 있었다.

"종교의 일원화가 진행됐겠죠. 세계는 시스템을 숭배하는 종교에 의해 움직였을 텐데, 그런 미래는…… 지금보다 낫지 않았을 거예요."

"너는 그 지금을 못마땅하게 보고 내부 고발자로 전향하였다."

"저는……."

"나도 전향하였다. 하지만 우리에게는 큰 차이가 있지. 우리 본토, 우리 인류의 미래를 위해서라는 대의(大義) 만 같을 뿐. 정작 네 쪽은 분란만 낳을 예정이었다. 넌 그걸 바란 거였어. 대중들이 나와 협회를 감시하길 원했다. 넌 인류의 위기가 해소되었다고 판단했을 테지만 단연코 그건 네 잘못이다, 제시카. 너는 네 오판으로 나를 배신했던 거였다."

"전향…… 하셨다고요?"

"지금 나는 둠 카오스를 위해 싸운다."

둘의 눈빛이 흔들렸다.

"그쪽에서 더 안정적인 인류의 미래를 약속해 주었으니

까, 마다하지 않았다. 적어도 내 전향은 인류의 안정이라는 결과를 만들어 냈지. 하지만 넌 뭐였나. 제시카."

드라고린과의 전투로 뒤엎어진 대지를 향해 마저 말했다.

"시스템의 진짜 이름은 올드 원이다. 저기서 난 올드 원의 한 졸개와 싸웠다. 고작 졸개 하나와 말이다. 저런 싸움이 우리 본토에서 빈번해지길 바라나? 우리 본토가 다 뒤엎어지길 바라나?"

시작의 장이 어떤 전장이었는지. 올드 원은 우리를 어떻게 소모품으로 사용하려 했었는지. 왜 둠 카오스 진영으로 전향했어야 했는지.

전부 들려줄 생각이었다. 그러나 그렇게 제대로 알려 주기 이전에, 더 주목할 부분은 제시카의 양심에 있었다.

제 모든 걸 다 포기하고 폭로할 마음을 가지게 만든 양심 아니던가.

그것은 분명 평화로운 세상에서는 가지고 있어야 할 덕목 중에 하나일 것이다.

하지만 지금은 전시(戰時)다.

"여기는 올드 원이 둠 카오스와 끝장을 보려고 만든 최후의 전장이다. 여기의 많은 생명체와 종족들은 그 전쟁에 휩쓸릴 수밖에 없을 것이다. 애초에 그러라고 만들어진 전장이니까. 우리는 여기에 잔존해 있는 모든 걸 파괴하고 죽이고 빼앗아야 한다. 그럴수록 인류의 안전은 강화되겠지. 룰은 그렇게 심플하다, 제시카."

제시카는 경직된 얼굴을 보이며 시선을 가져왔다.

"전 인류까지 갈 것도 없다. 네 남편과 복중 태아를 위해 이계의 생명체를 죽일 수 있나 묻고 싶다. 우리와 똑같은 팔다리를 가지고 우리와 똑같은 사고를 하는 이 땅의 종족들을 말이다."

"……."

"너는 각성자도 훈련받은 용병도 아니지. 하지만 지금까지 해 온 그 숱한 서명들처럼, 앞으로도 이 땅의 많은 생명체의 목숨을 거둬들일 힘이 네 서명 한 번에 달려 있는 것이다. 그게 네가 쏘아 대고 있는 총이다."

적어도 이 전쟁이 끝나는 날까진!

내 측근들만큼은 양심에 좌우돼서는 아니 될 것이다. 그것이 그녀의 필요성을 느끼면서도, 그녀를 몰아붙이고 있는 이유였다.

"나는 너를 용서하고 내 곁에서 같이 싸울 기회까지 다시 주었다. 이제 결정은 네 몫이다, 제시카. 남을 테냐. 떠날 테냐."

*　　*　　*

제시카는 깊게 고민한 만큼 많은 말을 쏟아 내진 않았다. 하지만 한 마디 한 마디에 진심이 묻어 나오는 말들이었다.

그녀는 내 곁에 남기로 결정했다.

그다음에야 제시카와 질리언은 모든 진실을 들을 수 있었다.

우리 인류가 올드 원과 둠 카오스의 싸움에 휩쓸려 있다는 사실을 알게 되었고, 다른 제사장들이 아는 바와 같이 내가 여섯 번째 마제인 둠 맨이라는 사실까지도 알게 되었다.

특히 시작의 장의 정체를 알게 된 후부터는 두 우주적 존재의 싸움에서 선악(善惡)을 가리는 것은 무의미하다는 걸 깨닫게 된 것 같았다.

우리 인류의 의사와는 상관없이 멋대로 징집해 버린 올드 원이나. 다른 차원의 종족들을 흡수하여 군단으로 부리고, 또 그 싸움의 전리품으로 포악한 약탈을 감행하는 둠 카오스나.

두 우주적 존재는 서로를 잡아 삼키기 위해서라면 수단과 방법을 가리지 않을 것이다.

돌아가는 길은 무거운 침묵뿐이었다. 각자 본인만의 생각에 빠져 있었다.

나 같은 경우엔 성(星) 드라고린의 세계관과 관련된 것이었다. 여기에서 신마대전으로 불리는 시기에 어떤 전쟁이 펼쳐졌었는지는 알고 있는 바가 적다.

하지만 시작의 장에서 올드 원이 우리에게 주야장천 말해 왔던 게 있었다.

힘이 필요한가? 그렇다면 증명하라.

에이션트 드래곤이라는 존재들은 이를 증명했단 말인가.

그렇다면 그 혈맥을 잇고 있다는 이유만으로 날 보자마자 역경자를 터트린 것 같은 공능을 보였던 드라고린은 또 뭐란 말인가.

애당초 여기를 창조하고 온갖 방어 장치들을 심어 놓을 수 있는 권능을 가지고 있었다면 우리 인류를 왜 전장의 한복판에 떨어트려 놨던 것인가.

본인들끼리만 지지고 볶고 할 일인 것을…….

젠장할 새끼들.

이기적인 새끼들이다.

체스판 위의 졸병들을 내려다보면서 팔자 좋게 신선놀음이나 하고 있을 것이다.

그런데 주의할 게 있다. 얼마 안 되는 정보만으로 그것들의 목적과 방법을 섣불리 판단해서는 안 된다는 것!

흐름을 읽어 내야 한다. 눈앞의 사건만 쫓다간 투자 시장에서 돈을 잃기 바쁜 개인 투자자들과 하등 다를 바가 없는 것이다.

예컨대 나는 세계 증시를 끌어올릴 심산으로 금리를 인하시키고 있는 중이다. 중국과의 경제 전쟁이란 악재가 이를 저지하지 못할 거란 것도 알고 있었고, 한 손에 움켜쥐고 있던 지분들도 다소 풀어서 물길을 원만하게 터 주었다. 그게 장기적인 흐름이다.

하지만 그런 시국에서도 개인 투자자들은 돈을 따지 못한다.

중국이 금본위제의 화폐 개혁을 천명했을 때 손해 보고 팔고.

시장이 상승세로 돌아서면 다시 샀다가 각성자들이 어디서 문제를 일으켰더라 하면 또 손해 보고 팔고.

사고팔기를 반복하다가 점점 자신의 재산만 축내기 일쑤다.

반면에 정보를 움켜쥐고 있는 자들.

클럽의 회원들과 휘하 금융인들 그리고 클럽의 장기적인 계획에 접근할 수 있는 제3의 자본 세력들은 일희일비하지 않는다.

그들은 협회가 제대로 자리 잡기 전부터 시장에 들어와 대세 상승기에 올인하고 있다.

세상은 그렇게 돌아간다.

하지만 내가 둠 카오스와 올드 원에 대해 아는 것이라곤 그것들의 행태가 참 이기적이란 것뿐이다.

그것들의 정체는 무엇인지, 왜 서로를 잡아먹지 못해서 안달이 나 있는지, 왜 구태여 졸병들만 내세워서 지지부진한 싸움을 지속하고 있는지, 무엇을 어떻게 어디까지 할 수 있는지.

그런 진실에 대해선 예측이 아니라 정확한 정보가 필요한 것이다.

다른 둠들은 어디까지 알고 있을까. 에이션트 드래곤은?

주둔지로 돌아왔던 때였다.

못 보던 자들이 합류해 있었다. 강을 건너온 자들이었다. 강변에는 그들이 타고 온 모터 달린 고무보트가 올라와 있었다.

다른 민간 기업의 로고를 전투복에 박고 있는 자들로 주둔지의 협회 깃발을 발견하고선 경계 지역을 넘어온 것 같았다.

들려오는 대화들은 그리 관심을 가질 사안이 아니었다.

민간 기업의 용병들은 협회의 점령지가 어디까지인지 확인받고자 했고, 협회 소속의 용병들은 자신들이 확인해 줄 수 있는 사안이 아니라는 정석적인 대답을 내놓고 있었다.

이제 막 들었어도 그들의 대화가 겉돌고 있다는 것쯤은 알 수 있었다.

"상부에 확인받으면 되는 거 아닙니까?"

협회 소속 용병들 중 하나는 그때 내가 돌아온 걸 발견하였다.

그를 향해 고개를 끄덕여 주자 먼 거리지만 내 뜻만큼은 전해진 것 같았다.

"여기는 협회 최고 지도부의 작전 지역입니다."

"최고라면 어디까지 말입니까?"

"그쪽들이 알고 있을 제일 끝. 그분들의 이름까지 거론해야겠습니까?"

"아…… 그렇게 전달하겠습니다. 혹시 도움이 필요한 게 있을까요?"

"그쪽 각성자분들 중에 치유 능력을 보유하신 분이 있다면 와 달라 해 주십시오. 강제 사항은 아닙니다만."

조슈아의 기척은 멀리 언덕에서 느껴졌다.

질리언 부부를 게이트로 돌려보내 놓고 나서 그쪽으로 발걸음을 옮겼다.

공대원들이 치료를 받고 있는 천막들을 응시하고 있는 조슈아에게선 누구의 접근도 허락하지 않는 위태로운 분위기가 팽배했다.

혹 힐러들이 본인을 의식해서 힐링에 집중하지 못할까 봐 자리를 옮겨 둔 것으로 보였다.

그와 그의 공대원들은 반드시 죽어야 하는 무대에서 살아남은 소수들이라 연대가 끈끈했다. 네크로맨서의 로브만으로는 감춰지지 않는 상실감을 느끼며 그 옆에 앉았다.

"5km 남쪽에 도시 하나가 있더군. 칼도란 가문의 본거지인가?"

우리는 끝내지 못했던 대화를 이어 나갔다.

"예."

"같이 갈 텐가? 전리품을 내팽개치면 죽은 이들만 억울하지."

"……여기의 이권에는 개입하지 않기로 한 것 아니었습

니까?"

"네 그룹의 이름으로다. 협회가 한 것이라고는 부상자들을 수습해 준 것뿐이지. 어쨌든 너희들이 흘린 피에 준하는 전리품이 있으면 좋겠군. 홀리 나이트 중에서도 강자에 속하는 가문이니."

"그렇다면…… 저 혼자서 충분합니다. 고작 그런 일에 마스터께서 나서실 필요는 없습니다."

조슈아의 어깨를 툭툭 쳐 준 후 자리에서 일어났다.

"아니, 함께 가지."

그는 다 털고 일어난 것처럼 보여도 부상이 남아 있는 몸이다.

"조슈아."

"예."

"여기에 올드 원의 힘이 깃든 아이템들이 있다는 건 알고 있나?"

*　　*　　*

전화(戰火)를 정면으로 맞닥뜨린 땅 중에 하나였다.

사방으로 뻗쳐 있는 도로들이나 도시 밖 민가들은 파괴되어 있었다.

역병이 거둬지지 않은 지대도 광활히 펼쳐져 있었다.

조슈아의 설명에 따르면, 홀리 나이트 칼도란이 농성을 지속하다가 먼저 군대를 이끌고 나와 전장을 옮겼다고 했다.

그때 칼도란 가문의 주력들이 빠졌던 모양이다. 역병에 대치하는 능력을 보여 줬다던 녀석들까지.

그래서 성벽 위에 잔존해 있는 자들은 일반 병사들뿐이었다.

그런데 칼도란 가문의 문장이 찍혀 걸려 있어야 할 깃발은 내려가 있었다. 그 자리에 투항을 의미하는 백기가 걸려 있을 뿐만 아니라 성문도 열려 있었다.

그 안으로였다. 우리가 나타나기만을 기다리고 있던 자들이 보였다.

커다란 보석함을 힘겹게 안고 있는 노인이 중심이었다. 고급스러운 의복을 입은 무리, 도시의 지배층들이 동참해 있었다.

귀족들이겠지.

"현명하군."

여기에는 이미 전황이 알려진 것 같았다.

대대로 소용돌이 대지의 수호자를 자처했던 가문이 통치하고 있던 도시였다.

그런데 통치자가 무너지자 도시의 귀족들은 투항 쪽으로 뜻을 모으고 기존의 통치 가문을 제압해 버린 것으로 보였다.

그렇게 확신할 수 있던 데에는 성벽에 걸린 시체들에 있었다.

칼도란의 식솔들일 것이다

조슈아가 내 눈빛을 받고는 앞장서 걸어가기 시작했다.

그때부터 그의 어깨선을 따라 녹색 오라가 피어오르기 시작했다.

쿨 타임이 충전되지 않은 오시리스의 영역 대신 언제고 개방할 수 있는 역병의 운무(雲霧)를 준비해 놓은 것이다.

한편 노인을 필두로 도시의 귀족들이 조슈아의 걸음걸이 하나하나에 반응하고 있는 걸 보면 조슈아에 대한 공포가 이미 새겨져 있는 것 같았다.

내가 나서서 공포감을 조성할 필요는 없어 보였다.

그렇게까지 하지 않아도 다른 군사적 움직임은 느껴지는 게 없었거니와 이들의 투항은 일단 의심할 데가 없었다.

조슈아가 지나친 길을 따라 걸었다. 노인은 조슈아와 가까워지질 기다렸다가 보석함을 두고 뭐라 뭐라 말하기 시작했다.

도시를 통치하는 상징이 들어 있을 확률이 높다.

하지만 조슈아는 보석함을 건네받지 않고 그들이 열어 준 길을 그대로 지나쳐 갔다. 노인과 귀족 무리는 내 뒤로 멀찍이 따라붙었다.

조슈아는 도시의 중심부, 높게 솟은 성으로 향하고 있었다.

그는 내 걸음 속도에 보조를 맞췄는데, 그러다 도시의 귀족들은 내가 조슈아보다 윗전이라는 것을 깨닫게 된 것 같았다.

그들이 술렁거리며 사색이 되어 갈 때.

우리는 빼곡한 민가 지역을 지나 상가 지역까지 들어와 있었다.

도로는 일찍부터 비어 있었고 창문들은 닫혀 있었다. 그래도 살짝 열려 있는 창문들에선 침공자에 대한 호기심과 공포심으로 얼룩진 눈알들이 굴러다녔다.

그런데 이것들 봐라?

처음으로 매복이 분명한 기척들이 포착되었다. 본격적으로 5층짜리 상가 건물들이 보이기 시작되는 이 도시의 중심지에서였다.

조슈아는 크큭, 하는 짧은 코웃음 소리를 냈다. 하지만 걸음은 멈추지 않았다.

대신 그의 어깨선을 따라 피어오르고 있던 녹색 오라들이 안개로 퍼지기 시작했다. 마치 주인에게 생명을 받은 또 어떤 존재들처럼 갖가지 악령(惡靈) 같은 형태로 말이다.

안개에 스며들어 있는 녹색 빛은 짙었다. 그것들이 상가 건물들의 마지막 층 창문을 향해 쏜살같이 퍼져 날아갔다.

거기의 나무 창틀 사이로 조슈아가 보낸 악령들이 스며들어 갈 때마다 다양한 신음 소리들이 튀어나왔다.

방어막을 띄운 자들이 창밖으로 몸을 던져 대기 시작한 시점도 바로 그때였다.

그때도 내가 개입할 필요성을 못 느꼈다. 조슈아의 걸음을 늦출 수 있는 자는 거기에도 존재하지 않았으니까.

그 멍청한 것들은 비명을 지르며 또 역병의 녹색 운무에 휘감기며.

그렇게 조슈아를 향해 쏟아져 내렸다.

하지만 그것들이 기대했던 결과는 일어나지 않았다. 그것들의 몸은 두 동강이 난 채 조슈아가 지나쳐 간 자리로 떨어져 댈 뿐이다.

조슈아의 8개 스킬 중 하나는 하누만의 꼬리와 흡사했다.

쉭쉭—!

불타는 꼬리 대신 죽음 특성을 채찍 형상으로 띠고 있었고 범부의 눈으로는 절대 쫓을 수 없는 속도에 의해 휘둘러지고 있었다.

그 와중에도 그르륵, 피가 끓어오르는 신음 소리들이 들린 쪽들은 차마 몸을 던질 용기는 내지 못한 채 죽어 가는 이들이었다.

길은 허공에서 쏟아져 버린 핏물들과 그 시체들로 너저분해지는 중이었다.

구태여 다시 씻고 싶은 생각은 없었다. 조슈아를 지나쳤다.

앞에서 돌아본 그쪽은 더 가관이다. 조슈아가 지나친 자리로만 시체들이 늘어져 있으며 피 웅덩이가 만들어지고 있었다.

게다가 빠른 부패가 진행되고 있었기 때문에 독성(毒性)의 증기가 올라오고 있는 것만으로도 뒷거리는 뿌예지고 있었다.

또한 조슈아가 상가 건물들로 올려 보냈던 운무들이 제 목적을 마치고 다시 바깥까지 퍼져 나와 있었다. 그것들은 내려앉은 구름의 모양을 띠고 있었다. 거리 전체를 위협하는 자태로.

추가 공격이 없어진 시점에서였다.

조슈아가 뒤를 돌아보았다.

그의 시선은 거리가 시작되는 지점에서 멈춰서 버린 귀족 무리 쪽으로 향해 있었다.

이제 도시의 귀족들이 해야 할 일이 분명해졌다. 본인들이 직전의 습격과 관계없다는 것을 항변하는 일이다.

통치 가문의 사람들을 죽여서 성벽에 내건 자들이 아닌가.

그들과 관계없는 습격일 공산이 높으나, 그들은 눈앞의 벌어진 광경에 공포로 넋이 나간 나머지 누구 하나 나서지 못하고 있었다.

발발 떨기만 할 뿐.

그때 스르르—

거리에 띄워져 있던 녹색 구름들이 내려앉았다. 귀족들을 향해서였다.

독성의 증기로 뿌예진 데다가 녹색 구름에 휩싸여 있기까지 해서 그들이 발버둥 치기 시작한 광경은 그리 뚜렷하게 보이지 않았다.

그렇다고 그들이 어떻게 죽어 가는지 지켜보자고 개안이나 감각을 끌어 올릴까.

어쨌거나 귀족들을 덮친 녹색 구름은 작은 크기에 불과했다.

하지만 조슈아에게서 멈추지 않고 계속 피어오르던 녹색 운무들은 도시 상공에 집중되고 있었다.

겹쳐지고 확장되면서 상공 전체를 꾸준히 장악해 나가는 중이었다.

그때는 달빛이 보다 강해지던 무렵이었다. 그랬기에 녹색 구름을 통과하며 기울고 있던 달빛들은 어느새 녹색 빛깔을 띠며 도시를 밝히고 있었다.

역병이 도시 전체로 내려앉은 것은 아니었다. 하지만 그렇게 보였다.

도시의 모든 거주민들을 몰살시키고도 남을 역병 구름은 상공을 채운 채로 제 주인의 명령을 기다리는 중이었다.

그나마도 조심스럽게 열려 있던 창문들이 바쁘게 닫혀 댔다.

살려 주세요. 살려 주세요. 살려 주세요…….

도시 전체가 녹색 빛에 잠긴 채 그런 울부짖음을 토하고 있을 때.

조슈아가 시선을 가져오며 물었다.

"여기서 멈춰도 되겠습니까?"

그도 도시의 거주민들을 몰살시킬 마음은 없던 것이다.

전투는 끝났다.

생산 활동을 할 수 있는 자가 존재하지 않는 땅에 어떤 가치가 있겠는가. 누가 그와 그의 공격대를 위해 황금을 바치겠는가.

"여긴 네 그룹의 차지다. 얼마든지."

그러자 조슈아가 얼어붙어 있는 도시의 경비병 하나를 특정해 보석함을 가리켰다. 들고 따라오라는 거다. 보석함은 빠르게 녹고 있는 시체들에 파묻혀 있었는데 견고한 점이 눈에 띄었다.

우리는 다시 도시의 통치 가문이 대대로 살아온 본거지를 향해 갔다.

거기서 무엇이 나오든 또 도시 전체의 무엇이든지 간에.

녹색 밤의 주인과 그 부하들의 차지일 수밖에.

Chapter 7.

마왕.

둠 맨이 강림했다.

밤을 몰고 올 거라 예언된 마왕이었다.

성 카시안의 기록에 따르자면 마신 휘하의 여섯 마왕 중 서열이 다섯 번째라는 것까지만 전설로 다뤄졌던 마왕이었다.

성 카시안의 기록은 사실이었다. 마왕의 군단은 시공을 난입해 들어와 포클리엔 공국을 단 며칠 만에 함락시켰다.

마왕 둠 맨의 군단은 바클란, 데클란, 바르바, 그라프와는 달랐다.

강림한 마왕의 직접적인 지배하에 있는 것이다. 때문에 그들은 유일무이하게 마왕군(魔王軍)이라 불렸다.

이제 그 마왕군은 크실리버 왕국령인 소용돌이 대지에도 출몰하고 있었다.

크실리버 왕국의 지배자.

킹 리막스는 소용돌이 대지에서 살아 돌아온 천한 여자와 마주하고 있었다. 그러나 칼도란의 명예를 생각해서 무게가 실린 말을 뱉었다.

"칼도란 공이 전사한 게 확실하오?"

소용돌이 대지는 오래된 전통에 따라 선대 왕들이 그러했듯 홀리 나이트 가문의 지배권을 인정해 준 땅이었다.

칼도란은 그의 선조들처럼 거기에서 생을 마감했다고 했다.

그때 대답은 말을 잇지 못하는 여인 대신 뒤에서 한쪽 무릎을 꿇고 있는 어린 사내에게서 나왔다.

"도시의 귀족들은 그렇게 판단한 것 같습니다. 전하."

사생아면서도 칼도란의 검맥(劍脈)을 잇고 있다 알려진 사내였다. 도시의 귀족들을 언급하는 그에게서 분노와 비통함이 교차해 나왔다.

킹 리막스는 도시에서 일어났던 비극을 깨닫고선 궁중 시녀들에게 천한 여자를 향해 눈짓해 보였다.

계보에 이름도 올리지 못하는 신분이지만 재능이 뛰어난 아들을 둔 덕분에 도시에서 쫓겨나지 않을 수 있었던 여자는, 이번에도 아들 덕분에 살아남을 수 있었던 것이다.

여자가 시녀들의 부축을 받아 나간 후.

킹 리막스는 보다 진심이 되어서 말했다.

"믿을 수 없다."

칼도란이 누구던가.

홀리 나이트 중에서도 소드 마스터의 반열에 오른 자다.

하물며 칼도란이 여행자로 돌아다닐 때 친분을 쌓았다던, 또 다른 소드 마스터 킹 오닉스가 직접 도우러 갔었다 하지 않았던가.

그렇게 소용돌이 대지에는 두 명의 소드 마스터가 마왕군과 대치하고 있었다.

"전하의 수호 기사에게 직접 전해 받은 이야기입니다."

칼도란의 적자를 말하는 거였다.

"자세히 말해 보거라."

"아버지는 킹 오닉스와 함께 야전(野戰)으로 떠나시며 전하의 수호 기사를 대동하였습니다."

"증원을 기다리지 않고?"

"그러기엔 마왕군의 공세가 강했습니다, 전하. 도시가 함락되기 전에 야전으로 자리를 옮겨야만 했습니다."

"일백에 못 미치는 병력이라 들었다."

농성 당시의 상황을 떠올린 레오는 할 말을 잃었다.

그때를 떠올리는 것만으로 존경하는 아버지의 죽음을 순간 잊을 만큼의 섬뜩함이 등골을 훑고 올라왔다.

그것은 그의 동공에까지 어른거렸다.

신성 사제들이 역병으로 가득 찬 안개에 저항하며 죽어나가던 광경.

갑자기 수천이 넘는 검은 형체의 악귀들이 탄생하던 광경.

아버지와 킹 오닉스가 비장한 각오로 서로를 바라보던 광경.

레오는 두 눈을 질끈 감았다 떴다. 그러고는 농성 당시의 상황부터 아버지의 적자가 야전에서 돌아와 들려준 전황까지 설명해 나갔다.

어린 검사의 이야기는 도시의 귀족들이 마왕군에 투항을 결심하고, 아버지의 식솔들을 죽여 대는 부분에서 종지부를 찍었다.

"마왕군의 점령 지역들을 피해 전하께 달려온 까닭은 그것들에 대한 복수심을 잊었기 때문이 아닙니다. 저도 전하의 수호 기사처럼 도시에 남고 싶었습니다."

"하면?"

"아버지께서 제게만 들려주신 가문의 비밀이 있습니다."

칼도란은 여기의 사생아에게 애착이 대단했었다.

사생아에게서 홀리 나이트의 혈맥을 본 게 아닐까 싶었는데, 가문의 비밀까지 들려주었다면 정말 그럴 것이었다.

비록 명예직이지만 적자를 자신의 수호 기사로 내주었던 그 이면에는 사생아에게 가문을 계승시킬 계획이 있었던 게 아니었을까 했다.

홀리 나이트 가문들에서만큼은 어떤 자식이 홀리 나이트의 혈맥을 잇냐는 것이 제일 우선시되었다. 거기에는 적자와 사생아의 차별이 없었다. 남녀의 구분도 없었다.

킹 리막스는 그렇게 생각하며 레오를 새로운 시각으로 바라보았다.

어차피 칼도란은 죽었고 그의 가문은 멸족한 상황이었다.

도시 귀족과 마왕군을 향한 어린 검사의 분노와 복수심을 적절히 이용한다면, 소드 마스터를 탄생시켰던 홀리 나이트의 혈맥을 바로 자신의 휘하에 둘 수 있는 기회가 생길 수도 있는 것이다.

"비밀은 궁금하지 않다. 짐은 칼도란과 그대에게 닥친

비극이 참으로 원통해! 더욱 용서 못 할 것은 도시의 썩어 빠진 귀족들이다. 내 군대를 보내 그것들의 목을 벰으로써, 칼도란의 영혼을 달랠 수밖에 없겠구나."

"그리만 해 주신다면 전하께 제 평생의 검을 바치겠습니다."

킹 리막스는 레오의 대답에서 이상한 느낌을 감지했다.

"네게도 짐의 군사들을 내줄 생각이다."

"……말씀만으로도 감사합니다."

도시에서 가져온 분노를 짓누르는 목소리가 부르르 떨렸다.

"왜?"

"아버지의 검맥을 완성시키자면 시간이 필요합니다."

"정해 둔 곳은 있느냐?"

"없습니다만 북방으로 가고자 합니다."

"킹 제밀란?"

"염두에 둔 분 중에 한 분입니다."

"북방까지는 너무 멀지 않은가. 더욱이 네 모친을 대동하면서는."

킹 리막스의 설득은 그 후로도 계속 이어졌다.

그러나 레오는 생각을 굽히지 않았다.

*　　*　　*

킹 리막스는 칼도란의 서자가 떠나면서 들려주었던 그 가문의 비밀에 대해서 생각하고 있었다.

칼도란과 그의 선조들이 소용돌이 대지의 수호자를 자처하며 거기를 지키고 있던 까닭은 두 가지였다.

하나는 마왕의 강림과 깊게 연관된 것이었으나, 그것은 보다시피 개방되어 마왕의 강림을 초래하고 말았다. 어쩔 수 없는 일이다.

다른 하나는 '죽음의 서' 라고 불리는 신마대전의 유물에 있었다.

세상에 절대 공개되어서는 안 되거니와 특히 네크로맨서들이 존재하는 바르바 군단에게는 더더욱이 알려져서는 안 되는 흑마법서였다.

성 카시안의 기록에 따르자면 말이다.

'칼도란이 그런 걸 가지고 있었나…….'

리막스는 칼도란에게 화가 치밀었다. 그래서 자신의 끈질긴 회유에도 불구하고 떠나 버린 그의 서자에게도 분노가 서렸다.

흑마법은 괴악한 저주임이 틀림없다.

흑마법이 찌들어 있는 곳.

전설이지만 악몽처럼 떠도는 이야기들이 거기에서 나왔다.

대개 풍랑에 휩쓸렸다가 죽음의 대륙을 목격하고 온 옛 선원들에게 나온 이야기들이다.

살아 움직이는 시체를 봤다더라, 물리면 똑같은 신세를 면치 못한다더라, 마나를 사용하는 것 같은 시체까지 있다더라, 걸어 다니는 해골들이 부대를 이루고 있다더 라는 식의 이야기들이다.

그런 것을 가능케 하는 흑마법이 실제로 존재한다면 마왕의 강림을 막는 데 사용했어야 하지 않았던가. 설령 저주스러운 힘일지라도.

리막스가 죽은 칼도란에게 화가 치미는 까닭은 바로 그래서였다.

칼도란은 왕국의 위기보다 명예를 택했다. 아니면 그런 저주를 사용하지 않더라도 마왕의 강림을 막을 수 있을 거라 봤든지…….

어쨌거나 결과는 마왕의 강림이었다.

마왕군에 의한 소용돌이 대지 전체의 함락이었다.

다른 왕국도 아닌 바로 자신의 왕국령 안에서.

생각에 잠겨 있던 그에게 궁정 대신이 급하게 찾아왔다.

"어찌 되었는가?"

"좋지 않습니다. 다른 왕국들의 도움을 기대하기는 어렵게 되었습니다."

"그들에게도 침공이 시작되었는가?"

"그런 것은 아닙니다만. 따로 군사를 보낼 시국이 아니라는 것 외에도 남방의 움직임이 심상치 않은 걸 이유로 들고 있습니다."

남방이라고만 지칭한다면 딱 하나였다. 대륙의 숱한 왕국들 중에서도 손에 꼽는 강대국, 사막의 칼 아자둔을 말하는 거다.

"전하. 아무래도 아자둔이 북진(北進)을 시작한 것 같습니다."

거리도 거리지만 해협을 경계로 사실상 다른 대륙에 속한다고 취급되는 나라였다.

거기에서 나오는 산물을 접할 때에나 그 나라의 존재를 확인할 수 있을 뿐이지, 이런 시국에 거론될 이름이 아니란 것이다.

그러나 아자둔이 정복 전쟁에 나선 까닭을 이해 못 할 게 아니었다.

마왕군을 맞닥뜨리기 전에 정복을 마치고 군비를 확장시키려는 것이다.

"아트레우스 왕국은?"

리막스의 입에서 또 다른 강대국의 이름이 거론되었다.

아자둔의 북진은 그들을 바로 맞닥트리고 있는 남부 왕국들의 일일 뿐, 리막스가 신경 써야 할 건 아트레우스 왕국이었다.

그들이 준동을 시작하면 국경을 맞대고 있는 이상, 안으로는 마왕군과 싸워야 하고 바깥으로는 아트레우스 왕국의 병사들과 싸워야 하기 때문이다.

"전하. 그렇지 않아도 킹 아트레우스가 사신을 보내왔습니다."

"안 봐도 뻔하다! 제 가랑이 사이를 기라는 것이겠지."

"……."

"그대가 더 잘 알 일이지만 그대의 가문은 아트레우스의 명문들과 원한이 짙다. 우리 왕실 또한 마찬가지. 킹 아트레우스는 제후국의 권리를 그대로 인정하지 않을 것이다. 짐의 말이 틀린가?"

"하오나 전하. 우리 왕국령에 마왕군이 너무 깊숙이 들어와 있습니다."

"마왕군뿐일까. 마왕의 화신까지도 강림하였지. 분명 우리 왕국의 앞날은 어둡다. 하나 아트레우스에게 바친다고 끝나는 게 아니라는 것을 그대도 알고 나도 아는 사실이다. 아트레우스에게 짐의 왕국을 넘기느니 마왕에게 투항하고 싶은 심정이다. 혹 마왕은 우리를 있는 그대로 인정해 줄지도 모르지 않는가."

"전하! 우리 주께서 다 듣고 계십니다."

"우리 주의 징벌을 두려워해야 할 자들은 짐이 아니다. 짐의 도움을 거부한 겁쟁이들이나, 지금 시국을 빌미로 군사를 일으킨 아트레우스 같은 족속들이 아니더냐. 그대의 생각은 어떤가?"

"마왕군에 투항하자는 말씀이시라면…… 칼도란의 도시에서 돌아가는 상황을 좀 더 지켜본 후에 숙고해야 할 일로 사료됩니다."

"설마하니 정말로 마왕군에 투항하겠는가. 소용돌이 대지가 짐의 영토에 속하긴 하나 칼도란의 책임이었다. 그는 졌지만, 그대와 나는 아직 시작조차 하지 않은 것이다. 이 자리에서 짐의 진심을 밝히겠다. 짐은 칼도란의 도시를 되찾고 마왕군을 국경 밖으로 쫓아내고 싶다. 내각의 뜻이 다르다면 그 또한 존중할 것이다."

"전하…… 신들의 뜻은 전하와 같습니다. 다만."

"다만?"

"칼도란과 킹 오닉스. 소용돌이 대지는 두 소드 마스터가 전사한 전장입니다."

"그대도 한 이름을 떠올리고 있을 게 아닌가. 용병왕을 고용하고자 한다. 그는 왕실의 재산만으로는 부족하지. 그대를 비롯한 전 신료들의 지지가 절실해."

"하오나 그자는 끝없는 탐욕을 가진 자입니다. 많은 왕국이 그자와 그자의 군단을 고용했다가 어떤 파국을 맞이했습니까."

"이래서는 그대나 나나 아트레우스의 가랑이를 기는 일밖에 남지 않는 것이다. 짐의 뜻은 이미 밝혔다. 말했지만 내각이 어떤 결정을 내리든 존중할 터이니, 그대들도 짐의 뜻을 존중해 줬으면 한다."

"예. 전하."

리막스는 고심 끝에 툭 던졌다.

"그대와 그대가 신뢰하는 자들에게만 전해 주거라. 칼도란의 도시에 '죽음의 서'가 있다더구나. 칼도란의 검맥을 이은 자가 전한 이야기니 의심할 여지가 없다. 해서 말하는 것이다. 그걸 우리가 차지할 수 있다면 용병왕에게 빼앗길 그 이상을 되찾아올 수 있을 것이다."

그때 대신의 눈동자에 떠오른 빛은 리막스가 예상했던 대로였다.

저주스러운 이름에 놀라 경직될망정.

피로 찌든 전설에 매료되어 버린 눈빛이었다.

* * *

부서진 벽 안에 정확히 보석함 크기의 구멍이 존재하는 걸로 봐선, 보석함은 도시의 귀족들이 칼도란의 침전을 뒤지다가 나온 물건인 것 같았다.

보석함 자체에는 어떤 공능이 깃들어 있지 않았다. 그럼에도 불구하고 역병을 견디고 있던 까닭은 다른 게 아니었다.

그 안에 담겨 있는 고서 하나의 영향이 보석함에까지도 미쳐 있는 것이었다.

애초부터 바르바 군단의 정수가 집약된 물건이다.

역병에 견디는 것은 당연했다.

[죽음의 서 2권 (아이템)

둠 엔테과스토의 권능에 의해 만들어진 3권의 흑마법서 중 한 권 입니다.

아이템 등급 : S

아이템 레벨 : 620

효과: 보유 시, 의지를 결합시킨다면 아이템에 깃든

공능을 사용 할 수 있습니다.]

내가 보유하고 있는 아이템 중 최고 레벨로 계측된 것은 오딘의 황금 갑옷이다.

죽음의 서는 그것과 동일한 레벨로 나타났다.

시작의 장, 최종장에서는 바르바 군단의 총지휘관이 보유했던 죽음의 서 1권과 같은 카테고리에 속하는 물건.

당시에 조슈아에게 이를 확보하라는 지시를 내린 적이 있었다.

둠 데지르를 숭배하고 있던 루네아 일족의 수장에게도 칠마제 군단과의 휴전을 대가로 죽음의 서를 포함한 칠마제 군단의 주력 장비들을 가져오라는 지시를 했었지만, 그것은 정신없는 틈을 타서 지금까지도 깜깜무소식이었다.

"이것이었습니까?"

조슈아도 당시를 상기해 낸 것 같았다.

"이런 식으로 보게 되는군. 이번에는 2권이지만."

조슈아에게 보석함을 통째로 턱짓해 보이자, 그는 담담하게 대답했다.

"마스터께서 줄곧 찾고 계셨던 물건입니다."

"줄곧은 아니지."

스스로 고서를 집어 들지 않는 조슈아를 위해서 거기에

손을 댔을 때였다.

책에서 생성된 핏빛 기운이 접촉점인 손가락 끝을 타고 손등으로 기어오르기 시작했다. 그때 인 불쾌한 감정은 어떤 생각에 의해서가 아니라, 내 내부에 틀어박혀 있던 권능에서부터 나왔다.

체내 깊숙이 꿈틀거리며 저항하는 움직임이 시작된 게 느껴진다.

이는 둠 엔테과스토의 라이프 베슬을 완성시켰던 때에는 느껴보지 못한 현상이다.

아마도 올드 원의 힘을 흡수하며 권능이라고 계산된 수치와 그 덩어리들에는 나, 둠 맨의 의지가 자연히 깃든 것 같았다.

다른 둠의 권능에 대항하는 움직임은 그래서 나오는 게 아닐까.

일단은 지켜보았다.

핏빛 기운은 손목까지 타고 올라온 직후부터 더 나아가지 못했다. 그때 처음으로 내가 보유한 권능 덩어리의 실체가 모습을 드러내고 있었다.

흥미롭게도 황금과 똑같은 빛을 띤다. 내 속성을 읽어 냈다는 듯이.

그것은 고서에서 미치는 핏빛 기운이 손목 위로 더 이상

올라가지 못하도록 벽을 치고 있었다. 그러한 움직임에는 내 생각이 반영되지 않았다.

황금빛의 권능들은 스스로 의지를 가지고 있었다. 본인들의 주인을 위해 그렇게 나타나더니 급기야 핏빛 기운을 그대로 쓸고 올라갔다.

중지 끝으로 핏빛 기운의 마지막 한 점까지 밀어 올린 직후였다.

내 황금빛 기운들이 책으로 쏠려 가는 시점에서 느껴지는 게 있었다.

이것들은 상극(相剋)이다.

서로를 발견하면 일단 공격하고 보는 것 같다.

[당신의 소유물로 정화 하시겠습니까? (소비 권능: 300)]

[* 책에 남겨진 공능에는 영향을 끼치지 않습니다.]

메시지들은 둠 카오스가 만들어 낸 어딘가에서 나오는 것들이다.

그러니 흡사 둠 엔테과스토와의 싸움을 부추기는 것 같지 않은가? 꺼릴 건 없었다. 나는 그놈의 라이프 베슬을 차지한 몸이다. 그놈은 이미 내게 억하심정을 가지고 있겠지.

언젠가 마주친다면 제 물건을 내놓으라고 협박하지 않을까 싶다.

[공통 권능 '정화'를 확보 하였습니다.]

내 생각을 읽었다는 듯이 공능을 사용할 수 있는 창구가 하나 더 열렸다.

말이 좋아서 정화지, 이는 둠 간의 싸움을 유발할 수 있는 장치임이 틀림없다. 둠 카오스가 휘하 군주들을 다스리는 방법 중에 하나인 것 같다만 나로서는 오히려 기꺼운 일이다.

*　　*　　*

[정화를 시전 하였습니다.]

한꺼번에 쑥 빠져나갔다. 그것은 실내 전체를 황금빛으로 채웠다.

제사장들이 의례를 진행시켰던 당시, 제물들에서 뻗쳐 나온 웃음, 울음, 비명 소리들이 환청에 의해서가 아니었듯이 책에서 나오는 비명 소리들도 그랬다.

목청이 찢어질 듯한 여성의 것들이 주를 이뤘다

그나마도 온전치 못했던 커튼들이 흔들리다가 뜯겨 나가기 시작했다.

조슈아의 로브도 펄럭이고 있었다.

이윽고 정화 작용이 끝난 듯한 순간.

즉, 비명 소리도 없어지고 내 황금빛 기운도 사라졌을 때.

정화 작용의 마침표를 찍는 메시지가 난입해 들어왔다.

[정화가 완료 되었습니다.]

[권능 77 / 380]

[죽음의 서 2권 (아이템)

둠 맨의 권능이 깃든 흑마법서입니다.

아이템 등급 : S

아이템 레벨 : 620

효과: 보유 시, 의지를 결합시킨다면 아이템에 깃든 공능을 사용 할 수 있습니다.]

둠 엔테과스토의 권능으로 만들어졌다던 문구가 수정되어 있었다.

각성자들은 시스템이 증발해 버리며 상태 창을 띄우지 못했지만 잔존한 스킬들을 활용하는 데는 이상이 없었다. 그래서 조슈아도 개안 스킬을 통해 수정된 문구를 확인하는 데 지장이 없었다.

책을 집어 들자 더는 꺼림칙한 느낌이 타고 올라오지 않았다.

대신 지금껏 권능 덩어리들이 자신을 사용해 달라 울부짖어 온 것처럼 그 책 또한 본인에게 깃들어 있는 매력을 발산하기 바빴다.

죽음의 서 2권이 무엇을 다루고 있는 책인지 그때 제대로 깨달았다.

최고 레벨을 찍고 있는 이유가 있었다.

미리 보유하고 있어야만 한다는 제약이 걸려 있긴 하지만 그 안에 완성되어 있는 스킬과 그 힘들은 브론즈도 당장 첼린저로 만들어 주기에 충분한 것들뿐이었다.

조슈아가 이를 품는다면.

녹색 밤의 주인은 핏빛 밤의 주인까지도 겸하게 되는 것이다.

그러니 기쁠 수밖에.

단언컨대 그의 공대원들이 흘린 핏값을 대체하기에 손색이 없는 것이었다.

더 큰 기쁨을 위해 해 주고 싶은 말을 삼키며 조슈아에게 책을 건네주었다.

민간인이나 어지간한 각성자라면 그것과 접촉되자마자 척추가 비틀리는 통증과 함께 책을 놓치고 말았겠지만, 조슈아는 살짝 눈살을 찌푸리는 것에 그쳤다.

조슈아는 그 눈으로 다시금 확인을 받는 눈빛을 띠며 나를 쳐다보았다.

고개를 끄덕여 주는 것으로 조슈아와 죽음의 서가 연동되는 과정이 시작됐다.

죽음의 서라는 무시무시한 이름과는 어울리지 않게 이제는 황금빛 기운으로 변한 그것이 조슈아의 손아귀를 타고 올라가기 시작했다.

조슈아가 목이 졸린 것 같은 소리를 터트렸던 건 잠깐이었다.

그도 자신에게 일어나고 있는 변화를 느낄 수밖에 없었던 것인지, 뒤집은 손등을 내려다보며 콧등을 실룩거렸다.

5cm 이상 썩은 나뭇가지처럼 걸려 있던 손톱들이 줄어들고 있었다. 손가락에 굳은 그대로 딱지가 지어져 있던 것들 또한 부스러기로 떨어지고 있었다.

그의 손가락들은 손톱이 녹색 빛을 띠는 것만 제외하고 본다면 어떤 노인네들의 것과 다름이 없이 변했다.

딱지가 떨어진 피부들은 여전히 쭈글쭈글하고 살결에는 힘이 없었다. 하지만 그는 손톱이 제자리를 찾아온 것, 적어도 인간 같이 보이는 것만으로도 감격에 젖은 눈이었다.

그걸로 끝이 아니었다.

목덜미로 이어져 후드 속 얼굴까지 그러한 변화가 일었다.

조슈아는 아예 후드를 걷으며 깨진 거울 조각 하나를 집어 들었다.

왼쪽 눈 아래 뺨부터 하관까지 내려와 있는 녹색 딱지는 반대 뺨의 자글자글한 딱지들에 비해 많이 눈에 띄는 것이었는데, 그것이 뚝 떼어져 나왔다.

반대 뺨의 딱지들도 빳빳한 머리카락들과 함께 힘을 잃고 떨어졌다.

피부가 워낙에 쭈글쭈글하고, 딱지들이 떨어져 나온 자리들이 흉으로 자리해 있기 때문에 수십 년은 나이가 들어버린 얼굴이었다.

게다가 골격을 드러낼 정도로 살이 붙어 있지 않은 양팔 때문에라도 노인으로 보여지기에 충분한 몰골일 수밖에 없었다.

그럼에도 조슈아는 거울 속에 비친 자신의 얼굴에서 눈을 떼지 못했다.

그는 만족한 표정이었다.

"잠시 내려가 보겠습니다."

그의 목소리가 기쁨으로 떨렸다. 여기서 끝이 아니라는 걸 알고 있기 때문이다.

그의 2차 전직을 완성시킬 제물이 필요한 시점이었다.

조슈아가 칼도란의 침전에서 나간 이후, 어떤 여자의 비명 소리가 울렸다.

이 와중에도 우리의 자비를 구하고 있던 도시의 귀부인 중 한 명이었다.

그들은 홀에 몰려와 있었다. 내가 거기에 도착했을 때 조슈아는 한 손으로 귀부인의 허리를 끌어안으며 그 목에 이빨을 박고 있었다.

귀부인은 처음에 내질렀던 비명과는 달리 황홀경에 빠져 있었다.

고개가 뒤로 꺽인 채 천장의 샹들리에만 바라보는 계집의 눈동자는 더 강해지는 자극을 쫓아 심취해 있던 것이다.

그래서 귀부인이 숨결처럼 흘려 대는 소리는 교성(嬌聲)에 가까웠다.

때는 조슈아가 갑자기 내려와 귀부인의 목에 얼굴을 박고 있던 시점이라 몰려왔던 귀족들이 다 도망치고 없던 순간이었다.

홀은 텅 비었고 거기에는 우리 셋뿐이었다.

나는 레드 카펫이 깔린 계단에 앉아 진짜 조슈아의 귀환을 축하하기 시작했다.

앙상했던 팔에 살점이 붙고, 쭈글쭈글했던 피부가 매끈해지고 있었다. 머리가 다 빠졌던 두상에는 과거의 금발이 자라나고 있었다.

본래 네크로맨서의 로브는 칙칙하기 이를 데 없었지만, 조슈아가 근사했던 옛 얼굴을 되찾은 시점부터는 그것도 의도해서 입은 턱시도처럼 색다른 분위기를 풍겼다.

귀부인은 젊고 예뻤다.

그래서 홀 중앙에 엉켜 있는 둘의 모습은 얼핏 보면 근사한 커플처럼 보였다.

조슈아가 계집의 목에서 입을 떼자 입가가 피로 흥건한 얼굴이 보였다.

이어 계집의 허리를 끌어안았던 손으로 제 입가를 훔치고 나자, 혈흔이 격정적인 립스틱 자국 같은 꼴로 따라붙었다.

나는 박수를 쳤다.

옛날 생각이 나서였다.

내게 무릎을 꿇으며 처음으로 나를 마스터라 칭하던 날, 딱 그때와 다름없는 얼굴의 조슈아가 내게 한쪽 무릎을 꿇고 있었다.

이제 그를 뭐라고 불러야 할까. 역병까지 다루는 뱀파이어 로드?

"이젠 그 로브를 벗어 던져도 되겠군."

"감사…… 합니다. 마스터."

마음 같아선 칼도란의 연미복을 찾아 입혀 보고 싶다만, 아서라.

그런 것을 입히지 않아도 그는 이미 훌륭했다. 다만 죽음의 서를 잃어버리는 경우는 절대 없어야 할 것이다. 역병의 괴악한 몰골이 저 반듯한 피부를 다시 뚫고 나올 게 분명하다.

그만 떠나려는 내게 조슈아가 황급히 물었다.

"본토로 돌아가시는 겁니까?"

그의 얼굴은 틀림없이 옛날과 동일하다. 하지만 역병의 기운이 잔존한 그 동공만큼은 녹색 빛으로 번질거렸다.

조슈아의 녹색 동공에 비친 나는, 내가 봐도 흡족한 미소를 띠고 있었다.

"그러기엔 이르지. 네 공대원들을 이쪽으로 옮겨 치료를 계속 받도록 하겠다."

올드 원이 남겨 둔 아이템이든, 다른 둠의 권능이 깃들어 있는 저주 찍힌 아이템이든.

이제는 내 차례다.

몸을 돌리면서 마지막으로 본 것은 살짝 넋이 나간듯한 조슈아의 얼굴과 죽은 듯이 쓰러져 있던 귀부인이 몸을 일으켜 내게도 그녀만의 예식대로 예를 갖춰 보이는 광경이었다.

또한 거기에 겹쳐 띄워진 메시지 하나.

[제사장, 오시리스가 옛 뱀파이어 군단을 계승 하였습니다.]

바로 그것이었다.

*　　*　　*

먼 상공에서 빠른 속도로 지나치고 있는 건 생물체가 아니었다.

성일이 발견한 것은 맵핑(Mapping) 중인 드론으로 언덕 너머에서 날아온 것이었다. 부숴 버릴까 아니면 내버려 둘까 고심하던 시간이 꽤 길었던지, 어느덧 시야에서 사라져 버렸다.

그래서 신경을 끈 채, 잊고 있었는데 아마도 그때 마탑에서 벌어지고 있는 일이 알려진 것 같았다.

때는 성일이 허기를 느끼고 컵라면에 뜨거운 물을 붓고 있을 때였다.

성일은 나무젓가락으로 용기 주둥이를 눌러놓은 다음 그를 향해서 올라오는 무리를 바라보았다. 리더는 눈에 익은 자였다.

"아따, 이게 누구여. 김지훈이!"

"오랜만에 뵙습니다."

김지훈은 다른 외국계 각성자와 함께 용병들을 대동한 채였다. 성일을 직접 육안으로 확인한 그들은 살짝 긴장을 푼 기색으로 주위를 두리번거리기 시작했다.

"그짝들이었어?"

성일이 언덕 너머에서 피어오르고 있는 연기를 눈짓하며 물었다. 김지훈의 시선은 성일은 물론이거니와 그의 뒤쪽에 펼쳐져 있는 마탑의 결계 또한 한꺼번에 품고 있었다.

"고전 좀 했습니다. 마법 함정이 어찌나 까다로운지. 쩝."

"여짝의 쎈 놈들은 마리 누님께서 다 묶고 계신디, 고전은 무슨 고전."

"쎈 놈들이 따로 있었습니까?"

"보믄 알 거 아녀. 이런 거 만드는 놈들이여."

김지훈이 볼 때에도 결계는 2막 1장의 결계처럼 견고해 보였다.

"마리 님께서 계신 겁니까?"

"꽤 됐지."

성일의 주변은 일회용 쓰레기들로 너저분했다.

수풀 너머에는 성일이 화장실로 삼고 있는 구역까지 있었다.

김지훈은 성일이 오랫동안 이 자리에서 숙식을 해결하고 있었다는 걸 깨달을 수 있었다. 그는 결계를 응시했다.

푸른 막에 휩싸여 그 안으로 확인할 수 있는 게 아무것도 없으나, 마리 님께서 직접 출진하셔야 할 정도라면 틀림없이 '그자'도 같이 있을 거라는 생각이 들었다.

홀리 나이트 론시우스.

[등급: D
구역: 홀리 나이트 론시우스령
(포클리엔 공국, 그린우드 대륙)]

김지훈은 자신이 들어왔던 통로 정보를 떠올렸다. 거기는 도시 외곽을 출구로 삼고 있는 여러 통로 중 하나였다.

협회가 민간 기업들에 제공한 정보에 따르면 홀리 나이트 론시우령이라는 동일한 구역 안에는 F 등급부터 B 등급까지 각기 다른 등급의 통로가 존재했었다.

그리고 그중 가장 높은 등급인 B 등급 통로는 아무래도 이쪽, 결계로 보호되고 있는 구역으로 연결되는 모양이었다.

홀리 나이트라는 존재와 바로 직결되는!

시작의 장에서 겪었던 던전들과 다른 점은 거기에 있었다.

그래서 던전이라는 표현보다는 통로라는 표현이 적합했다. D 등급 통로로 진입해 당장의 위협들을 제거해 놓았다 하더라도, 다른 등급 높은 통로에서 문제가 해소되지 않는다면 그쪽의 일까지 덤탱이 쓸 가능성이 높았던 것이다.

예컨대 마리 님께서 홀리 나이트 론시우스를 붙잡고 있지 않았다면 놈이 본인의 도시를 도와주러 올 수도 있는 거였다.

"근디 공국성 쪽으로 가지 않고, 여긴 왜? 그짝이 먹을 게 더 많을 텐디. 수도 아녀. 수도."

김지훈은 정곡이 찔린 듯 잠깐 할 말을 잃었다.

숱한 손짓들에도 불구하고 일성 그룹으로 들어간 까닭은 물론 협회장 이태한의 이름을 믿었기 때문이었다. 하지만 일성 그룹이 협회에 미치는 영향력은 그리 강하지 않았다.

협회장이 일성 그룹에서 완전히 손을 떼고, 일성 그룹의 전권을 제 누이에게 양도했던 까닭에서였다.

"RMC(Rothschild Military Company)라고 있습니다."

"고놈들이 수도를 먹은 건가?"

"예."

"흐흐."

"이렇게 짜져 버릴 줄 누가 알았겠습니까."

"우리 지훈 동상. 줄 한번 잘못 탔구만?"

김지훈이 능숙한 영어로 그의 공대원들에게 성일에 대해 언급했다.

그렇지 않아도 성일의 신분을 짐작하고 있던 자들이었다. 용병들은 경계 위치에서, 그의 공대원들은 보다 거리를 좁힌 위치에서 경의를 표했다.

성일은 대수롭지 않게 받아들이며 용기 뚜껑을 열었다.

면발이 살짝 불어 보이는 것이 딱 성일의 취향 대로였다.

"한 젓가락 할 텨?"

자동 소총을 들고 다녀도 숙련된 사수들이 내는 총성은 타다다, 두세 발씩 점사(點射)로 끊겨 나오기 마련이다.

도시가 위치한 부분에서 나오는 게 아니었다. 서쪽의 구릉에 밀집되어서 나오는 소리들이었고 거기는 일찍이 드론이 날아간 방향이었다.

성일은 겹겹이 쌓인 용기에 또 용기 하나를 겹쳐 놓으며 총성이 울리는 먼 쪽을 향해 물었다.

"안 가 봐도 되는 거여? 이짝은 딱히 지원이 필요 없는디."

"다른 그룹들이 뒤처리하는 중일 겁니다. 왜 있잖습니까. 잔병(殘兵)들. 도시가 크고 인구도 많아서 뒤처리가 확실해야 합니다."

"그러믄 지훈 동생은 얼마나 버는 거여?"

"아직 잡히지는 않았습니다. 후 진입한 그룹들과 지분 문제가 섞여 있거든요. 그래도 우리 쪽 지분이 월등하니 적지 않게 떨어질 겁니다."

"대충 말이여."

"전리품의 6%가 제 몫인데, 지금 한창 뒤지고 있을 겁니다."

"6%?"

"진입한 그룹들이 많거든요. 그래도 저나 되니까 그 정도나 확보한 겁니다? 하핫. 정확히는 우리 그룹이 우선 공략권으로 30% 먹고 그중 20%를 제가 먹는 구조입니다. 그래서 6%죠. 그런 계약이에요. 연봉은 일성 그룹에서 따로 받고요."

"많은 건지 적은 건지 감이 잘 안 잡히는구만."

"평생 돈 걱정은 안 할 정도로 나오지 않겠습니까? 일단은 연금이다, 생각하고 있습니다. 앞으로 도시에서 발생하는 수익의 6%가 제 몫이거든요. 뭐, 이제 시작이죠."

성일은 습관처럼 마탑의 결계를 확인하다가 두 눈을 부

릅떴다.

결계에서 어떤 움직임이 있었기 때문은 아니었다.

"예?"

"계속 수익을 분배해 준다고? 그러믄 말이 또 달라지는 것인디. 노다지네. 노다지여."

"그래서 다들 죽자 살자 달려드는 거 아니겠습니까. 칼리버 님께서도 한몫 잡으셔야죠."

"작전 끝나믄 그럴라고는 하고 있으. 먹짤 게 남아 있을랑가 모르겄지만."

"여기서 포클리엔 공국은 코딱지만 하답니다. 그리고 일대는 마리 님과 칼리버 님의 땅으로 잡히지 않겠습니까?"

"첩첩산중이여."

"무려 B 등급 진입지입니다. 뭐라도 남아 있지 않을까요?"

"마법사들 탑이 하나 있긴 한디. 저기 말여."

"대박."

"대박?"

"마법사들 탑에 있을 게 뭐겠습니까. 제가 평생에 걸쳐 꾸준히 분할받을 금액 이상으로, 칼리버 님과 마리 님은 일시금으로 확 땡기지 않겠습니까. 협회에서 조만간 아이템 거래 시스템을 만든다 했습니다. 공략 끝나시면 하나도 빠트리지 마시고 긁어모으시죠. 쓰실 건 따로 빼 두시고."

김지훈의 설명이 이어졌다.

"칼리버 님께서야 그럴 일은 없으시겠지만, 전사자가 적지 않습니다. 용병들만 죽은 게 아닙니다. 각성자들도 죽었죠. 앞으로 경험치를 쌓지 못하는 이상, 각성자들은 더 강한 무장을 쫓게 될 겁니다. 이러고 보니 정말 대박 아닙니까? 저도 다음번에는 등급 높은 지역에 가담해야겠습니다. 협회 작전에서도 불러 주신다면 얼마든지요. 인생 한 방 아닙니까."

"골 때리는 새끼. 끝까지 듣기 좋은 말만 골라 하네잉. 그려그려. 것도 능력이다."

시작의 장에서 겪어 본 지훈 동상은 인생 한 방 같은 소리를 입에 달고 다닐 녀석이 절대 아니었다.

일성 그룹에 속했기 때문이라는 건 핑계고, 제 능력이라면 훨씬 높은 등급을 공략할 수 있었음에도 불구하고 낮은 등급의 통로에 가담했던 건 바로 그래서였을 것이다.

그래도 밉지 않다. 최종장에서 얼마 되지 않는 전우(戰友)중에 하나였다.

성일은 김지훈의 얼굴에 대고 사람 좋게 웃었다.

"어쨌든 말여. 느그들까지 붙어 있을 필요 없으."

"칼리버 님 말동무나 해 드리려고요. 말씀드렸다시피 제 할 일은 다 끝났습니다."

"좋겄다. 분배만 기다리믄 된다는 거냐?"

"예."

"글믄 싸게 돌아가지 않고?"

"그렇지 않아도 전해 드릴 사안이 있습니다."

이번에도 김지훈의 입에서 흘러나온 유창한 영어는 성일이 알아듣기 힘든 영역에 속했다.

성일이 부럽다는 듯 입맛을 다시고 있을 때, 외국계 각성자가 지훈에게 건넨 군사용 노트북이 그의 앞으로 내밀어졌다.

SD카드는 지훈의 주머니에서 나왔다. 지훈이 그것을 노트북에 꽂아 넣으며 말했다.

"이건 다른 그룹에서 맵핑(Mapping)한 지도에, 감지된 군세를 겹쳐 씌운 이미지입니다. 유일하게 회수된 드론에서 복사된 것인데 보시면 아시겠지만……."

"맵핑?"

"드론이 날아다니면서 주변 지도를 만들어 주는 걸 말합니다."

"겁나게 좋은 세상이구만."

성일은 노트북 모니터 속 3D로 구현된 지형지물들에 감탄했다.

지훈이 키패드를 몇 번 클릭하자, 그가 말했던 감지된 군세가 지도 위로 겹쳐지기 시작했다. 마치 상공에서 대군의 행진을 그대로 바라보고 있는 것처럼 꽤나 자세했다.

실제로 지훈의 조작에 따라 전후면의 시점이 이동되고 있었다.

이리 봐도 저리 봐도, 군대는 능선을 가득 채울 만큼 많았다.

"이놈들이 다 이리로 온다는 거여?"

"일단은 건드리지 않고 있습니다."

"뭔 말이여?"

"목적이 이쪽에 있는 것 같지 않으니까요."

"근디 확대 못 시켜? 리더 놈 얼굴 좀 보고 싶은디."

"드론 중에는 가까이 접근했던 것도 있었을 겁니다. 하지만 회수되지 않았습니다. 이놈들 중에는 높은 상공의 드론까지도 격추시킬 수 있는 능력을 가진 것이 있는 것 같습니다."

"그래?"

"언제 방향을 바꿀지 모르기 때문에 예의주시하고 있습니다. 놈들이 방향을 틀면 이쪽으로 쏟아져 들어오겠지요."

"성가시겠구만. 근디 나는 여기에 묶인 몸이라 못 도와줘."

"아니에요. 아시고 계셨으면 하는 바람에서 말씀드린 겁니다. 저것들 중에 꽤 강자가 있는 것 같거든요."

"여기가 공격받고 있는걸 알면서도 본체만체한다는 거지? 지들 갈 길만 가고?"

"지금까지는 그렇습니다."

"뭐 하는 것들 같어?"

"용병 집단 같은 게 아닐까, 하고 추측만 하고 있습니다."

"대가리는 겁나게 많은디?"

"일만을 넘긴답니다. 중요한 건 수가 아니고……."

"놈의 대빵이다, 이거 아녀? 드론도 격추시키는."

"예."

"건드리지 않은 건 잘혔어. 여기는 마리 누님의 작전 구역이여."

"아. 예. 그런데 저희들까지만 그렇습니다."

"저희들은 또 뭐여."

"일성 그룹과 연대하고 있는. 그러니까 도시의 지배 그룹들까지입니다. 하지만 저들의 진행 방향에 다른 그룹들의 점령지가 노출되어 있습니다. 그들까지는 모른다는 소리죠."

"어쩔 수 없지. 나도 맘 같아선 어떤 놈들인지 낯짝이나 한번 보고 싶긴 한디…… 여기가 더 중한 것이니께. 잘 지켜보고 또 보고해야 할 것 있으면 후딱 알려 주드라고. 놈들이 이리로 대가리를 트는지, 아닌…….”

성일은 말꼬리를 흘리며 고개를 확 틀었다.

드디어 결계가 사라지고 있었다.

“누님?”

꽤 지친 얼굴의 연희가 걸어 나오면서 말했다.

“마법사란 존재, 꽤 짜증 나네. 주변에 다른 놈들 없을까?”

“예?”

“강하다고 알려진 놈 말야. 일단 마법사는 제외하고.”

*　　*　　*

마왕군은 두 부류로 나뉜다. 마나를 사용할 줄 아는 기사들, 그렇지 못하지만 강력한 격발(擊發)성 무기를 보유하고 있는 병사들.

오뇌르는 유일하게 살려 둔 마왕군의 숨통을 짓밟고 있었다.

마나를 사용할 줄 아는 놈들 중에서 소드 익스퍼트 중급에 준하는 능력을 보여 준 놈으로 자신에게 놀라움을 선사해 주었다.

검사인 것 같은데 또 아니었다. 마법까지 부리는 걸 보면 마검사의 일종인 것 같은데, 의외로 마나의 움직임이 없었다.

그렇게 이쪽의 상식으로는 납득이 가지 않는 능력을 발휘하고 있을 뿐만 아니라 전장의 검을 사용할 줄 아는 놈이었다.

오랜 전장의 피 냄새가 묻어 나오는 전검(戰劍)을 말이다.

게다가 주 락리마의 성물이라고까지는 거론하지 못하겠지만, 고대의 유물에 준하는 오성(五星)급 아티펙트로 무장하고 있는 것도 그랬다.

“버러지도 아니고. 계속 그러고 있을 거냐.”

오뇌르는 마왕군 기사를 깔고 있는 발에 힘을 좀 더 보탰다.

마왕군 기사는 갈비뼈가 으스러지는 소리와 함께 두 눈깔이 얼굴 밖으로 끊겨져 나올 만큼 돌출되었다. 아니나 다를까, 눈깔에 도드라진 실핏줄 하나가 핏물을 터트렸을 때.

마왕군 기사의 두 눈이 터져 버리며 절규가 허공을 찔렀다.

“고통은 아는구나. 크크.”

오뇌르는 같이 웃고 있는 사내에게 마왕군 기사를 턱짓해 보였다.

그것만으로도 오뇌르가 무엇을 바라는지 깨달은 사내는 상급 힐링 포션을 마왕군 기사의 몸에 부었다. 마왕군 기사의 두 눈은 빠르게 복구되었다. 그렇지만 이미 터트려 놓은 핏물들 때문에 피눈물을 흘리고 있는 것처럼 보였다.

오뇌르가 마왕군 기사의 몸에서 발을 뗀 건 그 시점에서였다.

마왕군 기사를 비웃고 있던 사내들이 원형 대형으로 거리를 벌렸다. 오뇌르가 그들을 둘러보다가 한 사내를 특정했다.

그가 마왕군 기사와 검을 겨룰 사내였다.

"놈에게 맞춰 줘라."

오뇌르는 그렇게 주문하고선, 그의 부하들이 준비해 둔 의자에 앉아 시작 신호를 보냈다.

역시 처음에 확인된 대로였다.

마왕군 기사가 보여 주는 신체 능력들은 태어나면서 지닌 것이 아닐까 의심될 정도로 마나의 영향을 크게 받지 않았다.

그러나 배리어를 띄우지 못하고 마법을 사용할 때에도 어떤 제약이 걸려 있는 게 분명했다.

동일한 마법을 연계하지 못할뿐더러, 사용하는 마법들의 속성이 일치하지 않아서 집중력(集中力)을 보태지 못하는 한계점이 있는 것이었다.

마법의 클래스도 어떤 것은 높고 어떤 것은 낮아 대중이 없었다.

그야말로 혼돈에서 태어난 족속들인 것 같았다. 봐 줄 만한 건 역시 전검이었다. 오랜 전투를 통해 단련된 실전 검술 말이다.

하지만 그마저도 정통의 검맥(劍脈) 앞에선 꺾이기 마련이다.

오뇌르는 마왕군 기사와 싸우면서도 근근이 자신을 확인하고 있던 부하를 향해 엄지손가락을 꺾어 내렸다. 그때 부하가 휘두른 칼날이 마왕군 기사의 반사 신경보다 더 빠르게 움직였다.

과연 마왕군 기사는 부하가 쓰는 정통 검술을 읽어 내지 못했다.

그 목은 순간에 잘려져 나갔다.

싹둑—!

그때 작은 환호성이 터져 나왔다. 마을 사람들이 운집해 있는 자리에서였다.

일천 호가 넘는 가구가 채 이십도 되지 않는 마왕군의 치하에 있었다. 오뇌르의 부하 하나가 그쪽을 바라보며 물었다.

"어떻게 할까요?"

아직 오뇌르가 엄지손가락을 뒤집은 건 아니었지만 그의 허락이 떨어지기만을 기다리고 있던 병사들이 많았다.

"하나도 남겨 두지 마라."

그들이 우악스러운 함성을 지르며 마을 사람들을 향해 달려가는 시점에서야, 마을 사람들은 잊고 있었던 사실을 깨닫고야 말았다.

마왕군을 무찌르며 마을로 들어온 병사들의 정체에 대해서.

마왕군보다 더욱 흉악한 그들에 대해서!

바로 그때가 약탈과 살인 그리고 겁간이 시작되던 시점이었다.

오뇌르는 그의 병사들이 마을 사내들의 등에 검을 휘두르고 마을 여자들의 머리를 낚아채는 광경을 바라보면서 턱을 괬다.

두 명의 소드 마스터가 죽은 전장.

마왕의 화신에게 달려가느니 지금 이대로 포클리엔 공국을 털어먹는 게 낫지 않을까 싶었다. 공국의 수호자처럼 굴고 있는 론시우스는 마왕군을 대적하는 것만으로도 발이 묶여 있는 게 분명했다.

'잘하면 론시우스의 마탑까지도 털어먹을 수 있을 것 같

군.'

결정은 어렵지 않았다.

어차피 크실리버 왕국의 킹 리막스와 귀족들은 길들여 줄 필요가 있었으니까.

도착 시간을 늦출 겸 일대를 순회하며 부하들 배 좀 채워주고, 마지막 날의 잠은 마탑의 론시우스 침전에서 잘 것이다.

오뇌르는 마을 곳곳에 치솟기 시작한 불길을 보면서 이렇게 생각했다.

참 좋은 세상이 펼쳐졌다고.

얼마나 죽이고 무엇을 빼앗든, 살아 있는 사람이 남아 있지 않다면 전부 다 마왕군이 벌인 일로 기록될 것 아닌가.

적어도 홀리 나이트 가문들의 정략(政略)에 휘말릴 필요가 없는 것이다.

그때였다.

쉭—!

오뇌르는 반사적으로 몸을 틀었지만 날아온 것들이 한 박자 더 빨랐다.

그것은 제 부하 중 하나의 시체였다. 날아오던 도중의 압력으로 갈가리 찢겼던 것인지, 아니면 처음부터 뜯겨진 팔다리를 한꺼번에 던졌던 것이었는지.

일순간 거기서 뿜어져 나온 핏물에 시야가 잠깐 가려졌었다.

그러나 뒤를 이어서 묵직하게 들어오는 기척만큼은 분명하게 잡혔다.

'소드 마스터?'

그가 두 눈을 부릅떴을 때, 양손에 하나씩 제 부하를 쥐고 있는 거한이 보였다.

그 먼 뒤로는 팔짱을 낀 채로 서 있는 작은 여자도 보였다.

여자는 자신의 병사들 속에 오롯이 서 있었을 뿐이었지만 무슨 까닭에선지 병사들은 여자를 인지하지 못하고 있었다.

그제야 오뇌르는 크고 작은 한 쌍의 남녀가 마왕군의 지휘관쯤 되는 괴물이라는 걸 직감했다.

생각나는 이름은 하나였다.

론시우스.

원래는 그자를 죽이고 마탑을 약탈할 생각이었지만, 지금만큼은 그자의 도움이 절실한 상황이었다.

그때 가까운 하늘에서 벼락이 일었다. 뚜렷한 섬광. 거대한 벼락의 몸부림.

그것은 자연 현상이 아니라 어떤 강력한 전격계 마법이었다. 인근에서 그러한 대마법을 부릴 수 있는 자는 단 한 명뿐이다.

오뇌르는 소리쳤다.

"여기다! 론시우스으으으으—!"

*　　　*　　　*

오뇌르가 자신의 실수를 직감한 건 그 직후였다.

당장 외관으로는 강력한 마법으로써 전격계 마법인 라이트닝 노바처럼 보이지만, 그 움직임만큼은 정령이 깃든 게 아닐까 할 정도로 몹시 유연했다.

또한 궁극의 마법이 발현될 때 응당 일어나야 하는 마나의 소용돌이가 느껴지지 않았다.

그리고 무엇보다, 그 많은 벼락 줄기들 중 하나가 지면에 내리꽂힐 때마다 일어나는 파괴력은 라이트닝 노바를 초월했다.

찰나의 광경만으로도 마법의 주인은 전격계 정령왕의 현신(現身)이 아닐까 싶었다.

그가 부리는 벼락들이 오뇌르의 병사들을 한 줌의 재로 휩쓸고 있던 시점에서였다.

성일이 오뇌르의 지척까지 쇄도해 들어왔다.

"어디서 쓰벌! 따까리는 따까리들끼리 붙는 거여!"

오뇌르는 빠른 판단을 마쳤다.

상대의 공격은 악기 대신 목소리를 토해 내는 것이라는 게 다를 뿐, 공격 방법만큼은 전투 바드들이 쓰는 방식과 흡사하다.

음파는 강력하나 그 파동만큼은 인지할 수 있는 영역에서 벗어나질 못했다.

오뇌르는 음파를 가르고 성일에게 연격을 날릴 수 있는 공격을 떠올렸다. 그래서 제 몸에 감돌던 마나의 흐름을 역전시켰다. 아래에서 위로.

오뇌르의 마나 블레이드는 그렇게 다채로운 색채를 머금으며 세상 밖으로 모습을 드러냈다.

비스듬히 솟구쳐 날아온 마나 블레이드가 성일의 스킬을 끊어 버린 순간에서.

'어쭈? 끊어?'

성일은 몸을 던졌던 힘에 제동을 가했다. 그때 성일의 손에서 마나 블레이드를 향해 휘둘러진 건 오뇌르의 부하 중 카라일이라는 이름을 쓰는 자였다.

성일이 카라일을 오른쪽 무기로 택했던 까닭은 놈이 튼튼해 보였기 때문이었다.

성일이 보기에, 놈이 띄우고 있는 방어막은 C 등급 아이템들로 풀 세팅을 마친 수준이었기에 오랫동안 쓸 수 있을 거라 보였던 것이다.

성일은 비스듬히 솟구쳐 오는 날카로운 기운을 향해 카라일을 휘둘렀다. 위에서 아래로.

파앙!

충격 시점에서 일어난 압력이 성일과 오뇌르, 둘 모두의 전면으로 충돌했다.

그런 것쯤이야 뚫고 상대에게 연격을 가할 수 있는 둘이었지만 둘은 밀어붙이는 압력에 몸을 맡겨 멀찍이 거리를 벌렸다.

'카라일을 무기처럼 쓸 줄이야. 그건 또 무슨 해괴한 짓이냐.'

'스킬을 취소시키고 나까지 노려? 그려. 너 쪼까 하는 놈이다.'

성일은 오른쪽 무기의 방어막을 확인했다.

카라일이 고통스러운 신음을 흘리며 움찔거릴 때마다 한 단계 아래의 색채로 변한 방어막 또한 깜박거려 댔다.

"살…… 살려 주십시오."

그건 카라일에게서 나오는 소리가 아니었다. 성일의 왼손아귀에 발목이 잡혀 있는 또 다른 성일의 병기가 내는 소리였다. 누구에게 비는 것인지 분간이 안 되던 때.

확 붉어진 성일의 눈동자가 오뇌르를 향해 번뜩였고 반대쪽에서도 똑같은 안광이 이글거렸다.

둘은 다시 서로를 향해 달려들었다.

Chapter 8.

연희와 나는 같은 생각이었다.

성일에게는 이쪽 세계의 경험이 필요했다.

둘은 마을 전체를 파괴하고 다녔다. 충돌에 따라 격전지가 수차례 옮겨졌다.

놈의 병사들 중 적지 않은 수를 내가 제거해 놓았다지만 정확히 따지자면 둘의 싸움에 휘말려서 죽어 가는 수가 더 많았다.

놈은 최소 첼린저 구간. 여기에서는 소드 마스터로 통하는 강자다.

하지만 날 지척에 두고도 드라고린으로 변하지 않는 것

을 보면 에이션트 드래곤의 혈맥을 이은 놈은 아니었다.

하기야 그런 존재가 흔한 건 아니겠지.

"마나 블레이드는 검을 휘두르는 방향으로 발출되는 게 아니라 그 전에 진행시킨 마나의 흐름에서 결정되는 법이야. 그래서 마나의 흐름을 결정짓는 게 선(先)이고, 검이 휘둘러지는 건 자연히 뒤따라오는 후(後)라 할 수 있어. 마나의 흐름은 살아 있는 생명과 같아서 그 흐름을 두고 뭐라 속단할 순 없지만, 그걸 어떻게 세분화시키는지에 따라 정통 검술의 고하를 따지는 차별성이 생겨. 적어도 론시우스가 파악하고 있기에는."

연희를 찾아 마탑으로 이동했을 때에는 상황이 종료되어 있었다.

마법사들은 죽어 있었다. 특히 론시우스로 특정 지을 수 있는 자의 마지막은 몸의 모든 구멍에서 피를 흘린 채였다.

그래서 둘의 기척을 쫓아 도착한 곳이 바로 여기였다.

"론시우스는?"

"실패야. 정신을 방어할 줄 아는 놈이었어. 내게 지배당하느니 결국 죽음을 택했어. 꽤 공을 들였었는데, 엿 같아."

"소득이 아주 없던 것은 아닌 것 같은데?"

"난…… 놈을 가지고 싶었어. 점점 욕심이 나대?"

연희는 찌푸린 눈살로 성일과 싸우고 있는 놈을 바라보았다.

둘의 싸움은 힘과 기술의 대결로 축약해 정리할 수 있었다.

숱한 전투를 치른 만큼 성일이라고 싸우는 방법을 습득하지 않은 건 아니었지만 놈만큼은 아니었다. 놈은 제 얼굴에 악당이라고 써 다니는 것 답지 않게 섬세했다.

하물며 여러 가닥의 마나 블레이드가 터져 나와 성일을 훑고 지나가는 것을 보면 힘을 집중시키는 법 또한 알고 있는 것이었다.

"우리로 따지자면 490대 레벨쯤 되겠지? 민첩에 집중시킨."

연희가 정확히 보았다.

그럼에도 불구하고 500레벨을 관통한 성일과 박빙으로 싸우는 모습을 보여 준다.

각성자 세계에서 서열 4위의 조나단과 서열 5위의 성일 사이에 넘지 못할 벽이 존재한다 할지라도 썩 유쾌한 광경이 아닌 것만은 분명했다.

둘이 민가 하나를 박살 냈을 때 터져 나온 파편들이 이 먼 거리까지도 날아왔다.

그것들을 한 줌의 재로 태워 버린 후 연희의 이어질 말에

귀를 기울였다.

"론시우스의 기억대로, 수습 마법사들이 하는 수련을 따라 해 봤어."

전투에서 인 풍압이 연희의 머리칼을 아무렇게나 펄럭이게 만들고 있던 때였다.

거기에 즐거움까지 흩어져 버렸는지, 연희의 목소리는 패색이 짙었다. 대마법사가 돼서 돌아오겠다던 과거의 목소리에 비한다면 한참은 자신감이 떨어진 목소리기도 했다.

"그런데 우리는 태생적으로 마나를 다루지 못하게 되었는지도 몰라. 대자연의 마나를 느끼려고 할 때마다 어떤 신비감 따윈 없고, 짜증 나는 두통만 일더라고. 심장에 고리를 만든 건 시도조차 할 수 없었어."

가까스로 놈의 검을 피한 성일이 놈의 발목을 쓸어 올리고는 지면에 내리꽂았다.

쿵!

충격과 동시에 성일의 목을 노린 마나 블레이드가, 그 찰나에 제 주인을 성일의 손아귀에서 떨쳐 내는 데 성공했다.

그것은 성일이 목을 꺾은 자리를 스쳐 올라간 대로 먼 상공에서 흩어졌다.

연희는 오색 빛깔로 허공 속을 스며드는 그것에 눈짓을

해 보였다.

저것이 마나가 형상을 갖춘 것이라는 분명한 시선이었다.

“우리는 마나를 다룰 수 없다?”

“마나의 정의는 주 락리마가 대자연에 불어넣은 숨결이야. 예언가들은 마나에 깃든 의지도 읽어 낼 수 있다지. 그게 무슨 뜻이겠어. 마나는 올드 원이 여기를 방어하기 위해 운용하고 있는 장치이자, 올드 원 자체이기도 하다는 뜻이야. 올드 원은 우리를 거부해. 내가 느끼기론 그래.”

“하지만 우리를 초인으로 만들어 주고 있는 힘이 우리 내부에 존재하는 건 사실이다.”

“아쉽지만 딱 거기까지인 거야. 올드 원이 시스템일 때. 그때 만들어 둔 체계에 의해서만 돌아가고 있는 거겠지.”

“흠.”

“그래서였어. 론시우스 같은 대마법사가 우리 내부를 들여다본다면 어떤 해답이 나오지 않을까 했던 거야. 우리는 놈들의 방식을 따를 수 없지만, 놈들은 우리에게서 새로운 방식을 발견할 수 있을지도 모르니까. 그러려면…….”

대마법사 그들은 연희에게 저항할 줄 안다. 자진이라는 방법을 통해.

“변절자가 필요하겠군.”

하지만 성일과 싸우고 있는 놈은 대마법사가 아니다.

"저놈은 왜?"

놈에게 향해 있는 연희의 눈빛에서 느껴지는 바가 있어서였다.

내가 물었다.

"변절자를 찾기 전에 확인해 볼 게 있거든. 검사들은 마법사들과는 다른 방식으로 마나를 운용해. 어떤 의미에서는 우리와 맞아. 우리는 마법사들처럼 고리 형태의 그릇을 만들어서 사용하는 게 아니니까. 전신 가득히 퍼져 있는 거겠지, 아마?"

"솔직히 감이 잡히지 않는군. 나는 네가 보고 온 것들을 전부 알지 못하니."

"그래서 이번에는 같이 들어갔으면 해. 내가 길을 열게."

"둠 맨의 힘이 미치지 않을까?"

"괜찮아. 만일 그래도 파괴되는 건 놈의 정신세계겠지."

"지금?"

"아니. 성일에게 더 두들겨 맞은 후가 좋겠어. 애초에 론시우스도 좀 패 두고 시작할 걸, 후회가 컸단 말야. 센 놈들은 육체부터 타격을 입혀 놔야 했어. 쳇."

*　　*　　*

연희부터 찾아온 까닭은 그녀가 걱정됐기도 했지만 한 가지 이유가 더 있었다. 연희가 론시우스에게서 읽어 낸 기억을 통해 이계에 잔존해 있는 힘들을 쫓고자 했다.

어떤 놈들이 소위 락리마의 성물로 칭해지는 아이템들을 가지고 있는지.

또 어떤 놈들이 칼도란처럼 신마대전의 저주받은 유물을 지키고 있는지.

“바빠? 새로 받은 지령이라도?”

“있기야 있지. 하지만 제한 시간은 없다.”

새로운 지령에 대해 설명하며 드라고린에 대해서도 들려주었다.

론시우스의 기억에서는 알 수 없었던 이야기라는 답이 들려왔다.

“엔더급에 준하게? 그거 사기야. 올드 원이 아주 작정했구나? 어쩐지…….”

“왜?”

“경계해야 할 것은 에이션트 드래곤뿐만이 아니야. 여기에는 정령왕이나 해왕(海王) 같은 초월적인 존재들도 있어.”

"그런 걸 듣고 싶었다."

"어쨌든 드라고린만 보면 구태여 네가 상대할 필요는 없는 것 같아. 둠들 앞에서만 강화되는 거라면 내가 있잖아."

"넌 이번 작전이 끝나는 대로 돌아가야지."

"그건 그래. 그럼 추가적인 설명은 저놈의 정신세계에서 계속하는 걸로?"

"그런 게 가능하다면."

"이쪽 언어를 익히기에도 나쁘지 않아. 뭔지는 바로 알게 될 거야. 콜?"

"콜."

본 시대에서도 강자들의 진짜 싸움은 서로 간의 방어막이 상실된 다음부터였다. 성일과 놈의 사투는 그렇게 한창이었다.

"좀 뒈져 부러어어—!"

이윽고 인 커다란 울림에 놈의 전신이 튕겨 날아가는 광경이 보였다.

그때만큼은 성일의 스킬을 파훼하지 못했던 모양인이었고, 그 틈을 놓칠 성일이 아니었다.

놈이 허공에서 중심을 잡으려던 찰나.

맹렬히 추격한 성일이 깍지 낀 양 주먹으로 놈의 등짝을 후려쳤다. 놈은 지면에 추락했다가 그 탄성으로 높이 떠올랐다.

성일이 놈의 발목을 움켜잡고는 지면에 내리꽂기 시작한 건 바로 그때부터였다. 승기를 잡았고, 놓치지 않겠다는 일념이 깃든 몸짓이었다.

놈에게선 비명조차 나오지 않았다. 어떻게든 빠져나오려는 몸부림이 전부였다.

하지만 지면에 강타하기 무섭게 다시 휘둘려지는데, 놈은 그때의 풍압을 이겨 낼 수 있을 정도로 상태가 좋지 않았다.

쾅쾅쾅!

광분해서 놈을 지면에 내리치는 성일의 동작에 가속도가 붙고 있었다.

"성일아. 죽이면 안 돼."

연희가 훌쩍 뛰어오르며 말했다. 비로소 놈의 발목을 옥죄고 있던 성일의 손길이 풀렸다.

성일은 놈을 발로 뒤집어 깐 다음 양손으로 무릎을 짚고 헉헉거렸다. 한 번의 호흡마다 그 이상의 핏물이 성일의 입에서 놈의 전신으로 쏟아져 나온다.

"누님."

성일이 연희를 올려다보며 하소연하듯이 말했다.

"그럼 이놈, 제게 주쇼. 누님…… 이라믄 그렇게 만들어 줄 수 있는 거 아니요? 주력 무기로 쓰고 싶수."

괴수들이 난동을 친 듯 파괴된 대지 위.

성일은 거기까지만 간신히 토해 내고는 바닥에 주저앉았다.

"변태니?"

"……흐흐."

"그래도 양념을 아주 제대로 쳐 놨네. 시도는 해 볼게."

"감사허요. 누님."

성일은 그 말을 연거푸 뱉었다. 마리의 손길이 닿으면서 그의 짓이겨지고 찢겼던 근육들이 빠르게 회복되면서였다.

그 후에 연희는 한 손으로 놈의 눈을 벌리면서 내게 이런 눈빛을 보내왔다.

들어갈 준비됐어?

그와 동시였다.

"그런데 웃기네, 이놈. 널 잡을 수 있을 거라 생각했어. 여기 애들 정말 사태 파악이 안 되는구나?"

*　　　*　　　*

"오뇌르의 정신세계에 들어온 걸 환영해. 놈 대신에. 후훗."

마치 놈을 통로로 삼아 이 세계의 과거로 시간 여행을 온 듯한 감상이다.

둠 데지르도 이런 세계를 내게 던져 버리는 데 능했다.

어쨌든 내게 그렇게 말하고 있는 여자는 금발에 키가 큰 여전사 타입이었다. 하지만 보자마자 그녀가 연희라는 사실을 알 수 있었다.

연희는 쉿, 소리를 내듯이 집게손가락을 제 입술에 대 보이고는 나를 한쪽으로 유도했다. 우리를 따라붙는 시선들은 그리 많지 않았다.

야영지에는 술에 취해 널브러진 이들이 많았고 그러한 술판들이 사방에 펼쳐져 있었다. 내 손에도 술 한 병이 쥐어져 있었다.

손등에 칼자국이 자글자글한 손이면서, 그것을 내려다보는 시야 아래로 검 하나가 허리춤에 매달려 있는 광경도 보였다.

"네 이름은 지코. 우리는 같은 통곡의 숲 화전민 출신이고 이 용병대에 가담한 건 일 년 조금 더 됐어. 용병대장은 오뇌르를 포함한 우리 셋에 검술을 가르쳐 주고 있고. 현시점으로 말하자면 우리가 있던 날로부터 약 이십오 년 전이야."

"이런 건 색다르군."

"쎈 놈들일수록 정신계 방어 체계가 잘 잡혀 있는 것 같아. 론시우스만은 못하지만, 이 정도가 어디야. 얘네들 좀 짜증난다니까."

연희는 툴툴거렸다.

모습이 바뀌었어도 표정과 눈빛만큼은 진짜 연희를 연상케 하기에 충분했다.

"놈들의 수련에 마나의 영향까지 보태져 있어. 마나. 그러니까 올드 원이 어느 정도 이것들의 정신을 보호해 주고 있는 것임은 틀림없어."

"네 지배권으로 완전히 들어온 게 아니란 말인가?"

"반반."

"정확히는?"

"집중해 봐. 자연히 느껴지는 게 있을 거야."

육감을 발동할 수 있다.

어둠을 꿰뚫어 볼 수 있는 개안을 비롯해 본연의 스킬들 전부.

그리고 엔더 구간까지 끌어올릴 수 있는 종목들이 하나

하나.

실재(實在)와 허상(虛像)의 차이가 분명한 힘일지라도, 이 정신세계에서 역시 바깥에서 가능한 것들이 불가능하지 않다.

"여기에서 우리가 죽임을 당한다면?"

"놈이 인지하고 있는 영역에서는 그럴 가능성이 조금도 없어."

"가정을 해 보자면."

"튕겨 나갈 거야. 그게 끝. 우리는 정신체를 따로 구성해서 들어온 게 아니니까, 타격은 없어."

"정신체?"

"영혼 같은 개념으로 설명이 가능해."

"뭘 말하는지 알겠다. 그런 비슷한 것을 베어 본 적이 있지. 그럼 엘슬란드로 게이트를 뚫으면 어떻게 되지?"

안전하게 엘슬란드의 여왕에게 접촉할 수 있는 길이 여기에 있었다.

"놈이 엘슬란드에 갈 수 있는 신분이었다면 강도짓이나 하고 있을 리는 없겠지?"

"그래서?"

"놈의 기억에 존재하지 않는 곳에는 갈 수 없어. 지령 때문이라면 엘슬란드 그리고 여왕에게 가까이 접촉할 수 있던 자의 세계로 들어가야 돼."

"지금 감행한다면?"

"공허(空虛)가 펼쳐지고 이 세계의 방어 체계가 우리를 눈치채게 되겠지. 그런데 그게 지금 할 일이야. 엘슬란드로 가는 게이트를 뚫어 봐. 그것부터 죽여 놓자. 귀찮은 일이 생기기 전에."

연희가 모처럼 만에 장난스러운 미소를 지었다.

"선후 아니, 내 동생 지코야. 어서."

* * *

[권능 76 / 380]

그 메시지도 허상이다.

게이트를 열고 들어간 거기 또한 마찬가지다. 세 명을 던져 놓고 한 명만 살아 나오라던 어둠의 구역과 동일했다.

연희는 나까지 나설 게 없다는 투로 말했다.

"구경할래? 아니면 같이?"

"다 틀렸어. 그쪽이나 구경하고 있어."

방어 체계라는 존재는 무정한 표정으로 게이트를 통해 걸어 나왔다.

"들어와서는 안 될 것들이 왔구나."

술을 먹던 용병들 중에 하나로 보이는 자였다. 용병이 뱉은 말은 분명 이계의 언어였지만 자연히 이해되었다.

이쪽 세계로 들어오면 여기의 언어를 습득하는 데 도움이 될 거라 했던 게, 무슨 뜻으로 했던 말인지 그때 깨달았다.

연희가 거기에 핀잔을 먹이듯이 대꾸했다.

"사태 파악이 안 되는 것만큼은 방어 체계도 똑같네. 약한 게 어디서 까불어? 게이트 닫아. 선후야, 저거 별거 아냐."

죽이라는 뜻으로 말한 건 아니었을 것이다. 호기심을 해결할 수 있을 만큼 가지고 놀아 보라는 느낌이 물씬 묻어나왔다.

연희는 나를 위해서 어둠 저편으로 거리를 벌려 주었다.

그때 용병의 껍질을 쓰고 나타난 것이 내게 날아들었다. 흥미로운 점은 거기에 있었다.

검의 궤적을 만들어 내는 구성 방법은 같지만 몸을 던져오는 속도가, 성일과 싸울 때 보았던 것보다 한 단계는 올라가 있었다.

느릿한 그것에서 또 느릿하게 발출된 오러 블레이드는 내 목을 단칼에 벨 속셈이었던 것 같다. 날아오는 그것을 빤히 쳐다보며 연희에게 물었다.

육성보다 더 빠른 고주파로, 바로 닿을 수 있는 전음(傳音)을 통해서.

『오뇌르의 본신 능력보다 몇 단계는 위군. 510 레벨 정도?』

『여기는 방어 체계가 정밀하지 못해. 론시우스 것은 본신의 능력보다 훨씬 뛰어났었어. 검사와 마법사의 차이겠지.』

오러 블레이드가 일점에서 두 개로 갈라진 광경 또한 느릿했다.

일자로 목을 노렸던 궤적은 그대로 날아온 채, 정수리부터 사타구니를 세로로 그을 궤적이 추가되었다. 나를 십자(十字) 형태로 네 조각 내겠다는 것이다.

성일의 왼손에 들려져 있던 무기는 이 공격에 의해 정말 그렇게 박살 났었다.

훌쩍 뛰어올라 놈의 뒤로 돌아갔다.

발바닥으로 놈의 등을 밀어 차 버렸다.

그러자 놈은 아직 소멸되지 않은 제 검격 안으로 몸이 던져진 신세가 되었다.

그때 놈이 급하게 방어막을 끌어올렸기 때문에 제 공격에 의해 사 등분 나는 일은 없었다.

하지만 당시의 충격으로 놈의 방어막은 한 단계 아래로 색채를 잃었다. 그러며 내 쪽으로 튕겨져 나오는 것 또한 놈으로서는 어쩔 수 없는 일이었다.

놈에게는 어떤 스킬도 쓸 필요가 없었다. 직전에 그러했듯 놈이 오러 블레이드로 검격을 만들어 냈을 때, 나는 또다시 놈을 거기로 밀어 넣었다.

그렇게 몇 번을 더 하자 멍청한 이놈의 방어막은 완전히 벗겨졌다.

이제 놈은 내 손아귀에 목이 잡혀 있었다.

고통스럽게 얼굴을 일그러트리며 발버둥 치는 그대로였다.

내 몸에 힘없이 부딪히는 몇 번의 발길질이 놈이 할 수 있는 전부였다. 그마저도 놈이 의도적으로 감행한 공격이 아니라, 발버둥 치면서 툭툭 걸리는 수준에 그치는 것이다.

놈은 진짜 사람처럼 죽어 갔다. 놈이 하얗게 질린 얼굴로 목 졸린 소리를 내기 시작한 시점에서 손아귀에 힘을 좀 더 보탰다.

엄지와 검지가 놈의 살갗을 뚫었다. 그 안에서 서로 맞닿았다.

연희는 놈의 시체를 쳐다보면서 걸어 나왔다.

"당분간은 귀찮은 일 없겠다. 주도권이 들어왔어."

말투로 보니 이런 놈들이 주기적으로 생성되는 모양이었다.

"연희……."

"응?"

"론시우스의 정신세계에서 얼마나 있었던 거냐?"

전부 다 합쳐서 계산하자면 일 년 조금 넘는 세월이라 했다.

한 번은 론시우스의 제자로 보냈고, 또 한 번은 론시우스가 킹 오닉스라는 홀리 나이트와 함께했던 모험대의 일원으로 있었고, 또 한 번은 론시우스를 밀어내고 마탑주 론시우스로 보냈던 기간도 있었다 했다.

그나마 한 번씩 현실로 나와서 당시에 습득한 방법들에 매진했기에.

현실과 허상 속의 괴리에 빠져드는 일은 없었다는 설명도 이어졌다.

그런데 그런 일련의 과정들은 지금껏 연희가 보여 주었던 능력에 비하면 상당히 급이 낮았다.

대상의 눈을 쳐다보는 것만으로 대상의 일생을 꿰뚫어

봤던 연희가 아니던가.

거기에 대해 묻자 연희는 똑같은 답을 내놓았다.

마나.

대상이 품고 있는 마나에 비례해서 올드 원의 의지가 깃들어 있다는 것이다. 그것이 제약을 가한다.

뭔가를 제대로 알아내고자 한다면 직접 그 시기에 맞춰서 직접 체험해 볼 수밖에 없는 일이고, 강자들을 세뇌하려면 그만큼의 공을 들여야 한다는 것이다.

그래서 연희는 론시우스의 정신세계에서 보냈던 마지막 시간을 론시우스로 살았던 것이었다.

본인이 론시우스가 되고, 론시우스 자체는 제자 중 하나의 신분으로 처박아 두면서 기억들을 왜곡하는 작업을 거쳤다 했었다.

"자신이 누군지 깨닫고 결국 스스로 목숨을 끊어 버렸지만."

마나의 영향이 끊기는 우리 본토에서였다면 결과가 달라졌을 거라는 설명도 덧붙이면서였다.

"지금부턴?"

"주도권을 장악한 이상 기다릴 것 뭐 있어. 바로 자리를 옮길 거야. 그리고 보고 웃으면 안 된다?"

"뭘."

조슈아의 얼굴이 노인에서 생기를 되찾은 젊은이의 것으로 변해 가던 때처럼.

연희가 갖고 있던 여전사 타입의 얼굴에서도 꿈틀거리는 변화가 시작되었다. 그 얼굴이 다른 꼴로 완성되었을 때, 왜 웃으면 안 된다고 했었는지 알 수 있었다

그건 성일의 얼굴이었다. 목소리도 성일처럼 굵직하게 나왔다.

"너도 들었잖아. 성일이 부탁도 함께 들어주려고."

확—!

그 소리를 끝으로 배경들이 날아갔다.

* * *

눈을 깜빡이고 났을 때 성일의 모습을 한 연희가 한 놈을 걷어차고 있었다.

정통으로 얼굴에 직격했다. 짓뭉개진 채 내 쪽으로 돌려진 얼굴은 오뇌르 놈의 젊어진 얼굴이었다. 그리고 놈은 도움을 호소하는 눈빛으로 나를 올려다보고 있었다.

"지코…… 형님을 말려……."

하지만 그것도 잠깐이었다. 놈은 연희의 발을 끌어안으며 빌었다.

"잘, 잘…… 못했습니다. 형님. 제발."

연희가 성일의 얼굴을 하고 있기 때문이었다. 분노가 서려 있는 성일의 두 눈은 최종장에서 적들을 노려보던 그것과 비슷했다.

연희는 별말을 하지 않았다. 젊은 오뇌르 놈의 머리칼을 잡아당겨 일으켜 세우고는 놈을 노려보는 게 끝이었다.

그것만으로도 오뇌르는 사지를 벌벌 떨고 있었다. 어떤 저항도 하지 못하는 것이 어항 밖으로 뛰쳐 나와진 금붕어와 하등 다를 바가 없었다.

"같은 사부를 뒀다고 형제처럼 굴지 마라. 다시 그런 모습을 보이면…… 죽어."

"예. 예. 죽을죄를 지었습니다."

"사부께 고해도 …… 죽어. 쥐도 새도 모르게 모가지를 따서 들개 떼에 던져 버린다."

"저, 전 도박장에서 얻어터진 겁니다. 전 그래도 싼 놈이니까요."

"명심해."

실제로 연희는 단검 하나를 꺼내 녀석의 눈앞에 가져다 대고 있었다.

놈의 동공에 비친 칼끝이 뚜렷했다.

"사부를 모셔 오겠다."

그건 내게 한 말이었다. 오뇌르의 어깨 너머로 윙크를 보내며 칼을 거두면서 말이다.

성일의 얼굴로 지어진 윙크였기에, 나는 할 말을 잃었다.

연희가 문밖으로 나간 지 꽤 시간이 지났다. 그때까지도 오뇌르는 충격에서 벗어나질 못했는지 손을 바들바들 떨면서 내 시선마저 피했다.

오랫동안 폭력에 노출된 자의 모습을 그대로 보이고 있는 것이다.

이윽고 연희가 돌아올 때는 굵은 사내와 함께였다. 그가 우리 셋에게 검술을 지도하고 있는 사부이자 용병대의 대장이다.

"꼴이…… 어디서 쥐어 터졌냐?"

용병 대장의 뒤에 버티고 있던 연희가 오뇌르에게 짧은 턱짓을 해 보였다.

오뇌르의 대답은 그때 튀어나왔다.

"도박장에서 시비가 붙었습니다. 제가 이 꼴이니 놈들은…… 놈들은 며칠은 누워 있어야 할 겁니다. 걱정하실 것 없으십니다."

입안에서 엉겨 붙은 핏물을 채 다 뱉어 내지 못했기에, 놈이 입술을 움직일 때마다 핏물이 새어 나왔다.

"내가 신경 써야 하는 일이냐?"

"아닙니다. 별 볼 일 없는 도박장 기생충 놈들이었습니다."

"행여나 귀족과 연루되었다가는."

"미쳤습니까. 저 그 정도로 눈치 없는 놈 아닙니다. 그렇잖아. 지코."

놈이 연희의 눈치를 살피는 동시에 내게도 동조해 달라는 신호를 보내왔다. 나는 용병대장을 향해 짧게 고개를 끄덕여 보였다.

"지코도 거기에서 똑똑히 봤었습니다. 맹세컨대 절대 그런 놈들이 아니었다니까요."

"그럼 됐다. 다들 따라 나오도록. 오늘부터 소드 유저로 가는 관문을 친히 열어 줄 생각이다. 대가는 무엇인지 알겠지?"

연희가 대답했다.

"목숨을 다 바칠 충성입니다. 우리 주 락리마의 이름하에."

"주는 예배당에서나 찾고!"

"……."

"버러지 같은 네놈들로서는 어디서도 얻지 못할 행운을. 바로 이 몸께서 내려 주는 것이다. 반드시 다음 전투 전까지 통달해서 같이 전선에 선다. 다음 전투는 지금까지와 다르다. 홀리 나이트 가문 간의 전장으로 투입되니까. 알겠냐?"

"홀…… 홀리 나이트! 명, 명심하겠습니다!"

오뇌르가 우려 반 흥분 반인 소리를 터트렸다.

그때 연희의 전음이 들어왔다.

『입문 과정이니 그리 오래 걸리지 않을 거야.』

『우리에게도 통했으면 좋겠군.』

『그러게. 그때는 놈이 성 카시안의 기록서를 확보한 곳으로 자리를 옮기게 될 거야. 지금의 놈을 있게 한 그곳으로.』

용병대장이 입문 과정의 종결을 선언한 건, 그로부터 2주 후였다.

처음의 우려와는 달리 우리는 마나를 다룰 수 있게 되었다.

* * *

물이 담긴 용기에 유화 물감을 떨어트린 후 표면에 종이를 대고 찍어 보자.

마나의 움직임은 학창 시절 미술 시간에 한 번쯤은 해 보았던 그 수업 과정에 비유 될 수 있다. 그 과정에서 나오는 결과물은 물감이 퍼지는 우연성으로 인해 그때그때 찍혀 나오는 모양이 제각기 다르다.

그렇게 종이에 찍혀 나온 것들을 가만히 들여다보면 어떤 것은 나비를 닮았고 또 어떤 것은 뱀을 연상시킨다.

또 누군가는 거기에서 폭우가 쏟아지는 모습을 떠올릴 수도 있는 것이다.

이쪽 세계의 정통 검술들이 어떤 자연 현상이나 동물 혹은 사물의 이름을 붙이고 있는 건 그런 까닭에서였다.

마나의 흐름이 선(先)이고 그 흐름을 따라가 병기를 휘두르는 것이 후(後)다. 정통 검술들은 그 형식에서 벗어나질 않는다.

이는 연희가 설명했던 마법의 원리와도 흡사한 것인데, 역으로 말하자면 상대가 어떤 흐름에 따라 마나를 움직이는지 파악한다면 사전에 그 공격이 어떤 식으로 발출될지도 알아챌 수 있다는 것이다.

* * *

현실로 돌아왔다.

지긋지긋한 성일의 얼굴 대신 우리 연희의 진짜 얼굴이 날 기다리고 있었다.

주변은 오뇌르의 정신세계로 들어가기 전에 멈춰 있던 그대로였다.

성일은 마리의 손길이 가져오는 안락감에 고개를 젖히고 있고, 연희는 오뇌르의 눈을 벌리고 있던 손을 막 떼고 있었다.

그대로 그녀는 썩 개운하지 않은 표정을 지으며 고개를 끄덕여 보였다. 나도 그리 달갑지는 않았다.

정신세계의 시간으로 2주 가까이.

입문 과정을 꿰뚫으며 느낀 바는 바로 그것이었다.

이쪽 세상의 검사들이 사용하는 마나 운용법 또한 우리에게 이득이 될 수 없다는 것.

왜냐하면 그들은 소진한 마나를 대자연으로부터 충전할 수 있지만, 우리에게 그것은 독과 다를 바 없을 가능성이 높기 때문이다.

입문 과정을 끝내자마자 현실로 돌아온 건 그걸 시험해 보기 위해서였다.

연희는 이미 마법 수습생의 과정을 밟아 봤기 때문에 결과를 알고 있었다. 일전에 그것과 관련한 이야기를 내게 들려준 적도 있었고.

어쨌든 현실로 돌아와 이 세상에 가득 차 있는 마나의 존재를 느끼고 있었다.

그것들 중 한 줌을 몸으로 받아들여 본 직후였다.

호흡을 통해서였다.

기도를 타고 폐부로 향하는 선명한 느낌이 있었다. 동시에 뾰족하니 긁어 대는 불쾌한 느낌도 동반되어져 왔다.

오기가 생겨 몇 번의 호흡을 보태 보았다. 처음에는 불쾌한 느낌으로만 그쳤던 것들이 실제 통증으로 목 끝을 간질이기 시작했다.

폐부가 찌릿해질 때쯤에서는 침에서 각혈이 보였다.

퉷!

연희의 말마따나 올드 원은 이 세상의 종족들에게만 제 힘을 허락하고 있는 것이었다. 강제로 마나를 받아들였다간 부상만 따라오는 일이다.

추가적으로 마나를 흡수하는 일은 불가능하다.

안타깝지만 상관없었다. 처음부터 목적은 우리가 보유하고 있는 초능의 근원을 제대로 사용하는 데 있었으니까.

그런 의미에서 마나는 두 가지로 분류될 수 있겠다.

하나는 이 세계 전반에 흐르고 있는 마나. 그것은 올드 원의 통제하에 있다.

다른 하나는 우리 세계 각성자들의 몸에 깃들어 있는 마

나. 그것은 올드 원이 우리에게 넘겨 버린 제힘의 일부로, 올드 원이 우리를 포기하면서 온전히 우리의 차지로 남아 버린 것이다.

그렇다면 이 세계의 검사나 마법사들이 힘을 발휘할 때와 우리들이 스킬을 시전할 때의 움직임에는 어떤 차이가 있는가?

검사와 마법사들은 마나를 탕진하고 나면 회복하는 시간을 가져야 한다.

우리들은 재사용 대기 시간을 기다려야 한다.

연희는 내가 뱉은 피 섞인 침을 바라보다가 이렇게 물었다.

"어떻게 생각해? 우리들의 마나 구성 말야. 난 달걀 같이 느껴지는 게 다야. 네 것은 내가 감지할 수 없을 정도로 거대한 크기고, 성일이 것은 자그마한 것으로."

동일한 검맥(檢脈)을 잇고 있는 검사들이 같은 움직임을 보이듯이 우리도 그랬다.

위력에만 차이가 있을 뿐이다. 크게 보면 약 이십만의 모든 각성자들은 같은 구성의 마나를 띠고 있을 것이다. 어디까지나 겉으로는.

연희가 달걀 같다고만 느껴지는 건 껍질에 불과하다. 그녀는 껍질 속에서 다양한 크기로 존재하는 영역들까지는 꿰뚫어 보지 못했다.

연희에게 기다리라는 눈빛을 던진 후 다음 실험으로 넘어갔다.

[데비의 칼을 칼리의 칼로 변환 하였습니다.]

움직이는 마나의 흐름에 집중했다.

마나를 느낄 수 없던 때와는 달리, 그것이 가능해지자 네 가지 종목 중 하나인 감각이 큰 도움이 되고 있었다.

그래서 제대로 느껴진다.

심안(心眼)으로 내부를 관조하듯이 그 순간 일어나는 변화가 말이다.

연희가 달걀 같다고만 했던 타원형의 내부 속에는 총 열일곱 개의 제각기 형상이 다르며 크기 또한 다른 흐름들이 존재했다.

그리고 아무런 형태도 가지지 못하고 움직임도 없이 공백으로만 자리를 차지하고 있는 부분도 세 군데 있었다.

그렇게 모두 스무 개.

그것들이 스킬과 특성을 관장하는 영역임이 틀림없었다.

특히나 데비의 칼이 칼리의 칼로 변환되던 순간에 그중

하나의 흐름이 바뀌었다. 크기로 치자면 이십 개 중에서 두 번째로 큰 흐름이었다.

칼리의 칼은 외부가 거친 타원형의 모양을 하고 끊임없이 회전하고 있었다.

그것을 다시 데비의 칼로 되돌려 왔다.

[칼리의 칼을 데비의 칼로 변환 하였습니다.]

데비의 칼도 회전하고 있기는 마찬가지였다.

표창 같은 형태로 쉴 새 없이 돌고 있는데, 속칭 쿨 타임을 가진 모든 종목들이 그런 회전을 품고 있었다.

[데비의 칼을 시전 하였습니다.]

이번에는 스킬을 발산해 보는 데에만 목적이 있었다. 데비의 칼은 궤적이라 할 것도 없이 먼 상공을 향해 일직선으로 토해져 나갔다.

그때 데비의 칼을 관장하고 있는 영역은 회전하는 움직임을 동일하게 보였지만 크기는 축소되었다.

그랬다가 서서히 본래의 크기로 돌아가는 과정은 재사용 대기 시간이 충전되는 과정임이 확실했다.

그런 일련의 구성들이 바로.

올드 원이 우리 각성자들 속에 만들어 놓은 설계도였다.

스킬을 사용하며 소진됐던 마나가 자연히 충전되는 까닭은 그 회전력에 있을 것이다. 올드 원은 우리들 각각에 발전소 같은 기능을 심어 두었다.

영리하면서 멍청하게도.

*　　*　　*

오뇌르는 정신을 완전히 잃지 않았다. 부어터진 한쪽 눈을 천천히 깜박이며 손끝을 미세하게 떨고 있을 뿐이었다.

그간 젊었던 얼굴만 보다가 나이가 들어 버린 데다가 다 죽은 꼴이 되어 있는 그 얼굴을 바라보고 있자니 저절로 혀가 차졌다.

하기야 놈은 정신세계에서도 얼굴이 말짱한 날이 없었다.

매일같이 성일의 얼굴을 한 연희에게 죽음 직전까지 얻어터지기 일쑤였었다.

"이거 아직 말짱한디요? 용하네."

부상을 씻어낸 성일이 한마디 뱉었다.

성일의 그 목소리가 난 직후부터였다. 놈은 그나마도 남아 있지 않은 힘을 전신을 떠는 데 사용하기 시작했다. 성일이 놈을 향해 얼굴을 들이밀었을 때는 완전히 겁에 질려 버렸다.

독사 앞에 굳어 버린 생쥐 꼴과 조금도 다를 바가 없었다.

성일은 우리에게 뭔가를 더 말하려다가 그쳤다.

그때 나는 마나 덩어리 하나를 끄집어내고 있었다.

가이아의 의지.

A급 스킬이지만 시작의 장 초반 외에는 쓸모가 없던 스킬이었고 그래서 숙련도는 4레벨로 다른 스킬들에 비해 떨어지는 스킬이었다.

그렇게 A급 스킬의 숙련 레벨 4를 관장하고 있던 흐름이었다.

엔더 구간에 이른 감각은 정말로 유용했다.

마나 블레이드는 이쪽 검사들의 전유물이지만, 그것들의 지도 없이도 발출하는 데 어려움을 느끼지 않았다.

손끝에서 마나 블레이드로 칭해지는 기운이 자라나기 시작했다.

구태여 라의 태양 검이나 제우스의 뇌신 창을 꺼내지 않았기 때문이었다.

스르르르—

연희도 나를 방해해서는 안 된다는 걸 알고 있었다.

그녀는 내가 마나 블레이드를 다시 거두고 나서야 입을 열었다.

"왜?"

"이걸 끝까지 사용하면 스킬이 파괴되겠어."

"왜?"

"처음의 설계가 틀어져 버린다. 복구할 수 없는 것이지."

연희에게 직전에 느낌 감상들을 설명해 주었다.

그녀가 크게 타원형의 모양으로만 느꼈던 껍질 안에 또 어떤 흐름들이 존재하고 있었는지에 대해 말이다.

올드 원이 우리의 내부를 어떻게 설계해 뒀는지에 대해서.

"그 정도까지 느끼려면 감각이 엔더 구간까지 달해야 한다는 말이지?"

"그래."

그래서 아쉬웠다. 연희는 내가 할 수 있는 것이 불가능하다.

리빌딩.

그것은 본 시대에서는 네임드들이 쓸모없어진 스킬과 특성들을 제거하고 더 잠재력 높은 것들로 채우는 과정을 뜻하는 단어였다.

하지만 지금 내가 떠올리고 있는 리빌딩은 그것과 사뭇 다르다.

박스를 획득해서 바라는 성향의 스킬이 뜨기만을 기도하는 것이 아니라, 내부의 마나들을 활용해서 직접 재조립하는 과정이니까.

몬스터들의 어그로를 끌고 소폭으로 물리 피해와 마법 피해를 흡수시키는 스킬, 가이아의 의지.

강화 실패 시 아이템이 사라질 확률을 하락시키는 특성, 수집자.

일단 이 둘은 제거 대상이다.

그리고 더 욕심을 내서 세트의 손톱과 헤라의 광기 그리고 염마왕의 길까지 갈아 버려서 유용성이 강한 하누만의 꼬리에 집약시켜 넣는다면…….

오딘의 분노를 능가하는 스킬로 조합될 거라는 확신이 있었다.

아니, 오딘의 벼락 폭풍 수준까지 도달하지 않을까.

쿵. 쿵.

조나단과 잭팟을 터트려 대던 오래전, 결과가 어떨지 알고 있으면서도 심장이 한창 뛰어 대던 당시처럼 지금이 그랬다.

일어날 결과를 알고 있기 때문에 더한 흥분이 가미되는 것이다.

드라고린과의 전투에서도 느낀 것인데, 더 이상의 초월적인 존재들과 격전을 치르기 위해서라도 다양한 스킬들을 보유하고 있는 것보다는 강력한 주력 하나가 더 절실한 상황이다.

권능 수치를 진짜 힘으로 다룰 수 있는 방법을 찾고 있는 까닭도 그 때문이지 않은가.

고심을 마쳤다. 스킬들을 조합하기로 결단 내렸다. 남은 빈자리들을 채워나갈 방법은 그 이후에 찾아보기로 하고서.

그때부터였다.

첫 설계가 틀어지는 선까지 즉, 마나의 한 덩어리를 끝까지 끌어올렸다.

집약시키는 형태는 마나 블레이드로 잡았다.

[가이아의 의지가 제거 되었습니다.]

[수집자가 제거 되었습니다.]

더!

[세트의 손톱이 제거 되었습니다.]

마나 블레이드는 두꺼워지고 또 길어져 갔다.

모든 색채를 품은 빛이 형형하게 발광하고 있기 때문에, 마나 블레이드를 쫓아 고개를 든 연희의 성일의 얼굴에도 그 빛이 번지기 시작했다.

[헤라의 광기가 제거 되었습니다.]

더!

[염마왕의 길이 제거 되었습니다.]

신마(神魔)의 전쟁에 출몰했다던 성검이 이러한 모습을 띠지 않았을까. 고개를 완전히 젖혀야만 끝을 확인할 수 있는 칼이 손끝에서부터 이어져 있었다.

폭은 연희와 성일이 급히 거리를 벌려야 할 만큼 확장되었다.

성일을 본 이후로 겁에 질려만 있던 오뇌르 놈도 그 순간만큼은 하늘을 향해 치솟는 경이로운 광경에 몰입해 있었다.

그것은 거둬들이면 사기 스킬 하나를 조합할 수 있는 힘이면서, 휘두르면 그 자체로 시공을 가를 강력한 병기였다.

하지만 불가피한 상황이 아니고서야 일회성 병기로 쓰기에는 합리적이지가 않다.

지금에 감사했다.

만일 둠 데지르와의 전투 당시 이런 게 가능했다면 적지 않은 스킬들을 한계까지 뽑아 썼을 것이다. 당시에는 라이프 베슬이 어떤 식으로 작동하는지 조금도 알 수 없었으니까.

이윽고.

스킬들을 한계치까지 뽑아서 만든 마나 덩어리, 마나 블레이드.

그것이 자라나고 확장되던 속도로 줄어들고 축소되기 시작했다.

순간 이가 악물어졌다. 한꺼번에 밀려오는 힘이 넘치다 못해 눈을 뚫고 토해져 나갈 것만 같았다. 그것들을 수습해서 하누만의 꼬리를 담당하는 영역 쪽으로 흘려보내는 데 주력하기까지 눈앞에서 몇 번의 섬광이 번쩍거렸다.

번쩍여 대는 섬광은 진짜였다.

연희와 성일의 당황한 얼굴이 그 빛에 가려졌다가 다시 나타나길 매우 빠른 속도로 반복되고 있었다. 그들이 내는 소리도 떠듬떠듬 분절돼서 들렸다.

그때도 난 집중하고 있었다.

하누만의 꼬리를 형성하고 있는 흐름에 끊임없이 마나를 불어넣되 큰 틀만큼은 깨져선 안 된다.

집중이 최고조로 이르렀을 때.

그렇게 엔더 구간의 감각이 그 움직임에만 쏠렸을 때.

화악—!

보이는 것도 들려오는 것도 전부 증발되었다. 정신세계에 빠져 버린 듯이 마나로 구성되어 있는 세계로 진입한 것 같은 현상이 펼쳐졌다.

아아.

거긴 또 하나의 우주였다.

거기에 존재하는 것들이 정말로 손에 잡힐 것처럼 느껴졌다.

쿨 타임이 걸렸지만, 여전히 강대한 기운으로 자리하고 있는 역경자.

가장 많은 변화를 품고 있는 데비의 칼.

고조를 높일 때만을 기다리고 있는 열정자.

갈래갈래 찢어지는 움직임의 오딘의 분노.

소용돌이 속에 치유의 기운을 품고 있는 뭉족 수신의 징벌.

좌우로 빠른 진자(振子)의 움직임을 보이는 질풍자.

육각별의 꼭짓점이 들쑥날쑥 움직이고 있는 예민한 자등등.

마침내 하누만의 꼬리가 크기를 키우더니 본연의 존재감을 과시하는 순간이었다.

완성을 직감했다.

마나로 응집되어 있는 세계에서 빠져나올 때에도 굉장한 속도감에 휩쓸려 마치 현실 밖으로 튕겨진 듯했다.

쏴악—!

눈앞에는 메시지가 떠 있었다.

[스킬, 하누만의 꼬리가 알 수 없는 이유로 강화 되었습니다.]

[* 올드 원이 다뤘던 체계에는 존재하지 않는 스킬입니다.]

그리고 다음이었다.

[효과: 초열(焦熱) 화염의 날개와 세 개의 꼬리를 생성 합니다.]

[새로운 스킬 명을 지정해 주십시오.]

*　　*　　*

[(이름 없음) 을 시전 하였습니다.]

역시 하누만의 꼬리를 강화시킨 스킬답다.

세 개의 꼬리에 왼쪽부터 알파, 베타, 감마라는 이름을 붙여 주었다.

알파부터 감마가 품고 있는 파괴력은 동일하다. 다만 꼬리가 하나였던 당시와는 비교하는 것이 무색할 정도의 힘이다.

알파를 왼 허리 곁으로 스쳐 보내고.

베타는 정수리 너머로 완곡하게 휘어 보내고.

감마는 오른 허리 곁을 스쳐 보냈다.

그것들이 세 줄기의 붉은 섬광을 번뜩이며 전면으로 쏟아져 나가는 광경에서 짜릿한 전율이 느껴졌다.

하나하나가 자유로운 감각을 갖추고 있었다. 물론 꼬리가 단 한 개뿐이었던 하누만의 꼬리도 그러긴 했다. 그러나 한 개와 세 개의 차이는 고작 삼 빼기 일 같은 게 아니다.

그렇게 꼬리를 운용하고 있는 상태에서 이번엔 날개에 집중했다.

날개는 복잡한 관절로 몸과 연결시키는 구조를 띠지 않을뿐더러 실속(失速)을 방지하기 위한 깃 같은 것도 존재하지 않는다.

꼬리와 마찬가지로 그 자체가 초열 화염의 덩어리인 것!

그것으로 전면을 덮어 보았다.

확—

눈앞에서 날개의 앞면들이 포개져 있기 때문에 거대한 화염 벽처럼 보였다. 라의 태양 망토보다 우월했다. 어떤 화신의 보호를 받고 있다면 그런 기분이었을 것이다.

다시 날개를 쫙 펼치자.

불씨들이 사방으로 흩뿌려졌다.

만개한 벚나무에 바람이 부딪쳤을 때를 연상케 할 만큼 실로 많은 불씨였다.

그 광경이 아름답게 보였던 건 첫 감상일 뿐이다. 불씨 하나하나에는 벼락 줄기가 파생하는 벼락의 파편들처럼 파괴적인 힘이 깃들어 있었다.

연희와 성일이 내게 가까이 다가오려다가 황급히 다시 거리를 벌리고 말았던 건 그런 이유에서였다.

오뇌르 놈의 비명 소리만 났다.

놈은 줄곧 내 지척에 버려져 있었고 거기까지 떨어진 불씨들이 놈의 육신을 갉아 먹고 있었다. 숱한 총알들에 몸이 관통되어 버린 듯, 그 불씨들이 놈의 몸에 구멍들을 뚫어 버린 것이다.

그나마 소드 마스터의 육신이라 그 정도에서 끝날 수 있었다.

민간인이었다면 구멍 몇 개만 뚫린 게 아니라 화염에 휩싸여 재가 되어 버렸을 것이다. 벼락 파편들에 노출된 것과 흡사한 결과로 말이다. 성일이 놈을 급히 빼 갔다.

다시 날개를 감쌌다가 펴길 수차례, 사방은 화염들이 이글거렸다.

한번은 펴는 동작에 힘을 실어 보았다. 그때 일어났던 겁풍은 그렇지 않아도 불타오르던 대지에 기름을 붓는 격이었다.

어느덧 주변은 드라고린 레드가 만들어 냈던 화염의 전장과 동일해졌다.

실제로 나는 불기둥 속에 서 있었다. 그러나 시야만 불길의 일렁거림에 따라 흔들려 대는 게 다일 뿐이다. 어떤 고통이 미친다거나 의복이 타들어 가는 반응은 존재하지 않았다.

내게 근원을 둔 화염들이기 때문이다.

『불길이 계속 번지고 있어. 너머로 우리 쪽 점령지가 있다는 거 알고 있지?』

그때는 날개를 다스리는 감각을 대략 습득했던 때였다.

그래서 날개를 아래로 내리쳤어도 불씨와 폭열의 바람이 다시 터져 나오지 않았다.

몸이 담겨 있던 불기둥에서 빠져나오고 더 높게 상승을 마친 순간, 시야에는 내가 만들어 낸 난장판들이 펼쳐졌다.

성일과 오뇌르의 싸움으로 이미 초토화되었던 마을은 불길 속으로 자취를 감춰 버린 상태다.

그리고 저 멀리, 운 좋게 살아남은 잔병들이 도망치는 광경도 확인할 수 있었다. 오뇌르를 어깨에 짊어진 채로 불길을 피해 뛰어다니고 있는 성일의 모습은 그리 멀지 않았다.

날개를 후면으로 최대한 젖혔다가 지면을 향해 내리쳤다.

열기가 깃들지 않은 그냥 바람이다. 단지, 폭풍보다 거셀 뿐.

불길들이 증발했다.

아래는 오딘의 벼락 폭풍이 휩쓸었던 대지의 광경과 정말로 똑같아졌다.

잿더미들이 바람에 쓸려 버린 까닭에 검게 그을려 있는 대지가 그대로 노출되어 있는 것도 그렇고, 풍향의 반대편으로 언덕 하나가 통째로 재에 뒤덮여 버린 광경도 그렇다.

[새로운 스킬 명을 지정해 주십시오.]

그렇다면 이걸 뭐라 불러야 할까.

한 쌍의 날개에 세 개의 꼬리를 가졌으니 봉황 강림?

오딘의 분노를 따라서 화신의 분노?

아니다.

나는 오딘이다.

북구 신화에 따르면 오딘은 항상 까마귀나 늑대 같은 신수들을 데리고 다녔다 하니, 날개와 꼬리들을 그렇게 통칭하는 것이 좋겠다.

['**오딘의 신수**(神獸)'**로 명명하였습니다.**]

[**오딘의 신수**(神獸) **(스킬)**

스킬 등급: S

효과: 초열(焦熱) 화염의 날개와 세 개의 꼬리를 생성 합니다.

숙련도: LV.8 — MAX

지속 시간: 6시간

재사용 시간: 12시간 (남은 시간: 11시간 57분)]

연희와 성일이 환상에 젖은 눈을 보이며 내게 다가오던

그때였다.

그 순간에 느낀 것을 그들에게 설명할 시간이 없었다. 그들의 진행 방향 앞에 게이트를 열어 버리고선 한 마디만 뱉었다.

"가!"

*　　*　　*

붉은 얼굴 오크 일족, 진영.

주술사 사마노스는 족장의 지시를 받았다.

갑자기 나타났다가 사라져 버린 거대한 마나의 흐름이 일족에게 이로운 것인지 해로운 것인지 판단하라는 지시였다.

정신체를 가져가 볼까 했던 것도 잠시, 사마노스는 생각을 고쳐먹었다.

최근에 엘슬란드의 예언자가 보내왔던 정신체 하나가 가까운 지역에서 큰 타격을 입었던 걸 생각해 냈기 때문이었다.

사마노스는 방향을 돌렸다.

제 앞에 흙을 쌓아 놓고 정령계로 통하는 작은 창구를 거기에 열어 놓았다. 호기심이 많은 하급 정령 중 하나가 고개를 들이민 건 그로부터 잠시 뒤였다.

노움이었다.

하급 대지의 정령은 얼굴부터 구기며 나타났다. 나타나자마자 주변에 데클란의 썩은 내가 진동하고 있기 때문이었는데, 위에서 영적인 힘이 담긴 목소리가 떨어져 내렸다.

"섣불리 도망치려 했다간 그 자리에서 소멸하게 될 거다."

노움이 고개를 들었을 때 그 눈엔 곧게 솟은 어금니부터 보였다.

그다음은 붉은 기운이 맺혀 있는 오크의 두 눈알이었다.

그때 사마노스가 말을 이었다.

"포클리엔 공국령에서 거대 마나의 움직임이 있었지. 이에 대해 묻고자 너를 기다렸다. 내게 거짓이 통하지 않는다는 것은 네가 제일 잘 알 터. 하문에만 답하고 돌아가거라."

주변에는 사마노스 외에도 다른 오크들로 가득했지만, 정령의 목소리를 들을 수 있는 건 오로지 사마노스뿐이었다.

정령이 겁에 질려서 시작한 이야기는 한참이나 계속되었다. 그것은 사마노스가 듣고자 한 대답이 아니면서 꼭 그렇지만도 않았다.

무슨 말이냐 하면, 그 답을 들려줄 대상을 곧 만날 수 있을 거라는 우회적인 대답을 받았기 때문이었다.

사마노스는 정령을 놓아준 후 방문객을 기다렸다.

방문객의 겉모습은 평범한 그린우드의 원주민이었다. 그러나 그 속에는 위대한 존재 하나가 깃들어 있음을 느낄 수 있었다.

'불의 정령왕. 화염의 대제(大帝), 셀레온!'

사마노스는 방문객을 위협적으로 대하는 일족들을 호되게 나무란 다음, 방문객을 족장에게 직접 안내해 주었다.

"정령왕 중 한 분께서 왕림하셨습니다."

사마노스가 말했다.

"안녕하세요. 족장님. 우리 처음 만나죠?"

방문객의 겉모습은 발랄한 남자아이였다.

외투는 전부 피로 물들어 있고, 얼굴에도 굳은 지 오래되지 않은 혈흔들이 가득했다. 그 얼굴만 보자면 데클란들의 피를 얼굴에 바르고 다니는 일족의 것과 크게 다르지 않았다.

"소년. 그대의 몸주, 셀레온께서만 나와 대화를 나눌 수 있다."

"셀레온이 말하길, 저를 동격으로 대하는 게 좋을 거라는데요?"

주술사 사마노스는 족장 보모스의 혈기 서린 눈빛을 향해 고개를 저어 보였다. 잠깐 긴장된 분위기를 뚫고 사마노스가 끼어들었다.

그는 전장에서 도착한 소년의 모습을 보고 물을 대접했다.

오크들이 사용하는 커다란 잔이었기에 소년은 양손에 힘을 줘서 그것을 받고 있었다.

한편 보모스는 일족의 중심 부락에 들어와 놓고도 태연한 언행을 보이는 소년이 마음에 들지 않았다. 감정에 솔직한 그는 구태여 표정을 고치지 않았다. 위협적으로 턱을 더 빼서 어금니를 곤두세웠다.

그러나 소년은 그 모습을 보고도 조금도 주눅 들지 않았다.

오히려 오크 종족을 이렇게 가까이에서 본 경험이 적다는 듯 보모스의 얼굴을 빤히 쳐다보기만 할 뿐이었다.

소년이 말했다.

"요 밑, 공국성에 있다가 바로 왔어요."

그제야 보모스는 소년에게 묻어 있는 피들이 어디에서 나온 것인지 깨달았다. 소년은 단독으로 마왕군을 치고 온 거였다.

"무슨 말인가 싶죠? 족장님이 해야 할 일을 제가 했다는 거예요. 즉, 족장님께선 제게 빚이 있다는 거죠."

"소년. 대공의 자식인가?"

"아니요."

"공국인인가?"

"아니요."

"그럼 무슨 상관이냐."

"또 그러신다. 마왕군과 경계를 두고 있는 분께서 하실 말씀이 아닐 텐데."

막사 밖의 움직임이 심상치 않았다. 기웃거리던 전사에 의해서 소년의 건방진 행태가 부락 전체에 알려졌기 때문이다.

둔기며 도끼를 든 커다란 그림자들이 늘어나고 있었다.

소년은 천막 안으로까지 기울어 들어온 그림자들을 쳐다보다가 깔깔 웃었다.

그때만큼은 주술사 사마노스조차도 참기 힘들어져서 그의 눈알에도 서슬 퍼런 기운들이 맺히기 시작했다. 정령왕을 몸주로 두었다고 해도 일족의 위대한 족장 앞이었다.

때는 보모스가 자리에서 일어나 한참은 작은 소년을 내려다보고 있던 때였다.

소년은 웃음을 그치긴 했지만, 여전히 장난기가 가득한 투로 말을 뱉었다.

"우리끼린 싸우지 말자고요."

그러고는 제 어깨 뒤를 엄지손가락 끝으로 가리켰다. 거기에 운집해 있는 오크 전사들을 가리키는 건 아니었다.

그보다 더 멀리다. 거대한 마나의 움직임이 있었던 방향을 향해서였다.

"마왕이 강해지고 있어요. 셀레온이 말하길, 더 강해지기 전에 싹을 밟아 버려야 한다고 해요."

"그건…… 마왕이었군."

"그럼 뭐겠어요."

"칼도란, 킹 오닉스, 론시우스. 강한 홀리 나이트 셋이 몰살당한 건 알고 있는가?"

"셀레온이 말하길, 그런 자들과 비교하지 말라고 하네요."

"그럼 내게는 왜 도움을 요청하는 것인가."

"족장님에게 성(聖) 제이둔이 되시라 하는 게 아니에요. 그건 우리 몫이죠. 실피드 님. 엘라임 님. 노아스 님과 함께."

소년의 입에서 다른 정령왕들의 이름이 모두 거론되는 순간.

보모스와 사마노스의 눈빛이 빠르게 교차했다. 보모스의 입에서 뜨거운 입김이 크크거리며 새어 나올 무렵이었다.

소년은 고개를 끄덕거리더니 선심 쓰듯 말했다.

"셀레온이 말하길, 그린우드의 종족들은 그 땅을 차지할 자격이 없으니 주 락리마의 위대한 전사들이 차지하는 게 마땅하다고 해요."

"그대의 몸주는 믿지만, 소년은 믿을 수 없다. 불의 대제, 셀레온 님께 직접 현신하시라 전해라. 그리하신다면 이 보모스가 전사의 명예로 맹약을 지키겠노라고."

"에이. 제 말이 틀렸다면 우리가 왜 이 자리에 다 모였겠어요."

소년이 막사 입구를 향해 몸을 틀며 팔을 흔들었다.

그렇지 않아도 그쪽 방향에선 약간의 소란이 일고 있었다.

주술사 사마노스의 지시에 의해 오크들이 길을 벌렸다. 그러자 오크들에게 막혀 보이지 않던 세 남녀가 그 길을 통해 걸어 나왔다.

키가 큰 젊은 남자는 앞만 보면서였고.

뚱뚱한 늙은 남자는 옅은 미소를 띠면서였고.

은발의 미녀는 눈이 부딪치는 오크들을 독살스럽게 노려보면서였다.

그쯤에서 소년은 족장 보모스에게 씩 웃었다.

"마왕은 우리가 봉인시킬 거예요. 그럼 족장님과 우리

주 락리마의 전사들께선 남은 마왕군을 전부 쓸어버린 이후에…….”

하지만 소년의 말은 채 완성되지 않았다. 비명 같이 외마디로 토해진 소리뿐.

“아!”

정령왕을 몸주로 둔 셋이 전신을 움찔거렸고, 보모스와 사마노스의 두 눈 또한 부릅떠진 바로 그때였다.

소년의 등 뒤.

공간이 세로로 그어지더니 쫙 벌어졌다. 소년의 몸주가 완전히 현신하기에는 너무 갑작스럽게 일어난 일이었다.

그러니 공간이 찢긴 틈에서 튀어나온 존재가 아무리 불을 휘감고 있어도, 불의 정령왕 셀레온일 수는 없는 법이었다.

공간이 찢어진 속도.

그리고 그 존재가 거기에서 난입해 온 속도는 그야말로 찰나였다.

번개처럼 갑자기 들이친다 해서 전격(電擊)이라 하지만, 실제로 동반된 벼락 줄기가 소년의 몸을 관통하고 지나쳤다.

일대는 삽시간에 혼돈의 도가니로 변했다.

종말의 한 광경이 터져 버렸다. 파편들이 비산한다. 또 어디서 어떻게 터져 나왔는지 모를 화염들이 솟구치고 그러한 열기를 품고 있는 폭풍까지도 사정없이 몰아쳤다.

세 줄기의 붉은 섬광은 정령왕을 몸주로 삼고 있는 자들에게 날아가는 중이었다.

찔러진 창 하나는 보모스의 얼굴을 꿰뚫고 나왔다. 창끝에서도 뇌전의 기운들이 끊임없이 요동치고 있었는데, 그중 하나가 사마노스를 불사르기까지도 찰나였다.

그 모든 건.

소년이 아! 하는 짧은 비명을 터트린 직후에 동시다발적으로 벌어진 일이었다.

대지 전체가 우르릉거리면서 뒤집어 까지는 건 그다음.

불타는 날개가 바닥을 치는 듯한 붉은 잔영이 남은 후에야, 사방의 흙먼지가 흩날리면서 그 존재의 모습이 제대로 드러났다.

상공에서였다.

활활 타오르고 있는 날개 한 쌍, 붉은 광명(光明)을 응집시킨 것은 세 가닥의 두꺼운 섬광. 또한 그것들의 색채로 다리까지 내려와서 펄럭이는 망토.

가슴에는 황금의 흉갑. 오른손에는 뇌전으로 가득 찬 창.

전신을 따라 뇌전의 아지랑이들이 꿈틀거리는 그 모습이…….

밤을 몰고 온다는 마왕.

둠 맨이 품고 있는 모습이었다.

〈다음 권에 계속〉

DREAMBOOKS★

DREAMBOOKS★

DREAMBOOKS★

DREAMBOOKS★